dtv

Ein Buch vom Aufenthalt, von der großen Verwunderung über eine Zeit, die atemlos von Krise zu Krise stolpert, ohne die tieferen Ursachen dieser modernen Erdbeben zu verstehen – oder: verstehen zu wollen? Der träumerische und analytisch begabte Geist, der dieses Buch prägt, sammelt und bespricht die Scherben des großen Weltgebäudes, über die wir ahnungs- und gedankenlos hinwegtrampeln, als wären wir nicht mehr Teil der Geschichte. ›Vom Aufenthalt‹ ist eine strenge Zeitdiagnose und ein Buch der Erzählungen und Träume, Ideen und Erinnerungen, die während eines langen Aufenthalts – beim »Ausbleiben der Zeitenwende« – der Zerstreuung dienen.

Botho Strauß, 1944 in Naumburg/Saale geboren, arbeitete zunächst als Redakteur und Kritiker bei der Zeitschrift ›Theater heute‹ und war später als dramaturgischer Mitarbeiter an der Schaubühne am Halleschen Ufer in Berlin tätig. Er lebt als freier Schriftsteller in Berlin. Sein Werk wurde mit zahlreichen Preisen ausgezeichnet, u. a. mit dem Jean-Paul-Preis (1987) und dem Georg-Büchner-Preis (1989). Seine Theaterstücke gehören zu den meistgespielten an deutschen Bühnen. Zuletzt erschien von Botho Strauß der Erzählband ›Sie/Er‹ (2012). Neben zahlreichen Prosatexten sind im dtv Theaterstücke in Einzelausgaben und in vier Sammelbänden lieferbar.

Botho Strauß

Vom Aufenthalt

Deutscher Taschenbuch Verlag

2012
Deutscher Taschenbuch Verlag GmbH & Co. KG,
München
Lizenzausgabe mit Genehmigung des Carl Hanser Verlags
© 2009 Carl Hanser Verlag München
Umschlagkonzept: Balk & Brumshagen
Umschlagbild: ›Gartenweg III‹ (2008) von Henning v. Gierke
(WV 1322, 140 x 100 cm, Öl auf Leinwand),
VG Bild-Kunst, Bonn 2011
Satz: Satz für Satz, Barbara Reischmann, Leutkirch
Druck und Bindung: Druckerei C. H. Beck, Nördlingen
Gedruckt auf säurefreiem, chlorfrei gebleichtem Papier
Printed in Germany · ISBN 978-3-423-14133-8

Ein Mann, der nach vielen Jahren in der Fremde endlich seine Heimreise antritt, muß drei oder vier Stationen vor dem Ziel den Zug verlassen, da sein Land nach einem Putsch über Nacht sämtliche Grenzen schloß und jedermann die Einreise verweigert. Er überläßt sich einem unfreiwilligen Aufenthalt im Bahnhof einer kleinen Grenzstadt, die er nicht besuchen wollte. Die Weiterfahrt verzögert sich auf unbestimmte Zeit. Diese verbringt er im Wartesaal zusammen mit einigen, nicht sehr vielen Mitreisenden, die das gleiche Ziel haben wie er, vielleicht aus seinem Geburtsort stammen, aber allesamt zu jung sind, als daß ihm noch ein Gesicht bekannt vorkäme, aus alter Verwandtschaft erinnerlich.

Das ist dann der Aufenthalt, er könnte länger dauern.

Die Stunde des Aufgehaltenen kann sich endlos hinziehen. Gäbe es Zeit-Moleküle, so schwirrten sie in dieser Phase chaotisch durcheinander, und keine Richtung wäre mehr zu bestimmen.

Ich verweile, ich halte mich auf, ich zögere. Alle Bedingungen der reinen Tatenlosigkeit scheinen erfüllt. Die Beschäftigten werden nun zur fremden Rasse, die man wie ein Ethnologe untersucht.

Man wird zum Feind der Ereignisse, wird Arbeiter und Sprecher der Weile.

Dem Menschen ist nichts als das Medium verstattet. Ohne das Medium der Erwartung übersteht er keine Stunde. Ohne das Medium des Nichts hielte er kein greifbares Ding in Händen. Solange die Vernunft, von sich selbst berauscht, voll Übermut und Eroberungslaune war, besaß sie genügend Unvernunft als geheimen Attraktor und befand sich also im Gleichgewicht.

Doch wäre es ein Fehler, in der Zwischenzeit nicht Zeitnehmer zu sein und Zeit zu nehmen bei den schnellen Hindernisläufen. Die Frauen in Shorts und engem Trikot haben ihre Hürden geschultert und stellen sie auf in blühenden Parks, auf mondbeschienenen Uferpromenaden. Ja, überall siehst du sie rennen, schnell wie Atalante, mit gestrecktem Oberkörper und hochgerissenem Knie nehmen sie Hürde für Hürde, und keine fällt.

Statt freier Strecke gab es nur noch den Parcours – die Zeit zerfiel zu Aufenthalt und gebar tausend Regeln, Prüfungen, Hürden, Gräben, Zwischenfälle.

Ach, es hüpfen die Männer nur auf der Stelle, wie man beim Seilspringen hüpft.

Die härtere Gangart des Müßiggangs. Jeden Tag zu unterscheiden vom vorherigen, so gewissenhaft wie nur möglich, bedeutet zum Verfasser einer umfangreichen *Kritik der Tage* zu werden. Dies setzt allerdings voraus, daß man an keinem Tag auf den nächsten wartet. Überhaupt nichts mehr erwartet, sondern sich bereit findet für jeden neuen – wie für den letzten. Die Dauer eines jeden Tags läßt sich im Spiegel der Kritik, die man ihm widmet, gewissermaßen verdoppeln und damit der Sturz durch die Zeit fast zu einem Sinken mäßigen. Tantum temporis! Und mehr als Zeit besitz ich nicht. Den Alltag habe ich nie gekannt. Oder ihn mir umgedeutet als der Ewigkeit zugehörig, der Fülle, dem Alles eben, dem Pleroma, letztlich Gottes Tag. Der Alltag erwartet uns am Ende der Zeiten.

An der Küste des Himmels wechseln nicht Ebbe und Flut, sondern die Zeit und die Fülle, d. i. das Paulinische Vollmaß der Zeit. Gal 4,4 τὸ πλήρωμα τοῦ χρόνου

Es heißt aber auch, jeder Tag ist unmittelbar zur Sonne. Schönheit ist unmittelbar. So steht's in meinem Immediatbüchlein. Dem Büchlein vom Unmittelbaren.

Die Ähre nickt, ich grüß zurück. Ein wenig reserviert wir beide. Wie zwei langjährige Feinde, die am Grab eines gemeinsamen Freunds sich die Hand reichen und dann doch nicht miteinander reden.

Also bin ich der Mann, der täglich über die Feldwege stapft, das Kinn erhoben, den keifenden Winden zu trotzen. Der nie an der alten Linde vorbeigeht, ohne daran zu denken, wie er einst an ihrem Stamm lehnte zur Seite des kleinen Sohns, mit dem er dies Land hier entdeckte. Gewickelt ins Gespinst der vielen Rück-

blicke, neuverpuppt, der Eingehüllte, Tweedjacke, tief-
sitzende Mütze, armiert, und fortschreitend immerzu.
Kobolde des Todes purzeln ihm über die Füße. Manchmal erheitern sie ihn, aber er muß sich vorsehen, nicht
über sie zu stolpern. Etwas Willen kommt ihm aus
dem Boden, auf Dauer des Schreitens steigt er von den
Beinen in den Kopf. Jemand, der wenig spricht, mit
sparsamen Worten das Schwatzhafte vertreibt, das so
leicht zwei Menschen befällt, die voreinander zu stehen kommen. Ein Gewissenhafter und sein unverhunz-
ter Mund.

Es ist schön, in der Erhebung zu stehen, das Herz voll
Umsturzfreude.
    Es ist aber auch schön, keine Revolution mehr vor
sich zu haben.

Ich sah einen langgestreckten Granitblock, in den
kleine Vertiefungen, Sitzmulden eingeschliffen waren.
Und ein Mann saß in der Sitzmulde. Und eine Frau
saß bei ihm auf dem glatten Stein. Sie saß mit angezo-
genen Beinen, die ein knöchellanges Kleid bedeckte.
Die Hände waren so vor den Knien verbunden, daß die
linke fest das Handgelenk der rechten umklammerte.
Und alle Kommentare des Herzens gingen aus dieser gefangenen Hand hervor, dem Bund der Finger,
wenn sie sich plötzlich spreizten, dann wieder sich lose
krümmten oder heftig zusammenballten, ermüdet nie-
derhingen oder auch mit Zeigefinger und Daumen ein
tonangebendes O formten. So saß sie hörend und spre-
chend, unnachgiebig wie der Stein unter ihrem Steiß.

Ein dunkles Tuch fiel plötzlich über das Gesicht des Mannes, der trotz ungebrochenen Schweigens noch feuchte rote Lippen bewahrte, immer bereit für den Kuß der Frau, der ihn von ihren Worten erlösen würde, wozu es dann aber nicht mehr gekommen war.

Der Mund ist das äußerste Außen vom Menschen. Der Mund, und danach reißt er ab. Der Mund, und dann aus.

Ich kenne nicht einmal das Selbstgefühl der Katze. Unmittelbar neben mir auf der Bank endet mein Verstehen.

Das unbefugte Verstehen, mit dem wir uns die Tiere so interessant machen.

(Neben mir beginnt das Selbstverständnis der Katze. Aber sie besitzt keines!

Und eben das macht es mir unmöglich, sie zu verstehen.)

Ich ging in breiten Traktorspuren durchs hohe Korn, und weithin auf und nieder stieg in Wellen der gute Boden.

Da erschien, als ich vom Feld aufblickte, in furchtbarer Nahaufnahme das Aerobild von einem grinsenden Mann heroben in blauer Luft. Mir grauste bei dem Gedanken, daß ein neuer Markt der Bilder und einer bildgebenden Technik den Himmel als Projektionsfläche benutzte. Dem Chaos des Beamens wäre keine Grenze gesetzt, wenn jedermann seine Urlaubsfotos ans Firmament würfe. Das Tohuwabohu des Privaten entstiege wie die Untoten der Erde und bemächtigte sich des blanken Azurs.

Was gibt's Neues? Ha! Das allermeiste! Das Übersehene! Nämlich all das, was du auf deinem schnellen Weg voran nicht wahrgenommen hast. Jetzt, auf dem Rückweg, da du die Schritte verhaltener lenkst, erhebt es sein listiges Haupt und verbreitet den Glanz des Neuen.

Auch wenn wir alt werden, sind wir nicht vom alten Schlag.

Zu lange schon waren wir modern und wurden lediglich mehrmals von neueren Modernen überholt. Selbst die Seelen hängen ihr Mäntelchen nach dem Wind, der von außen kommt.

Die unsinnigen Utopien des Aufklärungszeitalters haben verhindert, daß wir unsere Jenseitsvorstellungen pflegen und verbessern. Bis heute sind wir im Grunde über Swedenborg und Fechner nicht hinaus. Ließe sich aber etwas Tröstlicheres ausmalen, als zu den Ahnen versammelt zu werden? In die Wiederherstellung aller Dinge hinüberzutreten, um darin leicht zu leben? Zum Glück bleibt der Glaube, zumal der Kinderglaube für Innovationen unzugänglich.

Die Gliedrigkeit, das ist der Nimbus, der uns Menschen umgibt, wenn uns die Qualle sähe.

Der gesamte Aufbau von zahllosen, wie nur? zusammenpassenden, wie nur? auf erstaunliche Distanz noch ineinanderwirkenden Gliedern. Vom Fußknöchel bis zum Nasenbein, wie alles stimmt! Das knochenharte Geschöpf scheint der Qualle unendlich leichter als sie selbst zu sein. Doch zugleich erkennt sie nur Entwurf in ihm, nur ein Modell. Ein Modell? Für was denn weiter? Was wird nach dem Entwurf gebaut, der wir für diese Qualle sind? Was folgt auf uns? Der Gliedrigkeit ist nichts mehr abzufordern, sie ist bis ins Feinste abgestimmt und aufgefächert, biegsam in der Liebe und vor Behördentischen steif und unbeugsam. So ist es denn das Nächsthöhere unseres wunderlichen Schattens, in das die Qualle Einblick hat und all die anderen Wirbellosen, die in dunklen Höhlen unseres Hirns noch überleben.

Eine Unzahl von Beinen, ein Strom Ziegen, die Köpfe niedergebunden, damit sie nichts sehen abseits vom staubigen Weg. Eine Unzahl von Beinen über dem Kellerschachtfenster, eilige Passanten ziehen oben vorbei an eines Gefangenen Thermoblick, der heiße Zonen, Herz und Geschlecht, glutrot sieht. Doch nur drei-, viermal, sehr, sehr selten, zwischen den Beinen der unzähligen Zweibeiner, in diesem kalten langen Strom, leuchten die Stellen in mäßigem Rot, und nur ein einziges erloschenes Brandmal mit schartigem Rand kann er erkennen. Die meisten haben nie ein Glutrot gezeigt und sind nur leitender Wärme nach bis zum Feuerkasten gelaufen.

Die Scham kennt eine Glut, die die Lust vielleicht nie erreicht.

Man hat die Scham verdrängt und ihre weltbewegende Kraft verharmlost. Ins Sittliche abgeschoben. Die Scham folgt auf die Blöße, und die Blöße ist das jeweils Neueste auf der Welt.

Die soziale Natur des Gesichts, die allein der Akt, in dem beide *ihr Gesicht verlieren*, zu hintergehen vermag. Sexus ohne Metaphysik ist die abscheulichste aller säkularisierter Herrlichkeit. Sex auf gottverlassener Brandstätte, wo die flache Lohe freilich immer noch nach dem Verbotenen züngelt, das Verbotene verzweifelt sucht wie der Gläubige das Heil.

Vom Fleisch der Liebe sagt der Poet, daß es nachschaudere von der Liebkosung des göttlichen Werkmeisters (Lubicz-Milosz, Initiations amoureuses).

Die rätselhafte Begegnung mit einer Kore am Seeufer, archaisches Mädchen, stille Figur, die einen blauen Hasen unter dem Busen trägt. Zwischen der gefälteten Bluse und dem Rock, der bis zu den Knöcheln reicht und nur die nackten Füße freigibt, wölbt sich ein wenig ihr entblößter Bauch mit dem versenkten Nabel. Und das Mädchen tritt mir in den Weg und sagt: Ich bin wie ein Stau-Becken im schroffen Gebirge. In mir enden die steilen Bäche und die stürmischen Handlungsverläufe. Denn ich wirke tattilgend und sinnauflösend und zusammenhängespaltend. Und alle, die mit fliegenden Gewändern zu mir zurückkehren, münden in mein untätiges und breites Verweilen.

Ich bin wie ein Vorraum ohne weiteren Raum, und in mir versammeln sich viele, die immerzu hin und her gehen, so lange, bis keiner mehr vom andern zu unterscheiden ist.

Ich sage dir, alles und jeder, der mir begegnet, mündet in meinen gestauten Wassern.

Gischt, Jungmädchenmähne des Wasserfalls, der weit oben durch ein Felsloch stürzt. Was sich ergießt aus solcher Höhe, stürmt seinen Weg, drängt zwischen die Steine, wirbelt wie die Quelle in einer Kuhle, verzweigt sich und macht einen Bogen um den Stein. Stürzendes Wasser, wehende Mähne – und legt sich in tausend Locken, die ihrerseits fallen und rauschen. Es ist schwer zu begreifen, wie dasselbe Wasser in grauer scheinheiliger Stille des Sees oder der Staustufe seine tosende Jugend verliert oder zumindest verheimlicht.

Das ist alles – Einzelheiten! Daraus besteht: dieser golddurchwirkte, dieser lichtdurchwühlte alte Nebel unter der Schädeldecke. Billionen schillernde Tröpfchen im Spinnennetz, und jedes einzelne enthält die ganze Seele der Diffusion … des unteilbaren, nie zu ordnenden Nebels.

Sprache soll man verdunkeln wie einst die Häuser unter Luftangriff.

Das Ich – Parodie eines Dickichts, einer wilden Verzweigung.

Das Hirn – ein Gegengeäst.

Hosteß, ein karmesinroter Pulli leuchtet unter dem grauen Nadelstreifenanzug, Hosteß, die inmitten der Menge jedem einzelnen seinen *Ausweg* weist, und sie regelt wie ein Verkehrspolizist in der Kreuzung mit angewinkeltem und gestrecktem Arm, mit Halt- und Komm-Winken den schleppenden Zug der Beladenen heimwärts ins leichte Geschehen.

Erziehung zur Poesie. Man kann jeweils eine Zeile aus den großen Gedichten der Welt auf ein T-Shirt drucken und die Träger auffordern, einander zu suchen und sich so zusammenzufinden, daß ihre Gruppe ein vollständiges Gedicht ergibt.

Zu lesen, allein, Abend für Abend, zu sammeln und zu ordnen, ohne sich daran zu berauschen, weder unterhalten noch entlastet oder abgelenkt, nur um: dahinterzukommen, als Ermittler, Endlos-Ermittler in der Sprache, aber auch in ihrem zarten Jenseits forschend, jenseits der Sprache das Gehabe, der Nimbus, Wellen und Stöße des Ungeahnten, fremde Frequenzen, überschlägige Berechnung von Existenz, die man vornimmt, innerhalb einer Frist, die nur aus Büchern besteht. Entziffern ohne das geringste Beschleunigungs- oder Vergrößerungsmittel, abgesehen von jenem perfekten

Alleinsein, das die Welt wiederum in lauter Isolationen und Einzelheiten zerlegt, Detailvergrößerungen.

Was ist das für ein Verstehen? Ein abirrendes, vagabundierendes, hinausziehendes … vielleicht schon alles *Fugue*, die Flucht hinaus, seinem Bewußtsein zu entfliehen, weil aus gestrüppigem Versteck, da draußen irgendwo, der äußerst Auswärtige dich rief?

Old men ought to be explorers. Man folgt einem unwiderstehlichen Wanderdrang, wie er zuweilen kranke Seelen befällt. Aber auch diejenigen, die dem Tod unter der Sonne entgegengehen und sich von ihm nicht abholen lassen.

Seit einigen Wochen ragten dem Abt von St. Georg aus seinem vorderen Rippenkorb zwei lange dünne Fleischsträhnen und legten sich über die Brust wie bleiche Algen oder Sojasprossen. Im Traum, von höchster Warte, war ihm beschieden worden, sie würden sich auswachsen zu bildhaften christlichen Zeichen. Halb neugierig, halb abgestoßen betrachtete er seine leiblichen Auswüchse und rätselte, zu welchem Symbol sie sich denn formen könnten. Kelch – Omega – Kreuz – Fisch? Christusförmig? Es ließ sich nicht absehen. Zelluläre Programme umzuschreiben war eine Errungenschaft des Zeitalters. Offenkundig war eine solche Umschrift in seinem Blut erfolgt, größere Zellverbände machten sich auf den Weg, eigenwillige Figurationen oder Sinnbilder aus dem Fleisch hervorzutreiben. Er betastete die langen regenwurmartigen Fortsätze, die aus seiner Brust wuchsen, und dachte: statt der Stigmata einst gibt es also nun diese fleischlichen Zeichen. Schößlinge, die sich zu höherer Bedeutung ringeln, falten oder strekken würden. Denn es waren ja keine chaotischen Wucherungen, keine Mißbildungen, sondern Bildungen, neuartige, die sich mit nichts anderem am Körper Gewachsenen vergleichen ließen. Entwicklungen, die zu durchbluteten, muskulösen Ornamenten und Schaumalen sich runden würden. Mein Leib, dachte er, verwandelte sich also zum Schaubrot für den Herrn. Für die Gottheit, die sich in Symbolen erblickt wie wir in Spiegeln.

Das Katechon, das Widerenden. Der Aufenthalt verlängert sich mit der Ausdehnung des gemeinsamen Raums. Der Platz des Aufhalters war nie unbesetzt, sonst gäb's uns nicht, so Carl Schmitt. Wie steht es aber mit dem sich selbst organisierenden Aufenthalt? Der autonomen Pause? Ist Aufenthalt notwendig eine Wirkung des Aufhalters? Die Katastrophen unterbrechen den Aufenthalt oder stören ihn, vernichten ihn aber nicht. Der Anti-Christ, der aufgehalten wird, trifft bereits im Denken, das von der Menschheits-Katastrophe angezogen wird, seine Vorbereitungen. Auch das ungeheuer Jähe (der Terrorschlag) besitzt das Fluidum seiner Ankunft.

Katechon ist jeder neue Tag: Aufhalter der endgültigen Nacht, des Endes in Finsternis.

Der Blitzstrahl des Schreckens wird gebeugt von der beschwichtigenden Hand der Athene. Es ist dieselbe Licht-Hand, die die Sorge von der Stirn wischt, die Dämonen beschwichtigt; eine Hand, die die Wirren der Gewalt löst. Eine das zustoßende Messer abwendende Hand.

Die Unsterblichen sagen: alles, was wir können, ist schauen. Schauen und wissen.

Aber der, der sterben wird, muß denken und sprechen, herumrennen und jeden ansprechen, der neben ihm steht.

Anders der, der keine Umschweife mehr kennt, keine Gier mehr und keine Panik, sondern nur noch Sehen und Einsehen. Kann er aber noch mit dir sprechen? Nicht mehr Panik, nur noch Mantik. Schau an, schau aus.

Im Vollmaß der Zeit sah sich Roma aeterna, das Reich, das ist, das war, das sein wird.

Die Christen unterwanderten das Schema und injizierten ihm Endzeit. Welch grausame Beschädigung, ja Verstümmelung des idealen Zeit-Körpers!

Offenbar brauchen wir Weltsichten oder -anschauungen, damit die Welt sie ad absurdum führen kann. Wir sind als Denkende darauf angewiesen, widerlegt zu werden – im Zweifelsfall von kühnerem Einspruch als je gedacht. Wenn etwa im Jähen die Welt mit Basilliskenblick zurückschaut auf den Weltanschauler.

Die Aufgehaltenen, obwohl doch frei, bewegen sich nach fernem Lautenspiel, das sie selbst nicht hören können. Sie gehen wie Begleitfiguren eines machtbewußten Herrn, dem sie nie gedient. Sie rufen über tiefe Gräben ihre Namen, da sie von Angesicht zu Angesicht sich beißen müßten. Verdrehten Richtungsweisern gleichen sie, die nach längst versunkenen Städten zeigen.

Ein Schluchzen erst jetzt, das aus der Tiefe der Jugend, aus der versunkenen Not einer schweren Stunde aufstieg. Etwas, das man damals kaum begriff und das nun nach so langer Zeit zu ganzer Unbegreiflichkeit reifte.

Das Lächeln der Kore brachte die Unnahbarkeit auf die erotische Bühne. Und es bringt noch heute Ferne in die vor dir stehende Frau.

Die Frau hinter dem Gitter ihrer Identität. Jenes *Sie selbst* ist das Gitter, hinter dem sie verschmachtet.

Anders die Empathie-Läufige; zu jedem spricht sie das Seine.

Ich bin, sagt sie, von Einfühlung ausgehöhlt. Mein Gang unter den Menschen hat mich so viel Einfühlung gekostet, daß von mir nichts übrigblieb.

Deshalb ihre fiebrigen *Konfabulationen*: daß sie uns Geschichten als selbsterlebt erzählt, die doch nur ein anderer erlebt haben kann.

All die Menschen, die ich halb sah, halb war!

Jedermann entbietet uns eine chaotische Fülle geheimnisvoller Winke.

Keiner ahnt vom anderen, worauf er hinauswill.

Auch daß er seine Gedanken kaum je zu Ende denkt, sondern auf einen geheimen Ergänzer vertraut, dem sich mühelos fügt, was er für ihn, wie Futter, lose ausstreut.

Die Zunahme an Disgrazie und der Totalausfall an hetärischer Intelligenz macht inzwischen jede Frau zum armen Hascherl, gleich welche soziale Stellung sie einnimmt. Endlich ist es ihr gelungen, das Objekt der Begierde nicht mehr zu sein. Statt dessen ist sie nun ein Objekt des erotischen Kompromisses.

Das Unzeitgemäße ist nicht gerade eine bevorzugt weibliche Domäne. Welch schöne Fremde in ihren Tagen wäre aber eine Frau, die sich etwas auf ihr gewisses Etwas einbildet. Eine, die nur Stil besitzt und sonst nichts. Die nichts besser weiß oder besser kann als andere, eine weder von höherer Herkunft noch von außergewöhnlicher Schönheit. Nur eben diesen unverwechselbaren Stil, losgelöst von den Konventionen des Lässigen, der erotische Dünkel als Profil.

Eine Hüterin zweier Liebender machte sich an die Reparatur des Paars, das seine natürliche gemeinsame

Bewegung bei der Umarmung nicht mehr ausführen konnte, ohne darüber ins Grübeln zu kommen.

Die armen Lustlosen, die keine obszöne Reklame mehr anspornt. Sie suchen jetzt in vergessenen Worten zu lesen wie etwa *Gemüt*. Sie lesen darin wie in der Leber des Lamms, suchen nach Spuren, die zu der verlorenen Lust zurückführen könnten. Doch alle Worte, die eine gewisse Region berühren, geraten sogleich in den Strudel eines herrischen ernüchternden Begriffs, etwa *Hypothalamus*. Und sobald sie Hypothalamus denken müssen, ist alles vorbei und die Lust wieder verloren.

Im Kaufhaus unter kleiner Lampe, nur eine Nische Licht, ihre schlanke müde Hand, flach gespreizt auf einer Gummimatte, wo eine junge Kosmetikerin sie mit Stift und Feile pflegt. Das Kaufhaus – einst der lange weiße Strand, belegt mit schönsten Waren, die Schiffe der Phönizier ankern vor der Küste. Die Einheimischen kommen und legen Gold zu den Waren. Verschwinden, nehmen nichts. Die Phönizier kommen noch einmal an Land, prüfen das Gold im Wert zu den Waren. Wenn es ihnen genug erscheint, nehmen sie es und segeln weiter. Wenn nicht, so ziehen sie sich auf ihr Schiff zurück und warten, bis die Einheimischen mehr Gold zu den Waren gelegt haben. Uralter Handel, Tauschgeschäfte streifen wie Nachtwind durch die Sinne aufgehaltener Leute.

Der Kuß sucht nach der Quelle des Lächelns.

Von den verwickeltsten Zusammenhängen bewegen wir gebrauchsfertige Packungen im Hirn, Meinungen, Urteile, Überblicke, Kritik etc. Das Entwickeltste ist nur in eingewickelter Form geistig zu ertragen. Sollte nicht das menschliche Bewußtsein selbst eine solche Pakkung sein? Das Involut eines größeren Geistes, einer höheren Entwickeltheit, die wir nur erfahren auf unentwirrbare Weise?

Einzelne Übergriffe mag es gegeben haben. Übergriffe, die ein vorgesetzter Geist sich erlaubte bei einem verständigen Menschen, der ihm gefiel. Mit dem er nur spielen wollte, dies Ungeheuer an Bewußtsein, mit dem niedlichen Kind der Vernunft.

Verführt wie Merlin von der klugen Viviane, war auch der alte Erzähler von einer treuen Ungetreuen seiner Künste beraubt worden und eingeschlossen in das Dornengestrüpp seiner Sprache, die nun jeden Zauber verloren hatte. Dort hockte er und konnte sich nicht rühren im undurchdringlichen Dickicht. Niemand hörte den im Dornbusch lebendig Vergrabenen. Doch spürte er bei jedem vorgelallten Vers, jedem ersten Murmeln: es wächst und wächst, es strebt noch inniger ineinander, sobald er nur ein Wort vors andere setzte. Er erlebte, daß all sein Erleben und alles, was er summte und ersann, aus ihm hervortrat und den Busch vermehrte, ihn immer enger umgab und mit Dornen fesselte. Daß von jedem Gedanken ein Zweig ausging, und das Gestrüpp mehr und mehr zuwuchs und zusammenwuchs, Wucher und Wust, in dem er genau wie einst der entmachtete Seher einsaß und nie wieder herauskommen sollte.

Wozu noch im Ton des Mitteilsamen sprechen, da ohnehin niemand Zutritt begehrt? Wozu eine Sprache benutzen, die das Unzugängliche zu lichten, das Unerklärliche klarzusprechen sucht?

Daß sein Gesicht verging, ohne daß es jemals wieder unverwandt angeschaut würde, war für ihn weit schmerzlicher als das Verenden seines Verstands. Denn in diesem Gesicht stand für jeden, der es sah, offen und stetig, daß es ihn suchte.

Jedes Theater versammelt die Zuschauer um eine Lichtung, welche die Bühne, der Schau-Platz ist. Die Lichtung im Wald dagegen ist ein Schau-Platz des vorbehaltlichen Geschehens – Lichtung ist sie nur, solange nichts geschieht. Allein das Säuseln und das Flüstern von Millionen Blättern steigern die Erwartung des Raums und erhöhen seine Gespanntheit. Der Schauplatz der Lichtung atmet das unmittelbar Bevorstehende. Ein Schauspiel, das wir nicht sehen können, dem wir dennoch mit äußerster Spannung folgen. Tritt ein Reh heraus, ist alles vorbei.

Einmal etwas, das nicht zu entwirren ist. Das große Brouillon, das sich selbst verschlingen will. Das Gemischte, die absolute Kladde, das Entwürfegewimmel, der Haufe Unreines, von dem nichts mehr nach außen drängt. Reflexe und Motive, die übereinander herfallen und sich ausschließen. Beziehungen und Entsprechungen entfalten nur in der Unordnung ihren Reichtum. Nur im Stadium einer ganz bestimmten Unbestimmtheit erhalten sie sich flüchtig am Leben. In Reinschrift sind sie edel-abgestorben. Die Fähren und die Fährten, die Adern, die Drähte, die Zweige. In der Reinschrift stirbt alles an Begradigung. Wie Auen, wenn man den Fluß in den Kanal zwingt.

Wie der Botschafter eines von allen vergessenen Lands, der sich darüber wundert, daß ihn niemand mehr zu Empfängen lädt. Der überhaupt nur noch verwundert seinen Dienst versieht und statt Demarchen und Deklarationen nun Verklärungen verfaßt, die jenes Land zum Fabelreich erheben, das ihn einst entsandte und von dem nun keiner mehr etwas weiß. Er bleibt auf seinem Posten, der Letzte der Vereinzelung. Nach ihm nur noch: die Minderheiten.

Es ist das Wiedergesehene überhaupt erst gesehen.
Keine Bewegung weder des Herzens noch des Geistes ist mächtiger als die von Verschwinden und Wiederkehr. Nicht umsonst gilt der Wiederkehr unsere höchste sakrale Zuversicht.

Zerstreuung sucht man nicht – man entkommt ihr nicht. Streu des Samens, Streu der Asche.
Streu der Gaben und Gegebenheiten, in die jeder seine Figur, seinen eigentümlichen Umriß einzeichnen will, ohne doch jemals aus der universellen Streu hervorzutreten.

Das plündernde Licht: ein Mondschein-Schacht, der von einem Paar im Bett aufwärts durchs Fenster in die Nacht steigt. Abzug aus bleichem Licht, in dem Möbel und Blumen, Schriftstücke und Wäsche, alles durcheinandergewirbelt, nach oben strömen. Jedes Teil aus seiner Ordnung gerissen, aufgesaugt, hinausgezogen, um irgendwann, in der Atemkehre, wieder rückwärts zu fliegen, sich zu fügen und in seine Ordnung zurückzukehren, noch ehe sie oder er vom Ausflug ihres Krempels etwas mitbekommen.

Und wieder war's, als hätte der Himmel die Erde still geküßt – nur daß ich selbst wie ein Kuchenkrümel mitten im Kuß steckte. Ein Fremdkörperchen zwischen sich findenden Lippen, eine winzige Unreinheit im irdischen Mundwinkel, und der Kuß ging als 100 000-Volt-Seligkeit durch mich hindurch, verbrannte mich vollständig und ließ nur ein Häufchen Glück von mir übrig, das ich im Leben nie hatte oder das, gleichsam als stille Reserve, ungenutzt in mir aufgespart war.

Zu schweigen wurde mir geboten nicht mit dem aufgerichteten Zeigefinger, vielmehr wurde mir *etwas* auf die Lippen geschwiegen, *etwas* meiner Sprache aufgedampft, das ich bei mir bewahrte und verschwieg mit jedem geäußerten Wort.

Aus dem Haus treten heißt auf einen Turm gestapelter Plastikstühle stoßen. Auf dem Weg durch die Stadt fast an jeder Ecke, auch mitten im Weg: aufgestapelte Stühle. Der Blick fällt überall auf diese steilen Gebilde, die wie Rauchsäulen vergangenen Sitzens aus dem Pflaster steigen. Vor Restaurants und Cafés, aber auch im Waschsalon, wo gerade die Putzfrau den Boden wischt. So daß man die Hand vor die Augen drücken möchte, um nicht fortwährend in Ermanglung von Sitzenden diese aufeinandersitzenden Stühle zu sehen.

Ja, kleine Säule aufeinandersitzender Stühle vor unbemanntem Kiosk. Die seitliche Tür halb offen wie ein staunender Mund. Endlos strebt, ziellos kreist im Jenseits die Seele über den vertrauten Erdenflecken, alle ichverlassen, aber sonst genau wie immer. Nur ohne den, der jetzt über sie dahinzieht. Und was sieht er? Lauter Fälschungen! Retuschen! Dort gehör ich dazu, da bin ich gestanden, genau dort neben dem Fahrradständer. Es ist, als gehe der Tod zu Werk wie ein Potentat, der einen Abtrünnigen aus allen Bildern wegretuschiert!

Jenseits – das ist unermeßliche, ungeteilte Geräumigkeit. Hier erfährt man Raum in den erhöhten Dimensionen, die man auf Erden nur berechnen, aber sich niemals vorstellen konnte. Jeder einzelnen Person, die dorthin gelangt, gehört sofort der ganze Himmel. Man stelle sich zum Behelf den großen Ozean glatt und zugefroren vor, bedeckt mit Myriaden alter Autoreifen, die jeder an den nächsten stoßen. Und nur in einem einzigen dieser wulstigen Ringe ohne Füllung hockt ein nacktes Menschenkind. Das ist der Himmel. Grenzenlose Vereinzelung.

Im Grunde war's die eine krumme, endlose Bartheke, an der sie langsam dahinzog, vom ersten bis zum letzten Barkeeper, einen wie den anderen für den Mann ihres Lebens haltend, dazu Whisky in großen Schlükken, die wie speckige Seehunde auf der Zunge rollten. Aufsitzend den zahllosen Hockern und die nackten Beine wie Lianen ums Gestänge windend.

Jedesmal, wenn sie dem Spiegel hinter den Flaschen zuprostet, hebt sie den kunterbunten Hinterkopf, auf dem jede Locke verschieden gefärbt ist, in den Nacken. Und es erscheint neben ihrem Gesicht im Spiegel ein zweites, das vergrößerte Antlitz des Mannes, der neben ihr fehlt, neben ihr auf dem freien Hocker. Es ist ein vom Spiegel behaltenes, unvergessenes Gesicht.

»Da bist du ja!« – Ausruf dessen, der von der Anwesenheit eines anderen überrascht wird. Ein flüchtiger Parusie-Reflex. (Gott sprach zu Mose: Also sollst du den Kindern Israels sagen: *Ich bin da* hat mich zu euch geschickt. 2 Mose, 3,14)

Hast du den Ausruf öfter vernommen als selbst getan? Hat deine Anwesenheit jemand anderen öfter überrascht als die seine dich? Fragen zur Jetzt- oder *Da!*seinsermittlung.

Kurve, die auslaufend an eine Gerade sich schmiegt und erst im Tod mit ihr eins wird. Das ist die langgestreckte Bartheke, und ihre Asymptote ist die stete Nacht. Das schnell wechselnde Personal sowohl der Gäste wie des Ausschanks. Die Bar. Eine halbe Stunde unentwegten Geschehens. Auftritte, Vorfälle, Ablenkungen. Lauter Überforderte, im Zusammenbrechen Sich-Findende. Ein Füllhorn von Nebensächlichkeiten ergießt sich über den Ort. Das Leben in seiner beiläufigsten Form. Wider das Warten. Wider das Verstehen. Wider das Planbare. Nie ist der Mensch unschuldiger, als wenn er in allen Taschen seiner Kleidung nach seinem Schlüssel sucht. Kramen/Vergessen. Der Betriebscharakter des Unbeschäftigten/Ungeschickten. Es ist wohl so, daß primäres Unglück sich verkleinert, sich verspielt im Zuge vieler kleiner Mißgeschicke, so daß man beim Schiefgehen alltäglicher Verrichtungen geradezu Entspannung und Erleichterung findet.

Also wurden die schönen Orte, vielgerühmte, jenseits des Okeanos verlegt. Es wurden auch Menschen, die guten Muts und stark genug waren, gastweise ins Jenseits versetzt, alles Schöne gerettet hinüber. Wie man kostbare Möbel auf einen Dachboden trägt, wenn der Fluß das Land überschwemmt und das Wasser in die Häuser steigt. Nur Jenseitsfahrten führten noch zu den schönen Orten.

Jedes Ding – eine Nachricht, eine Gegebenheit, ein Gegenstand – entstrebt sich. Auf unzähligen Verbindungslinien, die es durchqueren und entgrenzen, zieht es davon. Alle *links* führen hinaus aufs offene Meer einer letzten Unverbundenheit – zum Etwaslosen geht die Fahrt. Die Sache selbst, das Etwas eben, besitzt nur noch einen geringen Anteil an der Wahrscheinlichkeit der Welt.

Die Nacht nahm zu und höhlte den Schläfer. Ihr schwarzes Gefieder, ihr schnelles Nachschlagen beim Ausweiden von Hirn und Herz glichen der Grausamkeit des Raubvogels, der seine Beute krallt und immer wieder von ihr läßt, um sie erneut zu packen und zu schlagen und bei jedem neuen Ansprung mehr Gescheide aus ihrem Leib zu reißen.

Obgleich ein Mensch, den das Bewußtsein seiner selbst in tausend Stücke schlug, nährt er unverdrossen die Illusion, zuletzt den anderen ein anderer zu sein als ihm selbst bewußt.

Das Gewölle der Erkenntnis, wie von einem höheren Geist ausgewürgte, unverdauliche Reste an beinerner Rationalität und haarigem Zahlwerk. Der Eule Auswurf ist auf uns gekommen, jenes wüste Wissen, Komplexität, die uns Krankheit, Tod, Lust und Erkennen kommensurabel und damit unkenntlich macht. Zu kleine Begründungen allenthalben, zu dünne, gefälschte Zusammenhänge, ein Schlüssel da, ein Schlüssel dort, als baute sich das Undurchdringliche aus tausend Modulen durchschauter Prozesse auf.

Xiphos, die Insel der? Vereinfacher (Paul Valéry)

Da saßen sie in einem großen Kreis um mich herum und fragten ihre Allerweltsfragen. »Was können Sie uns jungen Menschen mit auf den Weg geben?«

O Weg! O Geben! O Ich! Der nur abschüssige Strecken kennt. Was sage ich? Der von der Belanglosigkeit von *etwas Positivem* nicht nur überzeugt ist, sondern auch genügend Beweise für seine verderbliche Wirkung besitzt. Pädagogisch ist das »Positive« stets das Ende der Neugier, die endgültige Abkehr von den einsamen, steilen Pfaden der Erkundung. Nichts, was ich hörte von jungen Menschen, konnte mich je beeindrucken. Niemals habe ich die geringste Lust verspürt, sie zu belehren oder gegen sie zu argumentieren. Sie waren jung, sie hatten recht. Niemanden mochte ich in mein Dickicht ziehen. Ich rate wie ein in allem Wissen Minderjähriger in den Menschen herum, die mir eine Weile gegenüber sind. Undenkbar, ihnen zu raten. Die Abenteuer des Entdeckens – für mich beginnen sie gerade erst, *old men ought to be explorers.*

Die einen wissen – und spüren nichts. Denn Wissen anästhesiert.

Die anderen spüren, aber sie wissen nicht, was sie spüren.

Aus dem Bahnhof trat, geführt von kleinen Lehrern, eine Klasse von verträumten Mädchen. Die als letzte ging, trug einen wippenden Petticoat und warf bei jedem Schritt ein paar Knallerbsen auf das Trottoir. So werden es alle tun: aus dem Bahnhof treten, weit hinaus blicken und in die Stadt hinuntergehen, die sie schon lange besuchen wollten. Auch die besten Leute deines Lebens kommen so, einer nach dem anderen, aus einem breiten Backsteintor und ziehen froh an dir vorbei, hinunter in die sehenswürdige Stadt. Du selbst bleibst ungerührt neben dem Ausgang stehen, fast wie angewachsen in der Scheu – und Lust, das Nachsehen zu haben. Unbeweglich bis auf ein Zittern – daß einer dich mit einem kleinen Seitenblick erwischt und wiedersieht, sich freudig umdreht und dich in die Arme schließt. Doch jeder sieht gebannt nach vorn, jeden lockt die geschmückte Stadt. Denn wer, ob alleine oder in der Schar, hier aus dem Bahnhof tritt, wird augenblicklich bezaubert von der ebenso zarten wie wehrhaften Siedlung unten im Flußtal. Nichts könnte ihn von der Aussicht ablenken, was sollte ihn reizen, sich plötzlich umzudrehen? Um nachzusehen, wer ihm die lange Sehnsucht an den Rücken hängt?

Nim ich ein stücke von der zît, so enist ez weder der tac hiute noch der tac gester.
    Nim ich aber nû, daz begrîfet in sich alle zît
    Meister Eckhart

Wir sind, was uns trennt. Mr. Jetzt und Mrs. Nu.

Die Tarditive sind die Rauschmittel des Aufenthalts, die das Zögern vergrößern und es genießen lassen.

Daß ja die Bilder wie das Petschaft sind, das einen Brief versiegelt; so verschließen sie vor uns das Unsichtbare.

Und ich verbarg mich im weißen Apfelbaum, dessen Stamm sich niedrig und parallel zur Erde streckt. Der Schiefe, der Krüppel: so lichterloh festlich! Und ich – was hatte ich im Frühling verloren? – verkroch mich unter seinem Hochzeitskleid. In jedem Jahr tiefer fällt sein Saum. Was also, außer denn unsichtbar in ihm sitzen und die Blütenwache halten?

Die Menschen der westlichen Welt begannen sich eines Tages der Nacktheit ihres Gesichts und ihrer Stirn zu schämen. Die Scham kam über alle wie eine Weltneuheit. Wie einst Rap oder Handy. Sie suchten ihr Gesicht zu bedecken, hatten aber keine Sitte, die ihnen einen passenden Schutz lieferte. Sie litten an einer Anziehpsychose und konnten nicht mehr aufhören, sich mit Kleidern zu verhüllen, bis sie als dicke unförmige Kleider-Stoff-Ballen herumrollten. Mann und Frau sahen aus wie alte Lumpenknäuel, Vettel und Schrat, zwei Klamottenpakete, die zuweilen mit langen Stöcken aufeinander eindroschen, weil Hiebe mit Armen, Tritte mit Füßen im Stoff versanken, zwei um und um Verhüllte, die, um sich zu lieben, Minuten brauchten, den Unterleib freizuwühlen.

Denn alle Liebenden wurden in dieser Nacht einander Mahre.

Violetta heißt das Mädchen mit der Wäscheklammer, die sie während des gelehrten Vortrags an wechselnde Körperstellen klemmt, erst an die Nase, an die Ohren, an die Finger, dann ins Haar und an die Brustspitze.

Violetta heißt das Mädchen mit der Schnippschnapp-börse, die sie während des Vortrags ohne Unterlaß auf und zu schnackt.

Violetta heißt das Mädchen mit dem kleinen grünen Kissen, das sie während des Vortrags vor ihren Bauch preßt. Oder sie drückt es mitten ins Gesicht, an die Schläfe, unter die Achsel und den Ellbogen oder schiebt es zwischen ihre Beine, je nachdem, wie ihr ist und wo sie das kleine Kissen als Schutzpolster benötigt.

Der Redner auf der Bühne beugt sich weit übers Red-nerpult, greift sich seine einzige Zuhörerin da unten, Violetta allein mit hundert leeren Stühlen … ha, die einzige, sein Publikum. Er nimmt sie ran, er sucht sie zu traktieren und zu zähmen, zu scheuchen und zu schinden. Der herrische Vortragskünstler. Die wider-spenstige Zuhörerin. Der einst weitläufige Vortragssaal wurde parzelliert in lauter kleine Vortragskabuffs, dut-zendweis je ein anderes Abteil der Wissenswelt, Nanga Parbat, Informatik, Nosferatu. Wie früher die großen Kinos, eines Tages aufgelöst in Kabuffs. Violetta im großen Mantel mit Riesenperlmuttknöpfen, darunter noch die Leggins und die Küchenschürze, auf dem Kopf ein kleiner altmodischer Hut mit aufgerolltem Schleier, runde Toque, die ständig verrutscht, als säße sie auf glatter Glatze. Und der Redner, der sie jagt durch die leeren Reihen, der sie mit Wörtern jagt und treibt wie ein Tier, so daß sie sich mehrmals unter einem Stuhl verkriecht. In Sicherheit bringt. Dann schreit er sie mit Namen, frei erfunden, hervor: Birgit! Raus aus der Deckung!

Violetta gibt nun prompt zurück: Sie Redebulle, der Sie sind!

Der Redner: Eins im anderen inbegriffen! Man sagt doch auch nicht: Baumvogel. Oder Kirchenpfarrer. Oder Rosenblume.

Der Mann am Pult wird szenisch. Er spielt aus seinem Text zwei kontrastierende Personen hervor, verteilt die Sätze an zwei kurzerhand erfundene Denk-Gesellen, rechts und links vom Pult. Er springt zuerst einen halben Meter nach rechts und schäumt vor Argumenten aus fingiertem Mund. Zwischenrein ein schneller Schritt zum Bühnenrand, von wo er mit vorstoßendem Knie zu ihr spricht, hinunterspricht, bis sie erbebt und schaudert, die willige Zuhörerin. Dann wieder zurück zum Pult. Zum Text. Dann zur anderen Seite, anderen Person, donnernde Widerrede gegen den alten Widersacher rechts. Erschöpft zurück zum Text. Der Redner drückt den ganzen Leib ans Pult, umarmt, umklammert es, der Oberkörper sinkt und liegt, bedeckt das Manuskript, die beiden Hände krampfen am Pultrand, bis die Scharniere quietschen. Dann wieder zurück zum Text, vollkommen in ihn versunken, kauernd im Text.

Immer noch erregt hört sie ihm zu, läßt sich nichts

entgehen, genießt und schmilzt. Aber schon kommt neue große Schelte über sie, vom Pultrand Feuer, dichte Salve angreifender Begriffe. Sie springt vom Sitz, versucht sich abermals in Sicherheit zu bringen.

Violetta: Sie sind wohl Geisterfahrer, wie?

Redner: Moment, ich bin soweit, ich komm gleich zum Ende ...

Violetta leise unterm Stuhl: Ende? Sie?

Die Wissenschaft vom Aufschub des Todes. Die *Ambolothanatologie* ... Welch ein Geschiebewort! Geröll unter dem Griechen-Gletscher. Die Ambologera war die das Alter aufschiebende Aphrodite.

Sauerstoff brauchen wir zum Leben, jede Körperzelle braucht ihn, und was in ihrer äußeren Hülle die Mitochondrien davon nicht in Energie umsetzen können, das zerstört unter dem Namen »freie Radikale« die Zelle. Ein Vorgang, der den Organismus altern läßt. Einige Vögel besitzen aber Antioxygene, die die zerstörerische Wirkung der freien Radikalen aufhalten können. Das werden wir uns genauer anschauen müssen. Die Vögel haben wir von jeher beneidet. Sie waren uns auf dem Felde der Unerreichbarkeit immer die Begehrtesten unter allem Getier.

Er will nur ihre Spuren sichern, nicht sie selbst. Er hat ihren Fahrradsattel gestohlen, um ihn chemisch ein wenig abzustauben. Er klaubt ihr verschmutztes Papiertaschentuch aus dem Abfall, untersucht die Schnupfen-Viren, schließt von ihnen auf der Schönen

Antikörper-Gene, setzt da an, versucht die Firewall zu stürmen.

Er lebt vom sinnlichen Zins, den das humangenetische Kapital abwirft. Selbst in dieses zu investieren liegt ihm fern.

Wenn man sich vorstellt: die ganze geschriebene Welt wäre nur eine Parenthese oder wäre zwischen zwei Klammern gesetzt, die ihr Beginn und Ende sind, und die Klammern werden nun wie Stahlwände zusammenrücken und alles Geschriebene zwischen sich zusammenpressen wie eine Schredder, um einen beachtlichen Quader Rohmaterial zu hinterlassen der schriftlosen Welt. So daß von allen Werken und Entwürfen, von allem Können und Entsprechen nur dies bittere Faktum einer formschlichten Traurigkeit übrigbleibt, ein stummer Quader Schrift.

Nicht gar unmündig ist auch hier der Grund, wenngleich er keine heroische Legende erzählt. Jeder Weg bewahrt noch die kleinen Fußstapfen: da nämlich ist *Ulrich* gegangen! Die langen Gänge zwischen den Feldern, einst in Begleitung des Kinds, bis es erwachsen wurde und meine Seite leer; und nun das Alleinsein widertönt von den Ausrufen des Entdeckens, der hohen Stimme der Fragen und Lieder, die nun in meinem Schädel kreisen wie taumlige Fliegen in einer warmen Winterstube. Auf jedem täglichen Weg hinterließ das Kind seine Schritte. Wie auch dies der Dichter gesagt hat: »Da nämlich ist Ulrich / Gegangen; oft sinnt, über den Fußtritt, / Ein groß Schicksal / Bereit, an übrigem Orte.«

Mein Kind wird diese Tage selig erinnern, das heißt: zu *jenen Tagen* werden sie ihm dereinst. Dazu wird mir die Zeit nicht reichen. Außerdem ist nur das im Werden Erlebte verklärbar. Was man im Vergehen so mitnimmt, wie tief es auch reicht, unvergeßlich kann es vielleicht werden, aber niemals legendär. Weder mein erster Computer noch mein erstes SMS werden die Grenze zu *illo tempore* überschreiten.

Deshalb ist das, was man im Alter an schönen Dingen erlebt oder tut, so roh und bloß: weil ihm die Aura später Erinnerung versagt bleibt. Und weil man das weiß. Jedes Lebensstadium ist wie eine Larve, der ein nacktes hilfloses Wesen entschlüpft. Aus dem dichten Kokon von Schläue, Schmerzen, Wissen, Skepsis und Enttäuschung entpuppt sich am Ende: das neue Kind. Doch wird ihm die Zeit verwehrt, die es braucht, seiner Kindheit zu gedenken.

Da steht noch am Rand eines verlandenden Moorsees die abgestorbene Erle, an der kein Mensch mehr lehnte, seitdem ihren kahlen Stamm die kleine Hand berührte. Man könnte ihren Umriß dort mit Hilfe chemischer Bedampfung noch nachweisen.

Er, der hier so viele Jahre lang vor mir herlief. Vergiß es nicht, mein Junge, du gut Vorangehender!

Zwanzig Jahre Wunder in unzähligen farbigen Tupfern, nun verschlossen wie ein Geschick mit knapper

Beschriftung: aus Kindern werden Leut. Manchmal wird ein Allerweltsspruch, von dir erlitten und durch dich erfüllt, zu deinem sichersten Besitz. Erst wenn ein Gemeinplatz ganz dein wird, ist er am Ziel, verdient er seinen Namen.

Gedanken sind Sternschnuppen, das Hirn nichts als ein Sternschnuppenfangkorb.

Die besten stürzen lautlos an unserer Lebenssphäre vorbei. Zufällig erblickt jemand am Himmel der Nacht, wie das lichte Gedachte vorbeischießt und erlischt.

Manche Werke und Bilder sind aber Brocken, die beständig unseren Planeten umkreisen.

Nichts hält die Tage auf, doch kann man sie zu Kristallen umbauen und so vorm spurlosen Schmelzen bewahren. Von ihnen zu erzählen, statt sie zu zählen, verklärt ihr Vergehen und läßt sie darin wie neu erstrahlen. Wenn auch keiner davon so unvergänglich wird wie Mörikes Vers: »Doch immer behalten die Quellen das Wort, / Es singen die Wasser im Schlafe noch fort / Vom Tage, / Vom heute gewesenen Tage.«

Was ist nicht alles in uns: übriggeblieben? Nie gezählt und nie geordnet, nie verwendet und nie verstanden und doch da, immer mit von der Partie. Streu, Schicksalskies, nie angemischt mit Leben, immer in der Reserve, ohne jemals den bindenden Baustoff zu geben. Erst beim Entladen bemerkt man die lange Schüttung, wenn der Kies von der Kippfläche des Lastwagens rutscht.

Ja, das ist jedesmal: seine Abfuhr hören – die lange Schüttung Kies, der zu Boden rauscht.

Man ist ein Zerstreuter, den kein anderer überblicken oder gar aufsammeln könnte. Jemand, der mit Haut und Haar verschwand, in wen er sich einfühlte. Nicht einmal an meine Grenzen könnte ich stoßen.

Mein Wappen trüge die Umrisse der gekörnten Max und Moritz in ihrem »Letzten Streich«.

Hier kann man sie noch erblicken
Fein geschroten und in Stücken.
Doch sogleich verzehret sie
Meister Müllers Federvieh.

Dabei spielt auch die suggestive Brutalität eine Rolle, mit der die Lausbuben in den Trichter gestopft und durchs Mahlwerk zerkleinert werden.

Rickeracke! Rickeracke!
Geht die Mühle mit Geknacke.

Cave verbum. Etwas zu nennen könnte bedeuten, von ihm genannt zu werden.

»Wofür wir Worte haben, darüber sind wir auch schon hinaus. In allem Reden liegt ein Gran Verachtung.«

Nietzsche, Götzen-Dämmerung

In unseren menschlichsten Anwandlungen sind wir wie die Pflanze lichtwendig – alles in uns öffnet sich zur Sonne, welche das uns zugewandte Gesicht des anderen ist. Diese Zugewandtheit muß so rein wiederhergestellt werden, wie sie der Säugling im Wochenbett erfuhr.

Und sei es mit Hilfe spezifischer Drogen, künstlicher *altero*gener Mittel, die den anderen, so verschleiert und verschliert wir ihn sonst erleben, von schlechter Rede und billigen Gebärden verdorben, wieder zu seiner heilsamen Erscheinung bringen.

Schwindende und Schweiger, hauchdünne Verschlossene, die durch die Menge ziehen und deren eilige Schritte ein sanftes Wehen hinterlassen. Leise Gemeinschaften und Filiationen, die niemand kennt, durchdringen unsere gröberen Zusammenhänge, dissoziieren das Wir. Sagen nicht die Anhänger der String-Theorie, es durchdringe ein zweites Universum, immer anwesend, die Membrane des unseren? So wäre auch der Alltag nur eine dieser *D-branes*, durch die ein Parallel-Alltag von höherer Dimension hindurchgeht.

Das Reservoir des Idealen ist nicht beliebig erweiterbar. Etwas Schöneres als bereits erschienen wird niemals auftauchen.

Da war wieder das Dornengesträuch, zu einem Purpurwirbel verdichtet, undurchdringlich und wild, wie ein Auge voll Bluterguß.

Es ist eingefaltet der Ordnung die Wildnis. Der Vernunft das Undenkbare, dem Wort das Unaussprechliche.

Dies hier, mein Immediatbüchlein – unmittelbar zu meinem Ober-Haupt.

(Die mittelnden Instanzen gehören zur gesellschaftsfähigen Intelligenz, die ich verlor.)

Übrigens das, was über dem Ich schwebt, sein Ober-Haupt oder Gewölk, heißt Du – und nicht etwa Über-Ich.

Das Du über dem Haupt tanzt mir die Schritte vor, die ich nachtun soll. Maß und Bemessenheit einer Person stammen nicht aus ihrer Umgebung.

Wie passen sie zusammen: die immer rundlaufende Uhr und die nur ablaufende Zeit?

Der Mann in seinem Inneren bestand aus schwerer Mythen-Masse. Er hatte Zeit mit Vorzeit angereichert und dabei eine Menge Energie gewonnen. Vor ihm fielen die Tage wie Zinnsoldaten um.

Er sah, wie diese Frau, dicht vor seinen Augen, zur Allegorie wurde, zur mittelalterlichen Personifizierung der Großen Plage. »Ich sage dir, ich bin die große Unfruchtbare.« Unfurchtbarkeit, eine Geißel Gottes. Nicht seine Liebste mehr, sondern die Furie, die Mensch und Äcker mit Not überzieht.

Bevor noch der Untergang einsetzen konnte, waren Abend und Land auseinandergefallen, und der Abend lag landlos in rötlicher Ruhe. Der Westen war nur mehr das Fluidum dessen, was am Tage der Westen gewesen, Glück und Geist. Der Abend war mildes Feuer, das Land nur Schimmer und Schein. Das war noch einmal eine andere Ansicht des Abendlands.

Das Sich-Erfüllende, von dem du nichts weißt und das du lebst.

In das du dich selber füllst wie Salz oder Wein. Irgendein Gefäß wird es schon geben, das deiner bedarf, um gestrichen voll zu sein.

Alles dunkel und die große Bucht voll schwarzer Barken. Weshalb nicht eine mit Positionslicht? Nacht mit Nachen, schwärzer als die Nacht.

Was wir sehen, ist verschwunden. Was wir singen, längst verklungen. Was fließt, verflossen. Was anhält, in sich zusammengestürzt.

Der immer nur ausatmende Krug, der leere.

Präludien für nichts, was folgt. Intermezzi, die vom Ende nichts wissen, die das Ende einfach ereilt.

Die Insel Xiphos umschloß eine Dauer, eine Hybride der Zeit, die eine Form des Lebens ermöglichte, das man sich nicht vergegenwärtigen konnte, ein Leben von nie gekannter stundloser Dauer. Die Zeit verging und blieb wie Geröll in der Brandung. Sie unterschied zweierlei Immerdar, das Rauschen der Muschel und das Geräusch, wenn die Nacht konspiriert mit dem redseligen Meer.

Wenn das letzte Selbstbildnis des Menschen vollendet ist, wird es statt eines Gesichts nur inneres Gehirn zeigen. Unter diesem vollendeten Gewölbe werden er und seine Welt in das Immerdar eines umfassenden Funktionierens eintreten. Die Vollendung wird dann nur noch die Aufrechterhaltung ihrer selbst produzieren. Dann wäre Stasis oder Ständigkeit erreicht und wäre soviel wie: der vollkommen mit seinem technischen Werk ausgeglichene Mensch.

Ständigkeit als Gabe des Ewigen an die Zeit. Ständigkeit dereinst, wenn das prometheische Schicksal zum Schaltkreis sich rundet, wenn höchste, letzte Technik den Feuerkranz schließt.

Jedem Hinweis, jedem anzeigenden Pfeil die Spitze zu brechen oder zu schwärzen war nun ein Zwang seiner Richtungsphobie.

Schließlich gibt es anstelle von Utopie ihr Gegenteil: das Vorbildliche. Gute Topoi, Stellen des Gelingens, Lichtungen.

Hier bleiben und noch einmal hier. In dir ist Fortgehen genug und Klein-und-kleiner-Werden gegen den Horizont. Ewige Wiederkehr: eine botanische Eigeninitiative. Sonst nirgends zu finden. Eine Gedankenfalle. Auch der Kreislauf ist in das lange Aufhören gebettet. Ausglühen ist das Zeit-Maß des einzelnen wie des Universums.

Geschichte in ihren unzähligen Facetten ist dennoch nur ein Auge unter den vielen auf dem Flügel des Seraphim. Eines nur, durch das man die Fülle der gegebenen Welt in eine Perspektive zwingen kann. Vielleicht ist es aber auch nur eine Augenattrappe, ein Panikauge, das zur Abschreckung des tödlichen Vogels dient, wie es auf dem Kleid des Falters prangt, der menschlichen Seele?

Am himmlischen Aussichtsgeländer gelehnt. Unten im Dunst des Tages: die Insgesamt-Versammelten. Die Geschäftigen und unter ihnen die, die nur sortieren. Sich selbst und das ihnen Zugehörige. Ewig lesen in der Asche die grauen Linsen. Die unbezwingliche Menge – Halden von Linsen, die sie lesen müssen, die guten ins Töpfchen, die schlechten ins Kröpfchen (woher so viele Tauben?) – der Schuldenberg.

Du hast Zeit genug.

Ich habe Zeit für nichts anderes.

Einer ist still des anderen Deutung, so wie er neben ihm geht. Doch sein Deuter kann und will er nicht sein.

Zu keinem trägst du was. Für dich allein schwirrt der Kopf, der Bienenkorb zwischen deinen Schultern, *cista mystica*, darin ein Volk von geistigen Insekten ein- und ausfliegt, sammelt und baut, zu keinem anderen Zweck, als sich selbst zu erhalten und zu vermehren. Da nun niemand von außen sich des köstlichen Lagers bedient, werden sie eines Tages den Bau für immer verlassen.

Wie auf einmal die Straße – in einem Coup der frühen Tage – wieder zu einem begehrenswerten Ort, zu einem Platz im Sinne der Lichtung wurde! Lichtung in der Zeit. Kinder spielten wieder Murmeln, hüpften Seil und gingen auf Stelzen. Mitten auf der Straße – ein Rückfall in die Kindheit! Die schönen und durchtriebenen Spiele wie auf einem Gemälde von Balthus.

Noch haben wir etwas, das nicht reproduzierbar ist: Bilder der Erinnerung, Ablichtungen, die das Einstweh herstellt.

Und die Stadtplaner sagen: wir haben ja alles bereitet für das vergnügte Leben der Kinder auf der Straße. Verkehrsberuhigt ist sie, verengt auf Gassengröße, das Trottoir glatt zum Skaten, manche Zonen reserviert für Schlafwandler, nicht mal Radfahrer dürfen dort passieren. Es ist alles bereitet für das gefahrlos heitere Straßenleben, doch keiner kommt. Die Kinder kennen ja keine Straßenspiele mehr, und die Verliebten drücken sich nicht mehr in Hauseingängen herum. Kaum vierzehn, fahren sie nach Ibiza übers Wochenende. Die Menschen sind in ihren Vergnügungen tief unter das Niveau ihrer schönen Umwelt gesunken. Tausend Verlockungen in ihrer nächsten Umgebung, der baulichen wie der pflanzlichen Art, die sie kaum beachten. Die schöne Straße lebt! Aber die Menschen lassen ihr Leben nicht hinein!

Prangte die feudale Gesellschaft mit Kunst, Muße und Krieg, so prangt die unsere mit kolossalem Reichtum an Institutionen. Unzählige Stütz-, Schutz- und Fürsorgeeinrichtungen sind unsere Loire-Schlösser und erfordern einen unvergleichlich größeren Aufwand als jene. Im Prangen und Verschwenden leben wir weit fürstlicher als die Fürsten.

Unter den Ruinen einer solchen Zivilisation wird man eines Tages vor allem die erhabenen Bauwerke des Sozialen bewundern.

Man liest nicht in Gesellschaft in den Sternen. Die Unendlichkeit isoliert – sogar vom vertrautesten Menschen, den man zur Seite hat.

Spät erst ahnt man die Macht des Unverbundenen, während man als junger Mensch immerzu damit beschäftigt war, »Texte« herzustellen, um sich zurechtzufinden. Man verwob, was nie zusammengehörte. Jetzt mißtraut man eher dem Zusammenhang oder er langweilt einen. Isoliert und ausgesetzt auf steilem Klippenvorsprung, so sieht man die Dinge, die einen interessieren.

Aufzugeben das Eine, sagt man, sei unser Glück. Dagegen der Einfache: immer älter – immer einshöffiger. (Man sagt ja: s'is hier 'ne wind- oder ölhöffige Gegend.) Die eine Kammer, die Recht spricht. Die eine Bude der Kunst. Die eine Regel, die unzählige Regeln bändigt. Immer tiefer vorgestoßen auf einshöffiges Gebiet.

Sich verzehren nach. Gezerrt werden von Unzeitigem: ἔλκειν, gezogen hinüber.
    Ist nicht alles wie nie?

Erst sieht man einen in sich ruhenden Menschen, dann sieht man genauer hin – und da ist es ein in sich niedersausender Mensch.
    Das Leererauschen, der Taumel, der Koller, die Vertigo, die Panik, der Sturz ins Bodenlose. In ihm wurde alles in den Abgrund gerissen.
    Ein Mensch, der seine Gestimmtheit verlor wie eine Geige, die man in den Kühlschrank sperrt. Der Ungestimmte ist ein Faktenzehrer, sein Lamien-Geist ernährt sich von den Exkrementen des Daseins, den Tatsachen.

Warum ist Jesus viel zu gesprächig? Johannes 3,1–10. Warum endet er nicht mit: »Wer von euch ohne Sünde ist, werfe den ersten Stein«? Und mit dem Schreiben oder Zeichnen in den Sand. Und mit dem Aufblick, so daß der Herr und das Weib allein sind in der weiten Halle. Was für ein Licht! Und welch gespannte Kon-*stella*-tion! Es muß einen intuitiven Menschen reizen, das Neue Testament, soweit es geht, in Schweigen, Gebärden und Erscheinungen zu übertragen.

Gott schweigt, Jesus spricht – zuviel. Es ist nicht ein Logos-Problem, sondern daß unser Herr Mensch ist und darin Gottes Wort (logos) notwendig – ein korrumpiertes Gottesschweigen. Große Künstler der Moderne versuchten in dieses Schweigen einzudringen und überhörten den Sohn.

Und dann haben die Theologen mit ihrer unerschöpflichen Hermeneutik die Rose entblättert. Die Methode des Verstehens, die immer Methode des Vermittelns ist, hat uns alle vom Unbegreiflichen entfernt. Das Differenzieren strebt ins Unendliche, es widerstrebt dem Nahen und Unmittelbaren. Aber es ist nun der »Kult aus eigener Vollmacht«, wie Ratzinger es nannte, der das Selbstverständnis des säkularen Menschen zusammenhält.

Die Weiß-Brüller rings auf den Hügeln, die durch ihre weißen Kehlen, ihre weißen Lungen alles rein schreien, was da an Schwaden unguter Sprache in der Luft hängt.

Auf Höhenwegen die Trauerwanderin. Der Tod der Mutter trieb sie ins Gebirge und im Gebirge immer steiler in die Höhe. Nicht irgendeinen Rest verloderter Dinge, sondern das Hirn des Feuers umschließt ihre Faust. Jede Schuppe der grauen Asche erinnert das Gold der Flamme.

Weit ins schneebedeckte Land zu sehen an einem Wintermorgen zieht hinüber ins Ununterscheidbare. Eigentlich gibt es nichts, das einen noch zum guten alten Unterscheiden anhielte. Mit Ausnahme vielleicht … dieser jenseitsfeinen Unterschiede in Rauch und Dunst, in Schleiern, Wolken, Wehen, Fluidum.

Nichts, was nicht Mutter wär, in dieser weichen Umfassung durch das Land. Bleibt sie nicht für immer die *Umfangreichere*? Die *Platytera*? So der wunderbare Beiname der byzantinischen Madonna, der das Medaillon mit Jesuskind vor dem Leib schwebt.

Solange der Sterbende spricht, sind wir versucht, ihn am Faden seiner Worte, die unsere, der Lebenden Worte sind, zurückzuziehen.

Sehen Sie hier in meinem Immediatbüchlein –
Immediat? Hat das was mit Medizin zu tun?
Nein. Im-mediat. In den Medien nur Mediales. Das Unvermittelte findet hier seinen Eintrag. Unvermittelt wie das Glück, der Schmerz und die Erinnerung.
Ist das nicht doch medizinisch gemeint?

Irgendwann nur noch schemensichtig und von Schatten verführt. Dann wird die ganze, die volleibliche Person eine ästhetische Last. Wie das Neugeborene nur Größerem ausgesetzt ist und der Mensch eigentlich unter Kolossen zur Welt kommt, so wird der späte Blick von allem nur den Umriß erkennen, lauter Menschen, denen die innere Füllung fehlt.

»Sie sehen dich nicht, denn Schemen sehn sie nur«, nämlich die Mütter in Faust II.

Alles, was wir sehen, gehört zu einem unermeßlichen Gesicht, das uns erblickt. Wir unterscheiden seine Kerben, Falten, Winkel, wenn wir ein Stückchen von der Welt genau erkennen wollen. Alles Starren, Spähen, Ausschauhalten sucht, fortwährend vergeblich, zu enthüllen jenes gewaltige Gesicht, das uns erblickt.

Keine Schattenwelt, jedoch ein toleranter Garten, wo Lebende gemeinsam mit den Toten sind. Die aber erscheinen verschlossen und wie plombiert in ihrer Hülle. In ihrem Gehen und Benehmen sind sie nicht ansprechbar, nicht ablenkbar. Sie sind auch Rufeschlucker, sie saugen den Schall aus der Luft. Schall-Sauger sind sie, wie es Staubsauger gibt.

Das lichte Brot. Eine belegte Stulle, wenn man sie aufklappte, quoll gleißendes Licht hervor.

Man glaubt an die Geschichte, man glaubt an das Jetzt und das Letzte, an Fortschritt und das Ganz Andere. Doch eines, das tatsächlich nichts als Glauben verlangt, wird nur selten geglaubt: das *totum simul*, das große Allzugleich der Werke und Tage.

Zerstampfte Embryonen haben sie sich in die Nahrung gemischt als das wirkungsstärkste aller Aphrodisiaka – man muß die Heutigen denunzieren mit Schmähungen, wie sie nur Irenäus oder Tertullian einfielen, als sie gegen die gnostischen Sekten wetterten.

Im Schiffbruch der Zeiten gibt es ineinanderversplißte Stunden von unten und oben, von einst und jetzt, von Anfang und Ende. Zeitengespliß.

Der Wahn eines einzelnen ist nur dann ein gesellschaftliches Opfer, wenn er aller anderen bisheriges Verstehen reißt wie Aias die Herde unschuldiger Schafe. Meistens aber bedeutet er nichts als eine der unzähligen Abirrungen, die unter den Menschen, mal schmerzlich, mal lustvoll, das Gewöhnliche sind. Ihnen ist schon der Unbeirrbare ein Irrer.

Es fallen doch stille Plätze und Pausen ab, wie Brosamen vom Maul des malmenden Zeitgotts.

Die Kugelrobinie vor dem Fenster in ihrer Winter-Verästelung präsentiert eine geschlossene Welt der Gabelungen, eine Fülle von Bifurkationen. Das Dickicht Denken ist durchaus ungeeignet, das Dickicht zu denken. Der Baum mündet in Verzweigungen, als hätte er bei unzähligen Alternativen immer beide gewählt. Der Geist aber wächst von Entscheidung zu Entscheidung.

Der leere Schneid des herrischen Urteils. Nach dem schnellen Wort: »Goethes Faust? Byrons Manfred ist besser.«

Die Mini-Despotie des Diktums: in der Kürze liegt die Würze – doch fehlt die Speise.

In der Kürze ist fast alles falsch gesagt. In jedem Geistes-Schnappschuß herrscht ein Souverän, der König nur für eine Sekunde ist.

Wege des Mannes, Stunden der Frau.

Niemand sah sie in der muschelförmigen Laube sitzen, niemand kannte ihren Blick, der sich starr auf den Hügel richtete, der vor ihr anhob. Unweit von ihrem Haus und der Laube verlief die Strecke, auf der in regelmäßigen Abständen der abschiednehmende Geliebte vorbeiritt. Immer den Hügel hinauf, ihr den Rücken kehrend, wenn er für Sekunden auf dem Grat anhielt, um seinen Hut zu schwenken, dann abwärts und weg. Als hätten sie sich nie ins Auge geblickt und müßten nun für immer unansichtig aneinander vorbei. Sie vorwärts starrend unveränderlich, wenn er durch ihr Blickfeld galoppiert. Sieht nichts anderes als ihn, denn niemand sonst reitet durchs Blickfeld. Mal um Mal. Galopp um Galopp. Hebt den Hut, als grüße er vorwärts, hinein in die bevorstehende Ferne, kurz vor der abfallenden Strecke, den Hügel hinunter. Doch sein Gruß nach vorn kann nur nach hinten gelten, gilt ihr, dem sie so unverwandt in den Rücken sieht. Niemals könnte er sich umdrehen, niemals nach ihr in ihrer Muschelnische schauen.

War's denn ein Fehler, Ja! zu sagen zum Tausch von endgültigem Abschied gegen die plombierte Wiederholung desselben?

Entweder sich sehen, sich nehmen und dann mit der Zeit vergehen, einmal für immer. Oder aber zeitlos wiederkehren, wenn auch aneinander vorbei und ohne sich zu sehen. Den Hügel hinaufreitend sieht sie ihn kurz, grüßen sieht sie ihn etwas länger und über den Hügel hinab am längsten in der Mulde verschwinden.

Die Worte selbst stießen mich ab, ließen mir das, was sie bedeuten oder verheißen, langweilig erscheinen. Vielleicht weil es bloß Worte waren, ausgediente und aus unzähligen banalen Zusammenhängen bekannte. Von allen Dingen waren mir einzig die, deren ich unter Schmerzen gedachte, noch real. Und während sie mir besonders nah und groß wurden, entfernten sich alle übrigen um so weitläufiger von mir. Die meiste Zeit, da ich wahllos und wehrlos meinen Betrachtungen ausgeliefert war, blieb ich ungerührt. Die Ungerührtheit umgab meine Seele wie die Neoprenhaut den Taucher. In sperrangelweite Augen, die freilich nicht mehr staunten, schwammen die Dinge hinein wie die kleinen Fische ins offene Maul des Wals.

Ich anerkannte das Schreiben von Worten nur mehr als einen letzten Akt in äußerster Bedrängnis. Mit dem Rücken gegen die Wand – in unbeschwichtigter Not, da man sich ein letztes Mal umdreht, um etwas Liebes auf die Wand, die jegliche Flucht abschneidet, zu kritzeln, unleserlich.

Ich habe die Frau nie gesehen, der ich verfallen bin. Jeder Lust geht eine Blendung voraus.

Ich zweifle sogar, daß es die beiden wirklich gibt, Mann und Frau. Ob es sich nicht um einen letzten Nebel, einen Ursprungsmythos handelt, dem wir nie entkommen sind. So geschichtlich, wie wir meinen, geht es zwischen den Geschlechtern wohl nicht zu. Es ist schon allerhand zugange, damit eines Tages auch dieser Mythos, Mann und Frau, der schonungslosen Aufklärung zum Opfer fällt. Dann verschwinden die beiden, jeder liebt mit offenen Augen – und erblickt nichts als sein Ebenbild.

Wie leicht findet man zurück in eine runde Welt! Man begibt sich in die Klang-Geborgenheit eines Trakl-Gedichts. Jeden Vers prägt die Scheu vor Aufriß und vor Öffnung und vor Offenheit. Jede Zeile eine lautlos sich schließende, vom Nachtwind zugewehte Tür. Abgeschiedenheit, ein Universum. Die opake Kugel des Gedichts ist nicht die Kugel des Magiers, des Hellsehers, sondern die Kugel des dunklen Klangs. Der ganze Park besteht nur aus flüsternden Zwei. Und einem Brunnenmund, aus dem das Vergessen rinnt. Der Schatten spielt noch, spielt weiter in der reinen Finsternis.

Der ursprüngliche Dialog wird zwischen Gott und seinem einzigen Zeugen, dem Menschen, geführt. Wie denn? Wie könnte es je einen *Dialog* geben zwischen Gott und seinem einzigen Zeugen?

Wo warst du in deinen Tagen? Hast du eine Höhle oder eine Säule bewohnt? Im Letztlicht oder Lechzlicht gestanden?

Als ich nun die große Treppe sah, die abwärts führte in ein Vestibül – es war die Treppe, auf der jeder, der einmal zu mir kam, aus dichter Verborgenheit hinabgestiegen war.

Eine Treppe wie aus jenen alten Filmen, in denen es noch törichte Geheimnisse in der ersten Etage gab. Oder eine Goldene Treppe, schön geschwungen wie auf dem Gemälde von Burne-Jones, auf der die lange Schar der Mädchen niederschreitet.

Aber meine Treppe flimmerte nun vor Leere wie Asphalt in der Mittagsglut, es schritt niemand mehr herab. Descensus Ende. Doch in ihrer Abwesenheit und Vergangenheit strahlten sie noch viel Wärme aus.

Wir saßen um Mitternacht in einer Imbißhalle, lange Reihe an schmalem Tischbord, vorm Kopf sehr dicht die Wand. Im Rücken die Passage und die Gehenden.

Ich war als Mensch und Teil des größeren Ganzen fehlerhaft, mir galt seit acht Uhr abends eine aufwendige Rückrufaktion. Die Unglückliche neben mir stieß ihre hohe Stirn mehrmals gegen die Wand, als wäre sie ein nimmer hinnehmbares Schicksal.

Es gibt ja nur zwei Möglichkeiten: entweder mit dem Kopf durch die Wand oder die Wand bemalen wie Goya, der Taube. Das Haus des Tauben ist das Haus des erfahrenen Kinds. Das Haus des Oh! Wo das Kind lernt, indem es sich wundert, nimmt der Alte das meiste mit Verwunderung hin.

Die kahle Wand reizt den menschlichen Schädel mit ihrer aufdringlichen Unpassierbarkeit, und wie der Stier seine Hörner senkt, um gegen die Capa zu rennen, so beugt der Mensch die Stirn voll Angriffslust gegen die farblose Wand – und wird zum Künstler an ihr.

Haltungen, Einstellungen. Vorlieben, Überzeugungen – alles Hampeleien, Möchtegerniaden. Der ganze Bierdeckelturm stürzt zusammen. Da ich wieder mal eine kleine Klugheit von mir geben wollte, kam sie mir mit ihrem »neuesten Informationsstand« dazwischen. Ich wies sie zurecht und sagte, sie kenne sich zweifellos aus und wisse dennoch nichts. Sie möge sich ruhig einmal anhören, was ein gänzlich Uninformierter zur Welt zu sagen habe.

Old men ought to be explorers.

Alte Männer müssen Kundschafter sein.

T. S. Eliot, East Coker

Alte Männer, die denken, sind eine Groteske. Greise müssen fertig sein.

Gottfried Benn

Wie immer kann man dieselbe Sache weit öffnen oder mit überlegener Nüchternheit verschließen und erniedrigen.

Im Sinne des ersteren Verfahrens ließe sich auch sagen: Alte Männer sollten Worfler sein. Sie werfen mit der Schaufel Abgedroschenes gegen den Wind und reinigen das Korn von der Spreu.

Die alte Geschichte vom nützlichen Alter wird als Parabel ungültig erst heute.

Vom Fürsten erging der Erlaß, daß alle Männer über sechzig im Gebirge ausgesetzt werden. Den Vater trägt auf seinem Rücken der Sohn in die Wildnis. Unterwegs bricht der Alte überall Zweige, damit sie dem Sohn den Weg weisen zurück nach Haus.

»Papa, wir trennen uns hier«, sagt nun der Sohn mitten im Wald.

»Ich habe dir den Weg nach Hause markiert, damit du dich nicht verirrst.«

Da bricht der Sohn in Tränen aus. Er bringt es nicht übers Herz, den Vater allein in der Wildnis zurückzulassen, und trägt ihn wieder nach Haus.

Dann versammelt der Dorfschulze des Fürsten seine Dörfler und stellt ihnen Rätselfragen. Alle Fragen kann einzig der Sohn beantworten, denn er kennt die richtige Antwort von seinem Vater. Als nun der Fürst davon erfährt, zieht er die Weisung zurück, die Alten auszusetzen im Gebirge, denn sie sind voller Weisheit, auf die kein Gemeinwesen verzichten kann.

Manchmal ein Anflug von schönen späten Tagen. Das Alter geborgen in kulturellem Alter. Man entschlüpft dem Kokon der subjektiven Erinnerung – wer weiß, wozu man sich am Ende noch entpuppen wird! – und fliegt durch ein größeres Gedächtnis.

Das moderne Alter versucht sich dagegen in peinlicher Selbstverleugnung und findet keinen höheren Wert als beibehaltene Jugendlichkeit. Es täte besser daran, angesichts des Abgrunds an Jahren, die heute manchem Betagten noch bevorstehen, rechtzeitig aus der Tiefe der Kulturen den Schatz zu heben, den einst der gesellschaftliche Vorrang des Alters anhäufte. Er steht jedermann zur freien Verfügung. Damit wäre die längst fällige Umwertung der Generationswerte eingeleitet, und sie würde sich gegen eine erschöpfte Jugendkultur ohne weiteres durchsetzen. Die virilisierten Greise könnten ihre alberne Kostümage ablegen und sich mit den königlichen Insignien des wahren und unverfälschten Alters ausstatten. Denn alles, was in der Kultur überlebte, besitzt vorbildliches Alter.

Natürlich befreit das niemanden von der Furcht, irgendwann den dürren Nichtssagenden abzugeben ohne Geist und Gemüt, an dem sich täglich wechselndes Dienstpersonal zu schaffen macht. Er fürchtet, daß er sein Ende nicht finden kann und daß auch die Tür nicht von selbst ins Schloß fällt und er ewig auf dunklem Flur auf und ab schleicht, erloschen sich lange überlebt und nichts mehr davon hat, was ihm einmal alles bedeutete. Kein Nachtrag und kein Nachhall, kein altes Foto mehr, das ihn rührte. Auf dem Trocknen sitzen, ausgetrocknet bis auf die letzte Träne. Der Schmetterling, die Seele, ist längst geschlüpft, eine Pharma-Puppe, Gewickeltes, blieb leer zurück.

Der amerikanische Historiker Hayden White unterscheidet zwischen dem Herrenleser und dem Knechtleser. Letzterer ist heute leicht ausgemacht, die Bestseller- oder Belletristik-Konsumenten etc.

Der Herrenleser aber? Doch nicht der Mönch der Entzifferung, wie ich ihn immer wünschte und mir einbildete?

Wie heißt du, Farbe? Warst du nicht eben noch der violette Rauch, der mit dem Abend dunkelt? Beleibtes Gebüsch, das schneller nächtlich wird, die Nacht stärker ansaugt als das Land ringsum in seiner lauen Dämmerung. Wie heißt du: braune Röte um den Kern der Pflaume? Ton von einem unbekannten braunen Wein? Klebrige Schuppe der jüngsten Knospe? Wohl sagt man purpurn, aber das fängt ja nicht den Dunst, den purpurmüden, der den Busch umschwebt.

Daß das Farbspiel der Sprache keine stilistische Selbstgefälligkeit ist, sondern die Voraussetzung für erhöhten Erkenntnisgewinn, wird dann erst wiederentdeckt, wenn der Handel mit Einsichten erste Gewinnwarnungen ausgibt.

Dazu Doderers Bemerkung zur »Sprachwachsamkeit«, zu der Dichter wie Jean Paul dem Leser verhelfen und deren Ausbleiben, wie schon Konfuzius meinte, den Unaufmerkenden in einen Abgrund stürzen läßt.

Der Gedanke, der abschweift, abirrt, läßt den Sitz des Magneten, des geheimen Attraktors ahnen. Er bietet daher eine tiefere Orientierung als der, der stur die Linie hält.

Den erfolgsverwöhnten Schriftsteller fesseln Publikum, Zeit und Markt allzusehr und verwehren es ihm, am Ende zur reinen Gegenstandslosigkeit, zur freien themenlosen Szenerie, zur entgrenzten Impression vorzustoßen. Falls sie ihm überhaupt, wie einst Flaubert das Buch über nichts, als letzte und höchste künstlerische Ungezwungenheit vorschweben. Aber vielleicht befällt ihn mit den Jahren eine seltsame Unruhe; ein *Entgegenfiebern* wird immer feiner und nervöser, ohne daß er angeben könnte: wem oder was denn entgegen? Die Schrift, die immer vorwärts strebt, zieht ihn hinüber in ein unbekanntes Formengebiet.

Ziehen wir mit der Schrift und wandern in ein fremdes Land!

In den Anwandlungen des Ruhlosen bereitet sich ein neuer Stil, eine High-Definition-Literatur, Impressionen von hoher Auflösung, Berührbares sinnlich überdeutlich, bis es ins Unberührbare, Ungegenständliche übergeht. Aus scharfumrissenen Einzelheiten, Stimmungspartikeln, Tupfern entsteht das Vage, der Nebel, der Schleier. Venus circumdata nimbo. Von der Liebe nur die Nebelhülle. Sein Fühlen und Sehen erfaßt – noch einmal – alle Gegebenheiten in ihren feinsten Elementen. Hofmannsthalopithecus, der Vormoderne, höchstes Geisteswesen, heute ausgestorben, könnte einen Nachfahren haben. Es plagt den Spätmodernen die Sehnsucht nach der Krise. Jedoch nach einer Krise des schönen Geistes, der seit langem nicht mehr umgestürzt wurde. Statt dessen muß er die täglichen Bulletins verarbeiten, die Krankheit der Jugend betreffend, die Krankheit des Alters, des Überlebens, der Umwelt-, Sozial- und Finanzsysteme. An alledem scheitert sein Stil – das ist das Los des Erotikers! Das Unerreichbare nistet sich in jeder Gebärde, jeder Falte seiner Sprache ein!

Einer Leopold-Andrian-Stimmung folgend, sucht er Unterschlupf im verwunschenen Winkel, unter halb verfallenen Gedankenbögen, folgt den steilen Pfaden ins Vergangene hinauf. Überaus schreckhaft und empfindlich, wird er zurückweichen in eine Festung der Feinheiten, ein Schutzhemd knüpfen aus Anspielungen, Anlehnungen, Vorlieben und Hingaben; und es schließlich wieder auflösen, um nackt in den kalten Dunst des taufrisch uralten Gartens hinauszutreten.

Weltflucht! Hortus conclusus! – rügt ihn die geschäftige Intelligenz. Schreiben möchte er das Feingesprühte, das unsichtbar bleibt auf den Mauern und dort erst auftaucht, wenn die Materie dickleibiger Romane mit ihren schlechtgesehenen Menschen, schlechtgesagten Ansichten sich gelöst haben wird und nichts zurückließ als Rauch und Schimmer.

In seiner Schlaflosigkeit wird er ein Zeitungsblatt klein und kleiner falten, gekniffen und gestrichen mit all der Pedanterie des unbeugsam Schlaflosen, und abwechselnd läßt er dann Salz und Sand durch die Spalten rinnen … Salz und Sand.

Am Morgen aber: zurück zum Bewährten! Und siehe da! Wiederum und auf Anhieb trifft er den Nerv seiner Zeit … Welch ein Meister-Schütze! Und wie bedauernswert!

Generation für Generation gibt es den authentischen Zeitraum des Übriggebliebenen – und Übriggebliebenheit als Stimulanz.

Die Schwätzerin. Eine der wunderbaren Meeressirenen hatte es an einen holländischen Deich verschlagen, sie wurde gefangen und getauft und im Haus eines jungen Webers beherbergt. Man lehrte sie die Kunst des Spinnens, aber natürlich, wie es bei Milton heißt, so tiefer Sturz erfüllte ihr Herz mit Trümmern. Sie sang nun nicht mehr, sondern plapperte unaufhörlich vor sich hin. Alle verstanden sie, aber niemand mochte ihr zuhören. Denn ihre rinnende Rede war ja ein einziger ungeschickter Versuch, sich vom trockenen Boden zu lösen und zurückzukehren in die Welt des betörenden Gesangs.

1960 und seine Filme. »L'Avventura«, Antonioni. Die Liebe in Schwarzweiß war alles, was dem Nichtstun Leben verlieh. Sie ereignete sich im Wechsel der Paare, doch nur an bestimmten vakuösen, ausgegrenzten Orten. Aber es wurde noch nicht Liebe *gemacht*, der Zuschauer geriet nicht unter die Schnitte-Kaskade eines gefilmten Beischlafs. Es war die Zeit, als Haut, Lippen, Bein und Auge die Sache noch unter sich ausmachten. Als Nacktheit noch einen erkennenden Blick wert war. Als Liebe, mit einem Wort, in der Blüte ihrer Verlorenheit stand, »existentialistisch« war, d.h. außer ihr nichts anderes vom Dasein. Denn es gab kein Leben außerhalb der sensuellen Verführung, auch keine Geschichte, keinen Handelsplatz – nur Atmosphäre, Nebelhülle.

Das oberste Gebot der Liebe ist Reinheit. Die Reinheit, an nichts anderes zu denken. Sie verzweigt sich in die Reinheit der nackten Schulter, der Achselhöhle, der schlanken Hände, des langen Beins. In letzter Konsequenz – Liebe in der Eiseskälte, in der sie nicht ist und sich keimlos erhält. Wie alles Tiefgekühlte unseres Lebens, vom Sperma bis zur Leiche.

Der Mann über den Tresen gebeugt seines gemiedenen, unbesuchten Schießbudenstands, obgleich heute Besucherströme den Jahrmarkt verwöhnen. Nur er also, vor dem Hintergrund einer Wand voll bunter kleiner Luftballons. Er, der den Kopf senkt, zwischen den Schultern hängen läßt, scheint wie verwünscht, ein Umgangener zu sein – alle anderen Schießstände finden ihre Kunden. Jetzt tritt durch die Seitentür seine Gehilfin zu ihm, eine helle und freundliche Frau, die ihm nahesteht, die ihn versteht. Sie lehnt sich neben ihm über den Tresen, möchte mit ihrer warmen Seite trösten, aber sie rekelt sich nicht, sie schmiegt sich nicht an, sie achtet die Eingesunkenheit des Mannes, die etwas Unnahbares hat. Er nickt ein wenig mit dem Kopf, bestätigt sich seine Lage. So ist es nun. Und doch möchte sie ihn ihre Nähe *wissen* lassen, wenn er schon keinen Gefallen daran findet und nicht auf sie reagiert. So versucht sie, im Herzen ganz anders gelaunt, sich mit äußerlicher Anpassung seiner Traurigkeit zu gesellen und ihn gleichzeitig doch mit ihrer Nähe ein wenig umzustimmen. Ohne ihn zu bedrängen oder abzulenken. Sie legt nicht den Arm um seine Schulter, sie fährt ihm nicht mit der Hand durchs Haar. Sie gleicht nur ihre Pose der seinen an, indem sie sich stützt auf die überkreuzten Arme, den Kopf sinken läßt zwischen den Schultern. Doch sieht sie noch von unten hinaus in die Menge, blickt nach außen, ohne Lächeln, streng und ungefällig, verfolgt den sich mischenden, strudelnden Besucherstrom, und wie um nicht nachzugeben, drückt sie das rechte Knie durch, so daß sich der Gesäßballen ein wenig hebt und an seinen Hüftknochen rührt.

»Seht, nun bin ich da!« Jetzt erst mit der sinkenden Haut, mit dem Abend um den Mund, jetzt erst reißt sie den Vorhang auf. Und mit dem Geringsten von denen, die sie damals auf dem Altar der Gleichgültigkeit opferte, würde sie heute Hochzeit machen! Sie will all das, was sie nie war, am Ende endlich – sein! Mit lachhaftem Alter bietet sie Wärme und Hingebung an, die niemand von ihr haben will. Büßt für die Roheit und den Dünkel ihrer frühen Jahre.

Am Ende meiner Zimmerflucht, wenn alle Türen offenstehen, lehnt an der letzten Wand das kleine Regal mit Büchern zweiter Klasse und der Kopie einer bronzenen Dante-Figur, die sich am Felsen hält, ergriffen vom Blick in den Schlund. Genauso stand's bei den Eltern zuhaus am Ende eines dunklen Korridors.

Kinderstube und letzte Klause schließen aneinander, verständigen sich mit einem kurzen Geflüster und sind dann eins.

Statt Brand mit Reißen und Geruch nur kaltes Flackern, wilder Widerschein.

Und alles flackert unentwegt. Man sitzt, man sammelt sich um den Widerschein des fernen Feuers.

Es lohnt sich nicht, von Moral zu sprechen ohne Furcht vor dem Jenseits.

Und die Rede der Losgelösten flackert am unruhigsten. Sie können nur ihr unbegrenztes Können. Verzweifeln aber an der Unverbindlichkeit ihrer Worte.

Die metallische Rohmasse, schlingernd, Rohmasse von Glück und Unheil noch ungeschieden, des Meeres Stahlofen, so dann und wann die weite See. Auf unserer Überfahrt nach Philadelphia.

Wieviel ist Schiff geworden, mein Sohn, unterdessen in uns und schleifender Bug! Geräusch! Das Wort selbst entstand vorn am Bug. Geräusch: das war der Wasserklang, wenn die Kufe die niedrige Woge schnitt.

»Du mußt dich endlich von deinem Übersohn befreien!« eifert meine Hosteß, die staatlich zugeteilte Lebenshilfe. Wie kann jemand eine solch abgegriffene Formel überhaupt noch greifen, ohne daß sie ihm entgleitet? So scharrt aber in den Köpfen das alte Geröll. Gemütsgeschichtlich eher von jüngerer Ablagerung. Nur der kanonisierte Gemeinplatz zur Sicherung von Gemeinschaft überlebt derart geschützt, während er auf der freien Wildbahn der Gedanken längst verendet wäre.

Aber die Unangezogenen ... die keine Maske mehr wählen, nicht mehr den Geschmack als Täuschung benutzen, deren äußere Schäbigkeit nichts von der inneren verbirgt, nicht über sie hinwegtäuschen will, so daß am Leib Hängendes und innerste Verhangenheit sich treffen und die Kulturtrennung von bekleidet und unbekleidet unterwandern, indem das Äußere bereits schreckliche Entblößung ist.

Es sind ja niemals Leidtragende häßlich, niemals die Krüppel und Behinderten, sondern nur die Unansehnlichen in Massen, die achtlos wie profane Büßer gehen. Obgleich ihnen nichts ferner liegt als Selbsterniedrigung, praktizieren sie sie unentwegt.

Wenn sie auch nicht wissen, wofür sie büßen sollten – wer aus genügend Abstand auf sie blickt, ahnt es vielleicht.

Die Kleider machen diese Frau so körperlich, daß ihr Körper ohne Kleider nicht mehr genug Frau wäre. Zerwühlen, aufreißen, verrenken – jede sexuelle Abruptheit würde eine Zerstörung ihres sexuellen Zaubers bedeuten. Das unzeremonielle Begehren beschädigte nicht nur die Erscheinung, sondern auch sich selbst.

Das Antlitz ist Kosmetik, der Gang ist Schuh mit hohem Absatz, die Nacktheit existiert nur in durchsichtiger Verhüllung. Die Hollywood-Schönheit einst war ikonisch – daher erreicht sie uns in ihrer Unerreichbarkeit alle Zeit. Und niemals wird uns ihre Blöße erschrecken im orgiastischen Zusammenbruch des Stils.

In die kühle Halle traten zwei Reisende, gleich hochgewachsen Mann und Frau in Winterkleidung, ein älteres Paar. Der Mann mit Borsalino und taubengrauem Seidenschal, die Frau ohne Kopfbedeckung mit vollem brünetten Lockenhaar. Zwei Menschen in Schale, von gerader Statur, die dank formgebender Kleidung hervortrat, den männlichen Mann, die weibliche Frau betonend. Der Stil schirmte sie ab gegen jeden Gedanken an ihre eingefallenen Badezimmer-Körper. Ein Gedanke, der sie zweifellos hätte bedauernswert erscheinen lassen. Der Mann muß Mann sein, noch jenseits von Manneskraft – durch staturmachende Kleidung; sie macht, jedenfalls erotisch, zuletzt den ganzen Mann.

Auf dem Pier aber oder dem Perron entstehen vorsichtig und unbeständig Familien unter den einzeln Zurückgebliebenen.

Weit zurück blieb das pochende Herz der Freude oder der Angst hinter den rasenden Schlägen der Techno-Rhythmen. Wie man einst sagte: kein Bauwerk darf die Höhe des Kirchturms überragen, so hätte in der Musik die entsprechende Regel zu lauten: kein Rhythmus schneller als der Herzschlag bei höchster Erregung. Aber längst verlor sich das menschliche Maß im Inneren des Menschen. Wäre es etwa in den feuernden Synapsen der Großhirnrinde wiederzufinden? Echtzeit der Neurochemie, Geschwindigkeiten, die das Selbst nicht berühren, nichts angehen – es wüßte denn um sie.

Blüte einer Sprengung. Schutt-Garben von Glaube und Wissen, Magie und Weisheit, geistiger und naturwissenschaftlicher Intelligenz, idealer und künstlicher Intelligenz. Licht-Strähnen, Myriaden von Informationen. 100 Milliarden Neuronen, 50 Milliarden Galaxien à 200 Milliarden Sonnen, nur mehr übertroffen von der Ziffernfolge der Staatsschulden. Die Zahlen selbst treiben die Inflation. Sie vergrößern sich unaufhalt-

sam, ohne von der realen Produktion der Vorstellungs-
welt gedeckt zu sein.

Dem Gedächtnis wird es kaum anders ergehen als
den Ureinwohnern Neuguineas: einmal erforscht, ist
es schon verschwunden. Aus Völkern werden Ethnien.
Aus gelebter Tradition ein kulturelles Gedächtnis. Das
man an regnerischen Sonntagen vielleicht für zwei
Stunden besuchen könnte. Wie jedes andere Museum.

Du tust der zarten Musik weh, wenn du sie plötzlich
abstellst.
    Jedes Buch, das nicht zu Ende gelesen wird, kann
daran zugrunde gehen.

Wege des Mannes, Stunden der Frau.
    Der junge Wanderer Elz trug eine dunkelblaue Schif-
ferjacke mit zwei Reihen großer brauner Knöpfe. Er
schritt über ein unregelmäßiges Pflaster und wählte
seine Schritte von Stein zu Stein so bedächtig, als scheue
er sich, den Katzen, die da zu Tausenden unter ihm
lagen, mit seinem ganzen Gewicht auf den Kopf zu
treten.
    Später trugen ihn, den plötzlich auf seinem Heim-
weg Zusammengebrochenen, drei Männer in die
dunkle Gaststube. Wir erschraken beim Anblick des
leblos hängenden Mannes, den sie hereinschleppten,
und versäumten es, rechtzeitig vom Tisch aufzusprin-
gen und hinter uns die Tür zum Nebenraum zu öffnen,

wohin sich der Transport bewegte. Einer der Träger herrschte uns an, die Tür umgehend zu öffnen. Da sprang ich endlich vom Stuhl, bekam aber die Tür nicht auf, sie klemmte oder war verschlossen. Die Träger, denen die Last zu schwer wurde, fluchten.

Das Mädchen Daute, unsere Daute, lag bereits wie hingegossen am Boden. Immer wenn es ihr beim Kartenspiel zu bunt wurde, wenn es an uns beiden Männern etwas auszusetzen gab, schnellte sie vom Stuhl in die Höhe, stand mit stillem steifen Trotz kerzengerade und streckte sich dann der Länge nach auf den Dielen aus. Den Kopf auf den Ellbogen gestützt, lag sie auf ihrer rechten Seite, uns den Rücken kehrend und die ausgestellte Hüfte.

Die Träger ließen ihre Last ab und riefen nach dem Wirt. Elz lag nun quer zu unserer Daute auf dem Boden der Gaststube. Ihre Schuhe berührten seine wachsweichen Knie. Der Wirt kam mit dem Schlüsselbund, er war der Vater des Zusammengebrochenen. Die Träger saßen auf den Stühlen am Nebentisch, sie waren erschöpft. Der Vater schloß den Nebenraum auf, doch keiner wollte die Last wieder aufnehmen. Wir beiden Kartenspieler standen schwerfällig herum, halbwegs ein Angebot zur Hilfe. Doch der Vater hatte dem Sohn bereits unter die Arme gegriffen und zog oder schleifte ihn in den finsteren Raum nebenan.

Die Träger, die erschöpften, sagten: Warte. Wir helfen dir gleich, ihn zu betten. Aber sie rührten sich nicht.

Auch unsere Daute rührte sich nicht. Wir machten ihr Vorhaltungen und sagten, sie erlahme tatsächlich wie eine Daute (das ist ja ein etwas beschränkter, träger Höhlenvogel). Sie verbarrikadiere sich hinter schlechter Laune und Beleidigtsein. Nicht einmal ein Leichnam, der an ihre Fußspitzen stoße, ließe sie zurückzucken.

Ohne sich uns zuzuwenden, erwiderte Daute gleichmütig: Ihr müßt es ja wissen.

Der Vater trat in die Gaststube zurück. Er kommt gleich wieder zu sich, murmelte er, und zu den drei Trägern gewandt: Was wollt ihr trinken?

Er ging hinter den Tresen und füllte, wie gewünscht, drei Gläser mit Pflaumenschnaps.

Ihr müßt es ja wissen, wiederholte unsere Daute, indem sie sich umdrehte, da Elz auf einmal in der Tür stand. Er starrte sie an, hohl und schal wie ein Auferstandener, der einem Menschen mit schlechtem Gewissen erscheint. Darauf sagte jetzt Daute zu ihm mit einem ironischen Seufzer: Mein Liebling auf den Katzenköpfen …!

Als wäre Elz ihr Sorgenkind unter den vielen Männern, die sie aus beliebiger Ferne über holprige Wege zurückrief und zu sich lenkte, Elz aber der einzige, der seinen Heimweg nicht heil überstanden hatte.

Also kehrte der Sohn zurück in die Obhut des Vaters. Eine Überspannung seines jungen Verstands hatte ihm Schaden zugefügt, so daß er merkwürdig wurde.

Weshalb ist nur das eine so grundverschieden vom anderen? klagte er alle Tage.

Elz betrachtete nämlich jedes Ding vollkommen isoliert vom anderen und es schmerzte ihn. Als wäre er einmal für kurz ins ursprünglich Eine zurückgekehrt und empfände seitdem alle Formenvielfalt des irdischen Lebens als *Differenz*: im Sinne des unablässigen

Streits. Die einfachsten Varietäten ärgerten ihn, es waren erschreckende Abarten.

Nachts verließ er das Haus, um an Fensterscheiben und Türen sein Zeichen zu hinterlassen, einen Pfeil, eingeschlossen in einem länglichen ovalen Kreis. Das war in Eingeschlossenheit sein Weg oder sein Wegweiser. Nichts vermochte ihn abzuhalten, in der Nacht sein Zeichen überall aufzumalen in weißer Farbe. Der Vater mußte für den Schaden aufkommen und konnte ihn nicht schelten. Elz blieb bei ihm und arbeitete tagsüber im Haus. Immer gab es etwas, das er gern reparierte. Oder er klopfte in der Scheune brüchigen Kalk von den Mauern. Er hielt sich ans Handwerk, griff überall zu, obwohl er sein Geschick verloren hatte und fast alles schief und verwirkt zurückließ.

»Ach ja, und dann fielen mir eines Tages fünf Leuchtkugeln auf den Kopf«, sagte er einmal bei der Arbeit, als befände er sich mitten in einer langen Erzählung oder einem biografischen Bericht. Und der Vater nahm ihn in Schutz und meinte: So sind wir ja alle in unserer Eingeschlossenheit eine Kraft, ein Pfeil, ein Vektor. Ein Wegweiser.

Nach seiner Rückkehr hatte er vielmals die Hand des Vaters an den Mund geführt und sie geküßt. Dies Zeichen, das keiner Sitte mehr entsprach, kam aus seinem wiedervereinfachten Herzen und bezeugte den Dienst, den er der Liebe zugehörig fand.

Als wären von höherer Warte einige Partitionen seines Bewußtseins zurückgesetzt worden, *reset* in den menschlichen Werkzustand. Er schien so in ein früheres ungeteiltes Denken und Fühlen eingekehrt, das weniger Rechte, dafür um so mehr Riten der Verbundenheit kannte.

Sonne nicht warm genug. Viel zu viele schwarze Wintervögel über den Feldern. Wer jagt die Krähen und wer bewacht die Wächter? Elende Corviden, im Dauergezänk. Wie gut unterhielt uns das Meer und das Geräusch am Bug der schnellen Fahrt!

Wenn man zuweilen nicht recht versteht, wie einem geschieht, dann mag es daher rühren, daß sich ein früheres oder auch späteres Verstehen dazwischenschaltet, so daß man lediglich versteht wie einer, der man einmal war oder später einmal sein wird, also niemals erfährt, wie einem hier und jetzt *geschieht* ...

Der Fortgang von Geschichte ist oftmals nur: daß eine Stimmung wechselt. Entweder aus unbegreiflicher Laune oder aufgrund von Ereignissen, die diesen Wechsel vielleicht auslösen, aber das Ausmaß des »gefühlten« Neuen nicht rechtfertigen. Die Weltseele besitzt anscheinend ein sanguinisches Temperament. Die vicissitudo rerum, der Wechsel der Dinge, Kulturbrüche, Zeitwenden etc., läßt einmal übertrieben lange auf sich warten, ein andermal drängt sie sich auf, überstürzt sich. Unregelmäßigkeit und Eigensinn gehören dazu.

Ist das die neue Ära? Sind das die neuen Begriffe?

Das Wort des Philosophen-Hammers lautet: Nein!

Wahrscheinlich war Proust unter den Menschen einer der dankbarsten.

Er hat das Gewesene nicht einfach unter Schluchzern begraben sein lassen. Er hat sich gesagt, ein solch wunderbares Geschenk, gelebt zu haben, läßt sich nicht stumm kassieren. Man muß es in allen Einzelheiten festhalten, Revue passieren lassen, es wiederum sichten, rekapitulieren, um sich erst richtig zu wundern. Er hat etwas getan, was jeder von uns tun müßte, um nicht am Einmaligen (des Lebens) zu krepieren.

Dieser Mann geht genauso stumm und kompakt neben seiner neuen Frau, wie er jahrelang stumm neben der vorherigen ging. Er spricht nur noch, wenn sich vor ihm eine große Schar Gäste auftut und er sich in Szene setzen kann. Seine Energie, sein Wissen, seine Intelligenz werden von einem einzelnen Menschen nicht geweckt. Er braucht den Platz, die Bühne und die Versammlung. Er ist jemand, der nicht mehr intim sein kann. Ein einzelner Mensch, das bedeutet: etwas Unhandliches gerät ihm zwischen die Hände. Er weiß nicht, wie er ihn anfassen soll, er wird ungeschickt.

Die Hand am Hals der Blume wird nichts anderes tun, als irgendwann den Stengel zu brechen.

Ich habe mir eine Pistole besorgt, kurz nachdem ich mich in ihn verliebte.

Ich spürte sofort, daß es zwischen uns hoch hergehen würde. Wir neigten beide dazu, es zum Äußersten kommen zu lassen, und dann würde ich mich verteidigen müssen.

Wege des Mannes, Stunden der Frau. Irgendwann lag sie am Boden, und nur ein schmutziger Schurz aus leeren, aufgerissenen Zementtüten umgab ihre Hüfte.

Ich träumte deine Träume. Ich hatte dein Gesicht.

Eine Frau, der man niemals vergeben kann, ist vielleicht die, deren pornografisches Foto man als Lesezeichen in einem Gedichtband entdeckt, den man aus dem Bücherschrank seines besten Freundes entlieh.

Die umtuchte Frau erheischt den gesenkten Blick, während unmittelbar neben ihr bekennende Kannibalen und anderes Lustgelichter ihren sexuellen Propaganda-Umzug veranstalten.

Es gibt einen unaufhörlichen Seitenwechsel – einen inneren Zweifronten-Krieg gegen fremde Sitte und heimische Unsitte, da beide die Gesetze der Verführung verletzen.

Da es neben dem Sitten-Terror der Theokraten auch die Seelenzerstörung der westlichen Macht gibt, bleibt moralische Entschlossenheit eine Fiktion. Parteiisch ist man dennoch durch und durch – wenn auch mit häufigem Frontenwechsel. Auch Überzeugungen scheinen sich in binäre Größen zu teilen. Jedes ihrer Elemente wechselt blitzschnell zwischen Ja und Nein, Seite und Gegenseite.

Die Religiösen verstehen sich aufs Deuten. Die Ungläubigen benötigen Klartext.

Man erfährt nur selten in öffentlichen Debatten, daß etwas anders sein könnte als tausendmal geäußert. Man erfährt vielmehr, daß »Tausendmalgeäußert« das eigentliche Medium ist, in dem man sich verständigt. Schließlich ist es die bekannte Melodie, die man beliebig remixen und samplen kann, doch ohne sie kommt man nicht aus.

Etwas, das einem zutiefst zuwider ist, von einem anderen Menschen mit sehr plausiblen Argumenten verteidigt zu hören, macht jede herzliche Unterhaltung mit ihm unmöglich. Die Süffisanz allein der *anderen Meinung!* Diese gekrümmte Prokuristen-Beflissenheit, der knechtische Trotz der Entgegnung! Es herrscht ein Nichts an innerem Erleben zwischen mir und dem, der *anderer Meinung* ist. Stimmte er mit mir überein, auf respektablem Niveau, so würde ich alles tun, um ihn mir ganz zu entdecken. Ich würde mich brennend dafür interessieren, was an ihm so geartet ist, daß es zu diesem unvergleichlichen Genuß einer Übereinstimmung *mit mir(!)* kommen konnte.

Statt sich vom Barockgefühl »aufklären« zu lassen, *vanitas* zu erkennen und zu beherzigen, mit letzten Kräften sich des Scheins und der *luxuria* zu erwehren, läßt sich der Aufgeklärte – man kann auch sagen: der um jeglichen Sinn fürs Verderben Gebrachte – bis auf den Grund seines Wesens mitverscheinen und durchluxurieren. Der Schein wurde zu übermächtig, und der Lebensstil ist das, woraus du gemacht bist wie Adam aus Lehm.

Der Mensch ohne Bühne? Ein Leben, dessen Selbstverständnis ohne dies uralte Gleichnis, ohne die Barockmetapher auskommen sollte: Dasein heißt eine Rolle spielen? Raub eines jahrhundertealten Existenzbegriffs? Der Mensch, der das Bewußtsein seiner Schaustellung vor Gott und den Inbegriff seiner Vergänglichkeit verlor?

Nun, die Bühne der Gegenwart weist allegorische Zumutungen zurück. Und doch sieht der Zuschauer mit Barockblick im Derben nur die Hinfälligkeit ihrer Kunst; erscheint ihm der Raum, in dem alle vorne an der Rampe stehen, einzig geeignet, um abzutreten, um im Bühnenhintergrund für immer zu verschwinden.

Dieser Zuschauer sitzt vor dem Guckkasten und starrt immerzu in einen endgültigen Ausgang. Die ganze Theaterei, all die Gernegroßiaden und rüden Rüpeleien, sie sind nichts als die Schleuse zwischen Körper- und Schattenwelt.

»Wir verfügen heute über eine Technik, die es dem einzelnen ermöglicht, beliebig viel von seinen inneren Vorgängen auf sein Gesicht zu projizieren. Oder umgekehrt möglichst wenig von irgendwelchen Regungen, die ihn in bestimmten Situationen verraten oder ir-

gendwie benachteiligen könnten. Das ist jetzt physio-
gnomisch feinstufig regelbar, unabhängig vom Temperament und der Ausdruckskompetenz, den ›Mienen-
spiel‹-Fähigkeiten des einzelnen. Wir haben einfach
bedeutende Fortschritte in dieser Steuerungstechnik
gemacht, die darauf zielt, eine möglichst variable und
kontrollierbare Verbindung herzustellen zwischen den
invisiblen und den visibilisierbaren Energien dieses
göttlichen Organs ›Mensch‹, dieses Weltklasseorgans,
möchte man hinzufügen, das er ja immer noch ist.«
(*Lacht absonderlich.*) »Wir haben kürzlich ein Verfahren
entwickelt, mit dessen Hilfe der Mensch, ein und dasselbe Individuum, meine ich, die Charakteristik seines
Lachens beliebig verändern kann. Sein Lachen kann
aus der tiefsten Kehle aufsteigen wie bei einem Wald-
riesen und gleitet dann stufenlos über zu einem mun-
teren Köllern in der vordersten Mundhöhle. Er kann
auch meckernd oder bellend lachen, sonor oder säuer-
lich pfeifend, je nachdem, in welcher Umgebung er
sich befindet oder wen er beeindrucken oder gar mit-
reißen möchte. Ein und demselben Menschen, soll das
heißen, steht heute die gesamte Bandbreite menschlichen Lachens zur Verfügung. Dazu noch einige syn-
thetische Lachformen, die weder bei Mensch noch Tier
zu finden sind, die unser Programm original generiert.
Es bedarf dazu lediglich eines geringfügigen operati-
ven Eingriffs: man muß die obere Wölbung, die Brust-
raumwölbung des Zwerchfells ein wenig anheben.«
(Mein Interview mit dem Vertreter des Human Improve-
ment Technology Research Center in Auckland/New
Zealand)

Wir haben den Sinn für die Welt ausgelagert in die Welt selbst. Es gibt in ihr kein Geschehen, an dem nicht ein stummes, geschehensimplizites Erwägen, Ermitteln, Beurteilen beteiligt wäre. Insofern bewegt sich die Welt aus Meinungswalten.

Das Jahr läuft ab, kein Tag ist aufzuhalten, obgleich meine Bemühungen, ihn mit Reflexion abzubremsen, ihn zu beschweren und zu doppeln, nicht nachlassen. Dabei entsteht einerseits ein Zeit-Raum, der den Kalender und die Chronologie entmachtet, der andererseits dazu führt, die Grenzen der Unreife bis auf den St. Nimmerleinstag zu erweitern.

Der Akt, in dem der Jüngling sich selbst zum ersten Mal begegnete, ließ die noch flüssige Unreife in der Schrift erstarren, und die Unreife erhielt sich in ihr mitsamt ihren unreifen Freuden und Schmerzen, und ich veränderte mich nicht. Solange das Immediatbüchlein die Macht des Tages bricht, bleibt die Unreife unüberwunden. Das Alter tritt erst ein, sobald ich nicht mehr mit mir spreche. Wenn die Bemerkungen ausbleiben, wird die Unreife verbraucht sein.

Ich fülle nur die kleinen Lücken, die meine Lieblingsautoren in ihren Büchern ließen.

Was ich schreibe, hätten auch sie noch schreiben können. Dann und wann haben sie einen verspäteten, posthumen Einfall – dafür gibt es mich.

Sie gab ihm den Kuß im Vorübergehen auf die Lippen, und es hieß: schweigen wir über alles Weitere. Der Kuß ließ ihn wissen, daß sie nicht mit dem Feuer spielen wollte. Er verstand's aber nach seinem Verständnis und sagte sich: Das Verschwinden des Lächelns und das Überspringen des Verliebtseins in der Liebe sind heute in Mode.

Sie selbst verspürte nicht einen Hauch von Versuchung zu irgendeinem Spiel. Wohl aber spürte sie, daß er ganz sicher war, sie befinde sich in solcher Gefahr. Nur weil er selbst ihr längst erlegen war. Wenn sie sich vorbeugte, um die Zigarettenasche abzutippen, gab es keinen Zweifel, wohin sie seinen Blick lenkte. Er freute sich an der wie für seine Hand gegossenen Form ihrer Brüste. Sie tat ihm schön, nur um endlich herauszubekommen, was sie unbedingt wissen mußte. Aber sie fühlte sich unwohl und unsicher in der Rolle, die Verliebte nach alter Mode zu spielen. Ihre Mißlaune konnte sie nur schlecht verbergen. Ihr artiges und manchmal ihr falsches Liebes-Lächeln bedeckte als dünner Überzug ein gänzlich erloschenes, abschätziges Gesicht. Mitten in der gefälligen Miene lauerten Ärger, Affront, plötzlich ausbrechender Vorwurf. Es kam zu Vorsprüngen der Enttäuschung, möglicherweise die umständliche Unterredung umsonst geführt zu haben. Falls er nichts von dem, was sie unbedingt wissen mußte, preisgeben würde, hätte sie sinnlos ihre Zeit verschwendet. Ungeduld ließ ihre Gesichtszüge manchmal außer Kontrolle geraten. Unversehens straffte der Zorn einer endgültigen Abrechnung ihre Stirn. Dann wieder folgte ein entschlossener Aufblick, ein Aufatmen in der Hoffnung, endlich in die nüchterne Zentralperspektive vorzurücken, das Sachliche zu klären, auf ihre Kosten zu kommen, nüchtern und weit entfernt von der früheren Berechnung, daß da ja ein Feuer war, mit dem sie hätte spielen können.

»Ich kann ihn nicht leiden, weil er mich um nichts beneidet.«

Es stimmt ja gar nicht! – möchte ich jedesmal ausrufen, wenn ich über einen Menschen reden höre, der nicht anwesend ist. Fast immer erzählt man etwas zu seinen Lasten und zur eigenen Erleichterung. Zu seiner Verkleinerung und zur eigenen Vergrößerung. Man urteilt sich ihn vom Leibe. Da ich nun einmal dazu neige, meinem Gegenüber auf Anhieb alles zu glauben, weil ich mir einbilde, einem Nichtvertrauenswürdigen gar nicht zuhören zu können, muß ich mich jedesmal zur Vorsicht zwingen und mir sagen: dieser Mensch erzählt dir die Unwahrheit über X, und zwar aus sehr begreiflichen Gründen. Und diese Gründe erscheinen mir klarer umrissen als jener X, den er mir so ungetreu schildert.

Der Jammer ist zu alt und zu groß, als daß ein originaler Laut von ihm im gewöhnlichen Jammern mitklänge.

Man hat gesagt, das Wissen verbesserte sich im Mittelalter, weil die Menschen immer genauere Vorstellungen vom bevorstehenden Ende der Welt gewinnen wollten. Dabei verschärfte sich ihre Beobachtungsgabe. Die verschiedenen Methoden, in den Sternen zu lesen, wurden mit immer neuen Instrumenten präzisiert.

Auf einmal war es Mode geworden, *alles auf Achse zu stellen*. Den Menschen auf Achse hin zu betrachten, jeden auf seine Achsausdehnung hin zu prüfen und zu erfassen: Wie tief reicht er, wie hoch reicht er über sich hinaus? Welche *anagogische* Energie besitzt er? Sind seine Worte aufwärts gerichtet zu verstehen, erheben seine Berührungen das Berührte? Es zeigte sich dabei, wie schnell die Berücksichtigung der Horizontalen, der *Gesellschaftsachse* an Bedeutung verliert.

Man wird durch Hinnehmen zum Ochs. Wegstecken, Verdrängen, unter Verschluß bringen, dem Bewußtsein vorenthalten – das läßt einen jeden nach und nach zu einem ängstlichen Tölpel werden, der sich seines Bewußtseins nicht mehr zu bedienen wagt, um keine schlafenden Löwen zu wecken.

Nun schlägt die Stunde des *kleinen anderen*, den die eigene Nichtigkeit selbst erzeugt und übrigens nach Gebrauch auch schnell wieder verwirft. Sie generiert also ein Männlein im dunklen Habit mit hochgeschlagenem schwarzen Hemdkragen, es sitzt dem Ochs gegenüber und versucht tausend Behauptungen gegen ihn. Dies Obmännlein, das ihn fragend und zweifelnd von der Seite betrachtet, wird jeden Fehler seines Restdenkens, jede Mißwirtschaft seiner Mühen bemerken und verzeichnen. Ironiker, der er ist, wird er eines Tages zu dem Schluß kommen: Die wesentliche Beschäftigung meines beaufsichtigten Auftraggebers, eines an sich redlichen Mannes, besteht seit geraumer Zeit im Wegstecken. Im emsigen Vergraben seines einstmals großen, jedoch zu Bruch gegangenen Jammers. Er verbringt die besten Stunden seines Lebens mit dem Verhüllen oder Drapieren von Aussichtslosigkeiten. Beinahe alles, was er tut, dient dem Schutze seiner Illusion. Wenn ich es richtig beurteile, muß ich sagen: Eine gewisse Todesverachtung stünde ihm besser zu Gesicht. Sie würde seine Miene wieder härten und klären. Seine Umgebung sähe wieder einen Mann und setzte dann auch neues Vertrauen in ihn, es ginge wieder aufwärts mit ihm. Während es jetzt auf niemanden ermutigend wirkt, ihn beim tierischen Verbuddeln all seiner kleinen Miseren zu beobachten und dabei diesen Ausdruck von Instinktgetriebenheit wahrzunehmen, den man kaum noch einem Menschen zuordnen möchte.

Nach der mündlichen Überlieferung gilt das Wort des Propheten, das da heißt: Keine Äußerung bringt der Mensch hervor, ohne daß ein Aufpasser bei ihm wäre, bereit, alles aufzuzeichnen.

Dieser Hüter oder Edle Aufschreiber, wie er genannt wird, bewahrt alles, was man tut, sagt oder sinnt.

Das metallische Rauschen von Skiern auf trockenem Schnee verfolgte mich im Schlaf. Offenbar war ich schneller als der Abwartsläufer hinter mir, schwebte wohl den Hang hinunter, und der Hang endete nirgends. Die ganze Nacht blieb rückwärts dies leise Rascheln und Schleifen der Ski-Bretter, das Geräusch, das vom Sensenschnitt an trockenem Gras nicht zu unterscheiden war.

Man löst das Geheimnis der Erinnerung, der Traumfahrt nicht. *Ich* aber löse es erst recht nicht. Es gibt aber dieses Man als eine technische Instanz der Selbstwahrnehmung. Ein Beobachtungsposten am Rande des Ich-Hofs. Diese assoziierte Wacht ist an der subjektiven Erfahrung nicht wenig beteiligt – das Unbewußte ist dafür nicht das richtige Wort. Der Anteil *man* am Sehen des Traums oder der Erinnerung könnte mit einem Apostroph vor dem *ich* markiert werden: 'ich. Der Apostroph bezeichnet, was dem Ich fehlt, nämlich jene Wacht, die das Ich erkennt. In der dunklen Stadt auf vereistem Bürgersteig kam mir eine ältere Frau entgegen. Sie ging vorsichtig auf der glatten Fläche, blieb stehen und fragte: Erkennst du mich nicht? Und 'ich nahm es für die Frage der Fragen. Die Frage nach meinem Ich, das erkannte, ohne dabei von sich selbst beobachtet zu werden. Wo ich auch ging und wem ich begegnete, in all den wiederaufflammenden Begebenheiten, geträumt, erinnert oder geschehen, immer war ich ein Unausgeprägter, ein 'ich, dem jener, der es erkennt, abging. Es gefiel mir nirgends, wo 'ich war, weil nie ich dort war. Aber 'ich ließ es mir gefallen.

Ein Mann hat seine kleinen Helfer. Unsichtbare Trabanten anstelle des einen Schutzengels. Da gibt es den Überblicker oder Controller, der ständig sämtliche individuellen Eigenschaftsdaten dieser Person prüft, abgleicht und aus ihnen die nächsten Schritte ermittelt, die ihm günstig und empfehlenswert erscheinen. Dann die Hosteß, die sanft durch den widrigen Alltag geleitet, und später der Mignon des Ichs, das Ebenbild des Mannes in seinen jungen Jahren, das den Alten immer wieder erfrischt und ermutigt. Dazu das Obmännlein, das alles noch einmal überdenkt und in Zweifel zieht. Und schließlich der diskrete Revisor des gesamten subsidiären Systems.

Wir wissen nicht, welche der jetzt zukunftsdurstigen Schemen sich mit Körper füllen und welche wie nie gewesen sein werden. Vieles kann kommen, selten ist es das mit lüsterner Gewißheit Vorausgesagte.

Es zeichnet sich doch deutlich ab!

Ja, aber nicht zeichnet sich ab, was die verlängerte Linie plötzlich durchkreuzt.

Als ob sie eine Waage wären: Mond und Sonne in der Winterdämmerung, erster Schnee, die Kälte leuchtet, Sonntag nachmittag um vier, der Stand der Dinge ist erreicht. Mehr war nicht zu erreichen als ihr Stand, einmal, als Dunkelheit unter dem zarten Morgenrot emporkroch und der angebrochene Tag wieder verschwand.

Du glaubst viel mehr, als du denkst.

Denn es entstammt das Bewußtsein des Menschen einer Ursuppe aus Glaubenspartikeln.

Daher kann es im Denken nichts geben, was nicht auf einer Einbindung dieser ersten Makromoleküle des Glaubens beruht.

Pulverisiertes, Gedankenmehl, leicht von der Hand zu blasen. Staub, der sich auf den Goldschnitt großer Werke legt. Wer zufällig eines aus dem Regal nimmt, wird ihn abpusten. Eine kleine reflektierende Wolke steigt auf, Partikel, die hübsch in der hereinfallenden Abendsonne glitzern.

Bist du ein Wellenbild, bist du ein Teilchenfeld?

Du mein Du: streaming beloved, durch und durch onduliert.

Geliebte Wolke, Teilchenzauber, Partikelstrom aus tausend Jahren!

Unauszählbares muß schwirren, bevor der Akt des Erkennens einsetzt und allmählich *der andere* hervortritt.

Unlust kommt auf, sobald sich diese oder jene auszieht ohne jedes Bewußtsein davon, von mir gesehen zu werden. Wie die Herrin vor der Zofe, wie der Soldat vor seinen Kameraden ... Als wäre ich Luft für sie!

Mehr als das kurze, eben gerade noch Erwischte gibt es nicht im Elementarbereich des Realen. Nur diesen Drehimpuls, den Spin eines erotischen Teilchens: Die Sprache verwirbelt die Geliebte ins reine körperlos Atmo-sphärische. Aber etwas aus Fleisch und Blut entsteigt dann neu dem kreiselnden, wirbelnden Nichts der Sprache.

Guten Morgen, weißer Kamerad Papier! ... Die Wache bezieht ihr Schilderhaus.

Sieh nur: wie still und aufrecht er stehen bleibt, der entzweigeschneite Soldat!

Früher hat man die unterschwellige Wirkung eines Menschen zusammengefaßt seine »Persönlichkeit« ge-nannt. Heute versucht man das Vage, das so stark ist, genauer zu analysieren. Es ist bekannt genug, daß von einem Menschen, auf den es uns ankommt, Wellen und Schwingungen ausgehen, die die Bedeutung sei-ner Worte einschränken oder relativieren. Vorweg wird die Unlesbarkeit des Gegenüber eingestanden, und wir wissen noch nicht, welche der verfügbaren Sprachen der Entzifferung anzuwenden sich empfiehlt.

Erscheinung ist eine dichte erotische Hülle aus Spre-chen und Aussehen, aus viel Bekanntem und wenigem Unbekannten. Ist all das, was jemand an Fluidum und Ausstrahlung erzeugt – freilich gemeinsam mit seinem andersgearteten Gegenüber erzeugt. Jedoch bringen die Wellen, mit denen einer auf den anderen einwirkt, letztlich nichts Gemeinsames hervor. Beide unterhal-ten ein Kräftefeld, das sie nicht zugleich schaffen und deuten können. Wenn nämlich das Verstehen beginnt, so verstehen sie einander nach den Gewohnheiten der herkömmlichen Psychologie und der semantischen Sinnfälligkeit – und das ist, als ob man Atomphysik nach den Regeln der Mechanik betriebe. Allmählich ahnt man, was *dahinterkommen* neuerlich heißt: hinter die Mauer des Verstehens.

Wie es denn unsinnig wäre, nach einem festen Stand zu suchen, wenn man doch schweben kann.

Aber es ist ein müßiges Unterfangen, man kann die Person nicht in subpersonale Bewegungen oder Quantenmengen auflösen. Jedenfalls nicht in einer uns zugänglichen Sprache.

Das Dahinterkommen wird sich stets abrupt, epiphanisch, kurz: im Ereignis vollziehen.

Was machen sie auf der Bühne aus dem Fürsten Myschkin, dem auratischen »Idioten«, der nur aus Ahnung und Andeutung besteht? Eine lächerliche Gesellschaftsfratze!

Die intuitive Person wird vom Unendlichen gestreift, sie ist kein gesellschaftliches und kein intersubjektives »Erzeugnis«. Wir stehen ihr *unmittelbar* gegenüber.

Schuppen des Feuers, zitternde Blutbuchenblätter, täglich ein feineres Goldbraun, und wieder ein Zwischenton, etwas von Glühweinnase und Wintergesundheit. Ein Prangen, herbsttreu bis zuletzt. Und Trotz gegen das ermüdete Grün ringsum. Das Licht der Blässe. Verblichene Stoffe, bleiche Gesichter. Verblichenes gilt für die nächsten Wochen als Modeton im alten Garten.

Die Blätter sieht man einzeln wehen vom Baum, erst wenn sie unten liegen, werden sie ununterscheidbar, überlappen und verdecken sich, ein gelbgrünbrauner Teppich. So ist es mit den Toten, ein bunter dichter Untergrund. Solange sie noch sterben, herausgerissen aus dem Alltag, fallen und verwehen, sehen wir den einzelnen nach, folgen ihrem Untergang und entlassen sie dann ins Ununterscheidbare.

Der Hainbuchenbogen, der zum gepflasterten Brunnengarten führt, trägt zur linken Hälfte das Laub noch grün, es ist das Grün der eingelegten Reineclauden, das Grün der Säurigkeit, und zur rechten ist es braun wie faules Gelb.

Blattstofffarben: Xanthophyll gelb zu 23 Prozent im Blatt, Carotin rot zu 10 Prozent, und das Anthozyan ist die dunkle Purpurfarbe der Blutbuche und des Wilden Weins. Wenn es kalt wird, ziehen sich die Nahrungsstoffe in das verholzte Innere der Äste zurück.

Zu Pflanzenfarbstoffen noch: das rote Zyanidin: Mohnblüten, Rotkohlblätter, Holunderbeeren. Durch Metallionen blau in Kornblumen. Das blaue Delphinidin in Rittersporn und Eisenhutblüten. Das lachsfarbene Pelargonidin in der roten Johannisbeere. Welch schöne Wörter stecken in den Begriffen!

Der Gefrierpunkt einer Liebe wird nicht selten der Stern, der später in den Nächten glitzert. Nach Jahrzehnten noch leuchtet am Firmament das Eis des letzten Blicks.

Sie konnte es nie verwinden, damals nicht das letzte Wort gehabt zu haben. Nun sitzen sie noch einmal voreinander, vierzig Jahre nach ihrem unversöhnlichen Abschied. Beide mit etwas fahrigen Händen, und es sind die seinen, die sich beschwichtigend auf ihren Unterarm legen und die sie, wiederum unversöhnt, von ihrem Arm nimmt und ihm zurückgibt, still und mit trauriger Entschlossenheit, die alten Hände, die er wieder zu sich nimmt und mit gekrümmten Fingerkuppen an die Tischkante hängt. Sie sagt: »Ich habe damals vergessen, dich zu verfluchen. Ich hole es nach: Verdirb!«

Er war einer jener heilig unverständigen Menschen, über den man sich, wenn irgendwo im Land sein Name fiel, mit einem stummen Kopfschütteln einig war.

Denen die Augen leicht aufgehen, richten schnell über die armen Verblendeten. Doch vom Mysterium der Blendung wissen sie nichts.

Gegen das Vielzuviele läßt sich nicht ankämpfen. Doch kann ihm etwas durch Kunst entzogen werden. Ihr Zaubern ist es, dem Vielen das Wenige zu entlocken. Wie das ungefüllte Tierbild auf der Höhlenwand seine Erfüllung herbeiruft, so bietet das Kunstwerk den magischen Umriß, der eine Menge von Vielzuvielgesehenem aus der Welt schafft.

Als streifte vor dieser Stimme einher, vor dieser sich ankündigenden Melodie ein warmer Atem, und alle Fenster der Hütte beschlugen. Der Auftritt der Stimme selbst erfolgte dann aber nicht. Immerhin, mit ihrem Vorausatem, den nun der Frost festhielt, hatte sie uns Eisblumen auf die Scheiben gepunzt. Ein solch warmes Anwehen und dann Niemand und Schmerz!

Swedenborgs Engel: zwei, die auf Erden einander geliebt haben, bilden im Himmel einen einzigen Engel.

Et l'homme et la femme sans nom sont morts, et leur amour
  Est mort, et qui donc se souvient? Qui? Toi peut-être,
  Toi, triste, triste bruit de la pluie sur la pluie,
  Ou vous, mon âme. Mais bientôt vous oublierez cela
et le reste.
  O. Vladislas de Lubicz-Milosz, Les Terrains vagues, aus: Adramandoni

Adramand heißt der Garten der ehelich-geistigen Liebe bei Swedenborg.

Hatte Medea den Jason nicht gelehrt, den metallenen Stier, Stier aus Bronze, der loderndes Feuer schnaubte, eine Zugmaschine, vor den Pflug zu spannen? Was den Griechen als düstere Magie erschien, war fortschrittliche Technik.

Und was nicht sonst hat sie ihm beigebracht! Da sie in Kolchis eben mit allem etwas weiter waren. Man kannte dort Kleider aus feuerfestem Stoff, man warf sie in die offene Flamme, um sie zu reinigen.

Anfänge über Anfänge, keine Kadenz, keine Hierarchie von Beginn und Ende, kein Verlauf mit Krise und Showdown. Aber aus der Schwemme der Anfänge nur die, die wirklich unbezähmbarer, in sich auswegloser Anfang sind.

Eine Episode, die nicht der letzten, unduldsamsten Kürzung eines Romans gleicht; eine intime Bemerkung, die nicht eingefaltet einen Lebensumsturzplan enthält, lohnen nicht die Niederschrift. Der Leser, der sich um die Weite betrogen sieht, muß diese in der Enge wiederfinden.

Ich nehme an, daß die meisten Menschen ihr Leben nicht unter ein Thema stellen. Was ihnen zur Hauptsache wird, wechselt mit den Jahren, manchmal mit den Wochen. Sie sind, aufs Ganze gesehen, multithematisch.

Das ist die tiefere Verbindung, die dies lasterhafte Schreiben zu ihnen, zum Leben selbst unterhält, das ebenfalls nicht formlos ist, nur weil es weder geschlossene Geschichten noch ein Hauptthema kennt, sondern seine Formen und Figuren in bizarrer Streuung entwirft, wie Eisenspäne sich ordnen im Magnetfeld, und die Späne sind die Bilder und Bewandtnisse, Erinnerungen, Träume, Reflexionen, Idiosynkrasien und Sentimentalitäten!

O dies Alles auf einmal! Totum simul! O dies Drunterunddrüber! Es zu ordnen hieße eine lebendige Ordnung zerstören.

Suso/Seuse bettete sich zur Nacht auf eine alte Tür.

Man bedenke, was uns eine Tür ist: der plötzliche Besuch, der auffliegende Verschluß, Eindringen, gestürmte Klause, der Bruch der Zelle, der Schrecken, das Jähe selbst. Türaufschlag jetzt größer, verrückter als *ihr* Augenaufschlag einst. Dem zu wehren, gibt es nur eins: die Tür sofort aus den Angeln heben und sich fest auf sie niederlegen.

Es gibt für den Geist des Menschen keinen Grund, immer komplexer zu werden, nur weil die Entwicklung natürlicher Formen, die Evolution, diesen Weg einschlug. Die hohe Komplexität des Denkens und der sozialen Organisationsformen – entspricht sie nicht jener plumpen Übergröße, die am Ende der Kreidezeit sich am wenigsten als überlebensfähig erwies? *Xiphos, die Insel der? Vereinfacher.*

Die Einschiffung dorthin läßt keinen geringeren Zauber erwarten als die nach Kythera.

Sie wußte genau, was es bedeutet, sich neben diesen Mann zu stellen und gemeinsam mit ihm aus dem Fenster zu schauen. Beide, die sich nicht kannten, standen still nebeneinander, ihr rechter Arm hing neben seinem linken, beide Hände hingen, bis sie nach kurzer Zeit, beinah selbsttätig, von Händeanziehung bewegt, sich faßten, die Finger sich verhakten und falteten und sich heftig drückten. Auf einmal standen sie Hand in Hand, ein sozialer Rollenwechsel höheren Grads, herbeigeführt durch eine der anfälligsten Positionen zwischen zwei fremden Menschen: gemeinsam aus dem Fenster zu schauen.

Bei genauerer Betrachtung stellt sich heraus: es ist nicht wirklich die Begierde, die antreibt, sondern vielmehr die paradoxe Versuchung, eine Fremde zu berühren und zugleich ihre Fremdheit nicht anzutasten. Mein Verlangen, die Fremde zu berühren, findet seine Erfüllung darin, daß sie von mir gänzlich unberührt bleibt.

Volo ut sis, Wort des Augustin. Ich will, daß du, Geliebte, seist, wer du bist.

Sei die ohne Du, zeige dich unangesehen mir.

Die Getreuen der Liebe sind nicht ganz dasselbe wie die in der Liebe Treuen. Begleitung wechselt mit Vereinigung. Wieder ein Stück Begleitung, wieder ein Halt zur Vereinigung. Form und Zauber dieser langen Dauer setzen voraus, daß der andere dir auch nach vielen Jahren noch der andere ist. Jemand, dem du begegnest, den du begleitest, doch nicht mit dir vermengst. Dies geschieht nicht aus Vorsatz oder Vorsicht, sondern in der dunklen Anziehung durch Nicht-Verstehen. Wieviel Verderben bringt hingegen das kurze und geringe »Verständnis füreinander« unter zwei Menschen!

Der Mann von heute ist schlau, er argumentiert gerne und ist leicht zu amüsieren. Darin, so wird man sagen, zieht die Frau von heute mit ihm gleich. Sie sind beide wirklich intelligent. Aufgeschlossen. Amüsant. Scharfzüngig. Beide recht scharfzüngig. Die Homosexualität ihrer Wesensart wird einzig von der Sexualität selbst, dem sogenannten Sex, unterbrochen.

Er ist gewissermaßen das heterosexuelle Feigenblatt, das die im ganzen gleichgeschlechtliche Beziehung ziert. Eine Liebe ohne Dunkelheit. Zwei Zungen, mit luziferischer Helligkeit begabt.

Man hat sich immer gefragt: woher kommt der Groll oder das heimliche Grollen?

Spengler, der alte Seher, stapfte grollend durch die Straßen Münchens, so berichtet es Reck-Malleczewen. Vielleicht war sein Groll nur ein Mit-Laut tieferen Grollens. Vielleicht tönte das Grollen der Erde, der ganzen Menschengeschichte durch einen hervorragenden Menschen wider. Ein Rabe grollt. Die Kunst grollt. Rübezahl und der Abgrund grollen.

Jubihumilierend ... in demütig knieenden Luftsprüngen.

Und der auswärts Schreitende wird schöner. Ein Rükken, eine gebeugte Gestalt, an der, um sie immer mehr zu erhellen, das Licht und die Luft schnitzt und schält. Der Weggehende – ein Schnitzwerk mit seinen Kuhlen und Kerben, das Weggenommene macht die Figur.

Der Mensch, dessen Farbe wie Reif ist, wird in einer alten Gesellschaft ein Morgenbote. In einer bloß alternden nichts als ein statistisches Übel. Eine Unansehnlichkeit. Der schöne Greis indessen ist unsichtbar: er hat sich in Geist aufgelöst.

Um etwas über den Greis als Weltstimmung zu erfahren, den tonangebenden Greis, sollte man fleißig die Lyrik aus der Tang-Dynastie (zwischen 600 und 900) lesen.

Wenn man nur wüßte, wie es in Blüte-Zeiten drinnen wirklich zuging! Akme! Welche Chance hatte der Außenseiter, der nicht mit in die Höhe gerissen wurde?

»Was für die Sachaufgaben des Zeitalters nicht tauglich war, wurde grausam ausgefällt, beiseite geschoben und überspielt. Vieles Unzeitgemäße war so deplaziert, daß es ausstarb. Anderes, das sich verwinkelte, hatte keine guten Tage.«

Schöne Epochen-Beschreibung von Hans Freyer in seiner »Theorie des gegenwärtigen Zeitalters«. Dies also: das Überspielte, Untaugliche, Unzeitgemäße, Verwinkelte ist des *explorers* Domäne. Geht doch der Kundschafter am besten in Gegenrichtung voran.

Weiße Husse, die man in alten Sommerhäusern über die Möbel deckte, um sie winterfest zu machen. Die Gescheitheit hatte ihre Zeit und das Zudecken hat die seine. Das Enthüllen und das Verhüllen. Möbelschoner – Gedankenschoner.

Logan Pearsale Smith (»Trivia«) ist mein Mann. Der Mann beherzter Unterredungen, der, sobald er sie verläßt und unter den nackten Sternenhimmel tritt, sich des falschen Glanzes seiner Worte schämt, die unvergleichliche Falschheit des ganzen geselligen Abends entdeckt und im Fluch dieser Entdeckung nichts als existentielle Zurücksetzung erfährt. Schmach und Zukurzgekommenheit. Jeder andere ginge ungerührt darüber hinweg, kehrte sich seinen eigentlichen Aufgaben zu, er aber oder ich werden von Skrupeln gefleddert wie von nächtlichen Dieben.

Frühmorgens um sechs öffnet ein Obsthändler mit seiner Frau den Rolladen seines Verkaufsstands. O Gott! schreit die Frau, denn es stürzt eine schwarze Wolke von Wespen, unzähligen, sich dauernd vermehrenden, ans Licht. Der Obsthändler wie seine Frau sind im Nu in die Wolke gehüllt. Dicke Klumpen wimmelnder Wespen bilden sich an ihren Kleidern, auf ihrer Haut und in ihren Haaren. Verwickelte Waben speicheln und kleben die entarteten Flügler an die Menschenhaut, da sie in der Lage sind, überall, selbst in die haltlosen Lüfte ihre Gehäuse zu bauen. Die beiden Befallenen halten sich indes zur größten Ruhe an und pflücken einander die wuchernden Wespenschwärme aus den Haaren, vom Nacken und aus den Kleidern. Da es ihnen gelingt, dies mit größter Ruhe und Geduld zu tun, werden sie schließlich von ihnen befreit. Ihre Langmut wirkt wie eine störende Strahlung auf das hektische Ungeziefer, das durch unablässige Vermehrung seine Unruhe steigert, und schließlich fallen sie sämtlich ab vom Obsthändler und seiner Frau, die nicht einen einzigen Stich davontragen.

Kleine Einhalte, wie Marker, die nichts zu gebieten, nichts zu entscheiden haben. Hergestellt, verteilt, zwischengestreut in den eifrigen Lauf des Buchs, der Schrift, kleine Einhalte, weit entfernt von der Befehlsgewalt eines »Stop!« oder eines »Zurück!«. Eigentlich nur Zeichen einer minimalen Verzögerung, eingeschleuste Schleifelemente, manchmal nur ein »Achte aufs Achten!«. Man könnte auch Merker sagen, das ist wenigstens kein sprachwissenschaftlicher Begriff. Dilatorisches Pulver, das man heimlich mit seinen Zeilen verabreicht, in der Hoffnung, es würde sich im Blut der Leser lösen, den Lesefluß ein wenig dehnen und aufhalten ... Katechonat.

Toleranz, die nicht herrscht, sondern nur zuläßt, kann mehr Blut kosten als kriegerische Abgrenzung. Die Schwäche der Väter zerstört die Söhne.

Dem Behutsamen verdingt sich eine Truppe Gewalt-samer, die über alle herfallen, die nicht behutsam sind. Das Behutsame scheut kein Blutvergießen, damit am Ende allein das Behutsame herrsche.

»Die ganze Gesellschaft ist aufgerufen!« Das Abstrak-tum als Ansprechpartner, die *Gesellschaft* als Metony-mie für *jeden einzelnen* ist eine Stilblüte wie »der Un-sichtbare in Hut und Mantel«. Schwulst ist beinah unvermeidlich, sobald die demokratische Nüchtern-heit sich dem Pathos nähert.

Mit wenig Verwunderung wird man feststellen, daß Lust und Tod in ihrem mystischen Einklang gestört wurden, seitdem nicht dunkle Leidenschaft, sondern der taghelle sportliche Sex den Tod riskiert. Allein weil man eine Warnung ausschlägt oder ein Verhütungs-mittel meidet, entstehen Todesfälle aus unpathetischer Lust. Der Tod hat jede Fessel gelöst, die ihn an die Lie-be band. Ein metamphetamingestütztes Schäferstünd-chen, bei dem sich ein Mann abwechselnd von einem Dutzend Swingern penetrieren läßt, woraufhin er einen HIV-Stamm aufbaut, der gegen jedes Verzögerungs-präparat resistent ist, setzt Rekordgier und Ehrgeiz vor Lust. Der Libertin unterscheidet sich kaum vom ge-dopten Radrennfahrer, der sich den Weltmeistertitel erschwindelt. Aber auch eine opiatgestützte Enthalt-samkeit, käme sie in Mode, wäre abhängig vom Markt der Stimulanzien, wäre nur ein weiteres künstliches Erzeugnis inmitten vieler, die der Liebesvermeidung dienen. Allerdings eine kostengünstige Variante, um zigtausend Leben zu retten. Gleichfalls ein krankmachendes Rezept, eine ruinöse Konstruktion, die nichts mit dem lebenden Eros zu tun hat, ist die Partnertreue. Auch sie nur eine phantastische Konstruktion unter vielen, die kostengünstig Leben retten kann – wenngleich sie hierzulande bei weitem nicht genug davon hervorbringt.

»Physik und Pop haben ihre Hochzeit hinter sich.« Karge Weisheiten dieserart kommen am laufenden Band über seine wippenden Lippen. Seht, wie's vibriert, Diktum, Absprung vom Zehn-Meter-Turm, der Steg bebt nach. Der Intelligente ist nur das Medium gemeiner Intelligenz. Gleichsam ein Orakel, das schnellsprechend allseits Ausgesprochenes verkündet.

Sobald einer etwas auf den Punkt gebracht hat, sollte dieser Punkt genügend Sprengkraft besitzen, um in die Luft zu fliegen und in einer Garbe von tausend Pünktchen über dem Aufdenpunktbringer niederzugehen.

Nichts protziger als der lapidare Stil, nichts eitler als Einsilbigkeit, und Schweigen ist Bramarbasieren.

Ich möchte kämpfen für etwas, sagte der Jüngling. Obgleich ich weiß, daß das für mich Bekämpfenswerte sich in sicherster, überlegenster, endgültigster Position befindet. Aber so werde ich wenigstens die *Haltung* des Kämpfers einnehmen und sie weitergeben, damit sie nicht vergessen ist, wenn eines Tages wieder gekämpft werden muß.

Bestückt mit tausend aufgerissenen Blütenaugen, Filmsternchenaugen, die spätblühende Schlehe, ein Überwurf aus Engelweiß. So zeigt sie mir, wie man auf diesem menschenleeren Hügel *ganz allein* überschwenglich seine Feste feiert.

Also die zwei allein in den Dezember-Gärten von Villandry, was lasen sie da auf den Terrassenbeeten? Zu Schwertern und Herzen und anderen Zeichen der Liebesverwirrung geschnittene Boskette. Ausgesetzt der vollkommenen Symmetrie, lehnten sie über dem Geländer der Platanenallee, im Rücken der Spiegel des Teichs, über den der Schwan selbstgefällig glitt. Die zwei aber im dünnen Regendunst, die Beigesellten – »das Paar« mag man nicht sagen, angesichts der vollendet paarigen Geometrie, die man da vor sich hat, dem künstlichen Garten mit seinen streng gedoppelten und geteilten Kompartimenten, gespiegelten Figuren und eleganten Kongruenzen. Zwei nur, Mann und Frau, die es sehen, sonst keine Besucher, sie selbst frei von jeder Symmetrie. Mit ihren Wunden, Brüchen, freien Varianten sind sie vielmehr Fraktale, Unpassende, Unübersichtliche, sie widersprechen in allem dem schönen Regelmaß, das sie hier lenkt und dem sie ihre Schritte anpassen. Sie passen sich an, wie man ein bezaubernd schönes Kleid probiert, in dem man sich zeigt und wendet, ohne es doch erwerben zu können. So wenig wie das Herz jemals die geometrische Ordnung annehmen könnte, für die es hier höher schlägt. Beschnitte und reduzierte man ihre Bewegungen, wie das Wachstum von Hecken und Rabatten, so verließen sie den Bogen eines Viertelkreises nicht. Ihr Gegenüber wechselte dann mit einem Nebeneinander, mehr nicht. Schläfe zu Schläfe gehen sie, von Stirn zu Stirn sehen sie sich. Nur diese Wendung bliebe ihnen, alles übrige weggenommen, maximal neunzig Grad: ein Paar. Trotz des Gleichmaßes ihrer Schritte gibt es in und zwischen ihnen nichts, was der rationalen Harmonie des Gartenbaus entspricht. Der strenge Liebesplan, den die Pflanzungen entwerfen und dem die beiden folgen, wirkt wie eine erholsame Irreführung, für ein paar Stunden, abseits der natürlichen Unordnung ihrer Zugehörigkeit.

Tiefer als das Gespräch verbindet der lange Gang Seite an Seite.

Seite an Seite reicht tiefer als Aug in Aug. Weltoffen nebeneinander oder weltlos gegenüber, ins Unendliche gespiegelt.

Der gemiedene Anblick sichert Vertrauen. Der unscheue Anblick provoziert nach einer Weile die Konfrontation. Aug in Aug wird dann Stirn gegen Stirn.

Der milde Wintermorgen von Amboise, ein Festtag an der Loire, ein Teilchen nur von Schöngewesenem, aber es gelingt nicht, die Erinnerungsspore mit der Sorgfalt eines Zellforschers zu isolieren. Denn das Vorüber geht fortwährend weiter vorüber.

Das ausgebrannte Wunderkind, der Hochbegabte, beherrschte mit achtzehn fünf europäische Sprachen, jedes Jahr kam eine neue außereuropäische dazu. Gab bereits als Schüler eine international beachtete Zeitschrift für lautsprachliche Lyrik heraus. Entwickelte ebenfalls eine neue Musiklehre, auf der Grundlage mikrometrischer Strukturformeln. Mit zweiundvierzig ein Mann der langen leeren Blicke, hilflos zuhörend, unversehens heftig nickend, verspätete Zustimmung zu einer Meinung, die vor Stunden geäußert wurde, und kein tieferer Atemzug, der nicht von feistem Zigarettenqualm verneint würde.

Gewiß kann man leben, ohne zu sehen, als Blinder. Aber ein Lebewesen, das nie *gesehen wird*, kann es auf Erden nicht geben. Irgendeiner Libelle müssen wir auf dem Facettenauge einmal erschienen sein, einem Hund im verschwommenen Raster, oder im Busch das Beuteschema eines hungrigen Tigers erfüllt haben, um zu existieren.

Für Burckhardt ruhte die Kultur der Renaissance auf den Schultern einer Hundert-Männer-Schar. Hundert Verwandelte genügten auch heute, um mit der Übereinkunft zu brechen, es folge auf das Informationszeitalter kein anderes mehr, in dem mit der Wiedergeburt des Menschen zu rechnen sei.

Es fehlt eine historische Anthologie der Wiederherstellungen und Restitutionen. Sie wäre unter anderm nützlich, um den Gedanken von der ewigen Wiederkunft des Gleichen einmal nicht mit den Argumenten der Evolution und Thermodynamik zu konfrontieren, sondern mit den unwahrscheinlichen, doch tatsächlich möglichen Wiederkehren in der Zeit. Das altiranische Herrschergeschlecht der Achämeniden beschützte den Glauben der Parsen, bis Alexander deren Reich zerschlug. Doch fand eine große Renaissance der Zoroaster-Religion unter den Sassaniden um 224 nach Christus statt.

In der Villa Scacciapensieri, einem Hotel in Siena, ging ein uralter Mann mit blankem hohen Schädel in seiner Altersverlorenheit das marmorne Treppenhaus unablässig hinauf und hinunter. Manchmal führte er dabei ein Selbstgespräch in einem amerikanischen Südstaatendialekt und war in sein Gemurmel derart vertieft, daß ihn niemand unterbrechen konnte. So stieg er am Abend noch ein letztes Mal vom obersten Stockwerk hinunter zum Erdgeschoß, wo er schließlich sein Zimmer aufsuchte, sich ins Bett legte und starb.

Als das Zimmermädchen am nächsten Morgen hereintrat, lag der alte Mann wie im Schlaf, und sie wollte nicht stören. Aus seinen gefalteten Händen war ein Foto gekippt, das zeigte seine Mutter und ihn auf einem Fahrradausflug. Der Treppensteiger war dort als Dreijähriger zu sehen in einem Körbchen, das an der Lenkstange befestigt war. Auf der Rückseite des Fotos stand in der Handschrift der Mutter: »Das erste Mal!«

Scheu und Scham modulierten das Denken.
The quiver of bescheidenheit ließ es vibrieren.

Das Sammeln ist furchtbar, das Lassen ist gut. Sie, die immerzu etwas gibt, etwas vom Reichtum ihrer kostbaren Fundstücke. Sie schenkt, gibt, läßt. Dazu gehört auch: liegen lassen, vergessen, verlegen. Oder großzügig mit Daten und Dingen zu verfahren, denn es sind die großen Züge, denen sich das kleine Da und Dort unterzuordnen hat. In großen Zügen ist alles herrlich. Nur von ganz unten gesehen, grenzt es an Chaos und Schlamperei. Aber auch die besitzen den Charme, daß jemand in großen Zügen etwas seinließ.

Das Aufgeben, das gibt.
Veilchenblaues Geld rinnt ihr von den Händen, die Hände geben, geben und halten nichts mehr. Die aufgelassene Habe. Hände, die nur lassen und nie mehr greifen werden.

Was ruft ihr nach der Religion! Ihr wißt nicht, welche Dammbrüche ihr vorbereitet, welch Unheil sie über die meisten bringen wird ...! Denn wahrhaftig, sie bringt nicht den einfältigen Friedensengel, den euch die Kirchenfunktionäre versprechen und der doch nur einer unter vielen fürchterlichen ist. »Die Wirklichkeit der Religion ist das Entsetzen des Menschen vor sich selbst ... Ein religiöser Mensch sein heißt ein zerrissener, ein unharmonischer, ein unfriedlicher Mensch sein ... eines Menschen Religion ist die ganze Entdeckung seiner Unerlöstheit.« (Karl Barth, Der Römerbrief)

Das Grauen Gott. Schon Kierkegaard spottete der Pastoren, die Gott in Süßigkeit und Mondschein tauchen. (Heute würde man sagen: Eine protestantische Predigt, das ist in den meisten Fällen, als spräche ein Materialprüfer vom TÜV über den Heiligen Gral.)

»So jagt Gott, der geliebt werden will, mit Hilfe von *Unruhe* nach dem Menschen ...

Das Christentum ist die intensivst-stärkste, die größtmögliche Unruhe, es läßt sich keine größere denken, es will (so wirkte ja Christi Leben) das Menschendasein beunruhigen vom tiefsten Grund aus, alles sprengen, alles brechen ... Wo einer Christ werden soll, da muß Unruhe sein; und wo einer Christ geworden, da wird Unruhe.« (Kierkegaard, Tagebücher 1834–55)

Was er so hat – was ich so habe. Die Unterschiede, das greulich Individuelle im Kram, der einen umgibt. Genist des Alltags. Häusliche Szenerie der Dinge, des Zubehörs: das allein ist dein unverwechselbarer Stil. Dessen du dich nicht befleißigen brauchst, der ganz von selbst entsteht aus dem, was sich ergibt und dich umgibt. Wie ärgerlich, daß ich aus der gewohnten Stätte, Niederlassung, wenn ich jetzt verschwände, daß ich aus meinem bloßen Zubehör und wie es liegt, vollkommen identifizierbar wäre. Nein, ausgewählt, erlesen war hier nichts. Keine Gemälde, keine schönen Bücher, keine Exotica. Der Geschmack läßt zu wünschen übrig. Es herrscht keine Unordnung, aber auch keine Übersichtlichkeit. Meine Häuslichkeit ist mein Profil. Doch jedes Utensil lauert nur darauf, demnächst als Überbleibsel seinen Rang zu erhöhen. Man kann sich *in* diesen Dingen als dahingegangen spüren.

Die Formen wandern, die Woge in der vollen Mai-Buche leiht das Meer. Die beleibten Bäume werden vom Wind geliebt. Je fülliger der Leib, um so windempfindlicher und windverständiger bewegt sich die Buche.

Tag und Nacht kämm ich am alten Teppich die verwirrten Fransen, die nur Zierde sind, Gedanken eben. Der Teppich selbst ist herrliche Verwobenheit, Inbild eines festen, unzerreißbaren Werks. Doch an seinem Rande tue ich, was meine Mutter tat am schweren Perser mit dem groben Aluminiumkamm. Und diese Schrift, die immer vorwärts zieht, trägt mich nun im Gegensinn zurück zum ersten Schultag mit dem erstgemalten Wort.

Wir stehen eigentlich dauernd am Abfertigungsschalter irgendeiner Airline, befinden uns allerwege unter Hooligans, Sextouristen, ins Handy bramarbasierenden Maklern und Beratern und den traurigen Rittern sozialer Vorteilsbeschaffung. Wir sind überall mit von der Partie, wo es von innerer Ausgeräumtheit nur so dröhnt – und stellen gleichwohl noch kritische Erwägungen darüber an. Ein letztes Mittel, sich zu unterscheiden! Sich darüber hinwegzutäuschen, wie weit das Untere schon nach oben reicht. Wie absurd ist es, über diese im Stumpfsinn Versumpften noch eine Erwägung anzustellen! Es herrscht in Wahrheit zwischen den Erwägenden und den Versumpften keinerlei Verbindung mehr – sondern nur Kommunikation. Läßt also die Masse den einzelnen wirklich ungeschoren, wie noch Hans Freyer meinte? Der Stumpfsinn steigt durch die Kapillare geteilter Interessen, Verrichtungen, Plätze und durchzieht in Spuren jede Intelligenz.

Dem Ancien régime der Moderne und Aber-Moderne – müßte ihm nicht längst ein Ende bereitet sein? In Wirklichkeit schleppt sich dasselbe Zeitalter mit vielen Zäsuren und ohne Revolutionen endlos dahin. Die Frage muß vielmehr lauten: Wann wird man beginnen, historisch zu betrachten, was man vor sich hat? Wann die mitlaufende Vergangenheit in allen Vorgängen zu erfahren?

Alles, was die Leute sind, was sie sein möchten, woran sie leiden und womit sie sich herumschlagen, wird ihnen von früh bis spät im Bild vorgeführt, sie sehen es von fern. Sie wohnen unaufhörlich einem unverbindlichen Tua res agitur bei, sie besitzen nicht einen einzigen geheimen Winkel mehr, in dem ihr Bild oder nur ein schmaler Streifen ihres Schicksals verborgen und ungespiegelt bliebe. Ihr eigenes Leben ist allgemein bekannt, durchleuchtet und abgehandelt. Es ist für sie nicht mehr zu unterscheiden, ob sie sich auf dem Bildschirm oder vor ihm befinden. Die elektronische Fassung von Platons Höhle unterscheidet sich von der ursprünglichen durch ihre Endgültigkeit, Unumkehrbarkeit, Befreiungslosigkeit. Die wenigen, die dem Totalverschluß von Licht und Schatten entkommen, versuchen den Berg oberhalb der Höhle zu bezwingen und verderben in der Mittagsglut.

Ohne Innensteuerung bewegen wir uns reizgegängelt, eng beieinander, abhängig von chemotaktischen und vibrativen Signalen wie die Ameisen.

Wir sind die Letzten, die noch den alten Menschen kannten, wie er gegrätscht in Natur und Geschichte vor uns stand oder sich nur mühsam und skrupulös fortbewegte, von Glück und Sorge gezeichnet. Den Nachfolgenden wird der Immediatzugang zum Menschen versperrt sein durch einen Schleier von virtuellen Vermittlungen. Wenn nicht große Wetter über ihn kommen, wird dieser Nachfolger nie wieder aus der

Schattenwelt seiner durchdringenden Verkünstlichungen hervortreten.

Der Sturz eines Asteroiden zieht einen diamantenen Riß durch die Wange der Nacht, und schon über dem Horizont ist er vergangen. Unter der Schädeldecke eignet allein dem Vergessen eine vergleichbare Helligkeit.

Du selbst, das ist nicht mehr als solch ein Lichthieb durch die Finsternis. Ein grelles erblicktes Vorbei. Nur ein Augenwisch von Selbstgewißheit, viel zu flüchtig, als daß sie das Bewußtsein erreichte. Ein blitzschnelles »Das bist du!«, untrügliche Bestimmung im Bereich einer Millisekunde.

Nachdenklich also – dem anderen nach, der vor mir dachte. Man sucht den Anschluß an die »Rede des Vorgängers«, *Hypolepsis*, Wiederaufnahme des roten Fadens, Anknüpfung. Man zeigt immer weniger Neigung, dazwischenzureden, sich in laufende Sprache einzuschalten.

Als Autor von Sätzen bleibt mir keine Wahl – ich muß hypoleptisch, d. i. anknüpfend sein. Episch wäre ich ein Experimentierer gewesen. Anknüpfen aber war mein Handwerk.

Was gerade geschieht, ist immer viel mehr Auflösung als Tendenz. Solve et coagula – die Maxime des Alchemisten gilt auch für das Zeitempfinden und -unterscheiden. Gegenwart ist stets: in Auflösung befindlich, erst der Rückblick läßt die Zeit gerinnen.

Es verhält sich mit dem Fundamentalen nicht anders als mit der Zwiebel des Peer Gynt – es gibt keinen Kern, es gibt keinen letzten Grund, eine Ablagerung überdeckt die andere, Schichten, Schichten, niemals Erstes.

Nichts möge sich verändern. Alles bleibe, wie es ist. Diese Grußformel, die von hohen Kulturen überliefert ist, stand über der Eingangspforte auch seines Gebiets. Das Gebiet besaß aber den steinigsten Boden, den er jemals betreten hatte. Hier mußte unermüdlich gearbeitet werden, das Land Tag für Tag aufs neue urbar gemacht, denn über Nacht versteinerte es wieder. Bleiben, nicht um sich gehen zu lassen, sondern um beständig noch einmal von ganz unten in die Höhe zu gelangen, von vorn zu beginnen, ein Hochleistungsbleiben.

Der Kulturheros des Rebellen wie auch der Typ des rebellierenden Halbwüchsigen treten nur in bestimmten Umbruchperioden hervor. Gegenwärtig, außer in Einwandererfamilien, hat Jugend-Rebellion kaum eine Bedeutung. Wegen des allgemeinen Schwunds an Polarität innerhalb einer liberalen Lebensform, die Gegenpositionen nur außerhalb ihrer kennt? Oder weil sich, was zu einer Familie gehört, in der Regel so schnell wieder auflöst, daß weder Heim noch Zeit zum Aufstand übrigbleiben?

Wir hatten mit siebzehn keinerlei Zukunftssorgen, vielmehr versprach uns die Rebellion neues Terrain, man verspürte den Übermut von Eroberern. Für einen jungen Menschen ist heute Selektion alles. In der Nachkriegsfrühe war, ein aufsaugender Schwamm sein, alles.

Wer jung ist jetzt, muß sich auf die Höhe eines geforderten Wissens und der obwaltenden Konflikte bringen – es fehlt ihm jede Illusion, das Vorhandene umkehren zu können.

Das ist weniger Wissensgesellschaft als Sportgemeinschaft: überall markierte Leistungsstrecken, prüf- und meßbares Vorankommen. Der Rebell wird als kulturelle Leitfigur nicht ins 21. Jahrhundert übernommen. Der junge Mensch wird frühzeitig gebeugt durch Zukunftssorge, Vorsorgepflichten. Er muß die Gegebenheiten genau ermessen, nicht um sie zu überwinden, sondern um sich in ihnen zu bewähren. Er muß geradezu zum Wissenschaftler seiner Umstände werden.

Wenn ich den Erfolg meiner Autor-Tätigkeit dem eines Handzettelverteilers in der Antarktis verglich, so war mir wohl nicht gegenwärtig, daß auch dort bereits Massenexpeditionen unterwegs sind.

Dennoch bietet so ein kleines Buch, richtig abgefaßt, heute vielleicht die letzte Chance, mit dem ein oder anderen Menschen in Verbindung zu treten, ohne mit ihm kommunizieren zu müssen.

Ein Fragment des Epikur, das Seneca in seinen 7. Brief an Lucilius einfügt, mag hierfür als Motto dienen: Haec ego non multis, sed tibi: satis enim magnum alter alteri theatrum sumus.

Das ist nicht für die vielen, sondern nur für dich. Wir sind einer dem anderen großes Theater genug.

Fremdwörter? Es gibt keine Fremdwörter. Es gibt nur einen Mangel an sprachlichem Aneignungsdrang.

Sich englisch oder französisch auszudrücken war einmal der Modeschmuck eines höheren Sprachvermögens. Die lingua franca heute liegt wie Smog über der Niederung. Der Berg der Sprache wird über seinen Fuß hinaus nicht mehr erkannt, die Gipfel, nie erblickt, sind längst vergessen.

So wird einer, deutschsprechend, in die Lage des Heraufrufenden versetzt. Er sucht in der Sehnsuchtsasche der Sprache die letzte Glut zu schüren.

Die Menschen sind in ihrem Bewußtsein weit unter das Niveau ihres Wissens gesunken. Ihre kunstvollen Einrichtungen, Produkte der Technik und der Wissenschaft, überragen turmhoch, was sie darüber denken.

»... denn der Teufel ist lauter Geist ... es ist keinerlei Dunkelheit im Teufel« (Kierkegaard, Die Krankheit zum Tode).

Die Ghouls, die Massen der lebenden Toten mit ihren schaurigen Gelüsten, schreiten in breiter Front voran, besudeln eine »reservierte Schönheit« des Lebens nach der anderen. Ihr wirksamstes Zersetzungsferment ist das unaufhörliche Geschwätz, dafür entwickeln sie immer neue technische Verbreitungs- und Verschlingmethoden. Und so dient eine brennende Leselampe in der Nacht immer noch als beste Abschreckung dieser allzu lebenden Toten.

Das kalte Fräulein aus dem ersten Stock des ausgedienten Hotels, in dem ich aufwuchs, war die einsame Tochter des ehemaligen Opernsängers, des Hausbesitzers. Nach dessen Tod wohnte sie allein mit der Mutter und begann zu lesen, immerfort zu lesen. Das Buch, die beiden Buchdeckel dienten ihr als Scheuklappen, um rechts und links nichts vom Leben zu bemerken. Sie las nacheinander alle Bände von Rowohlts Enzyklopädie, sprach mit niemandem, färbte aber ihre Haare hennarot. Das kalte Fräulein gab mir, dem Jungen, der lieben wollte, das Gefühl, vor einem Sackgassenmenschen zu stehen, einer Unfruchtbaren. Heute sind wir von lauter letzten Menschen umgeben. Singles! Wozu hatte der Schöpfer uns mit tausenderlei feinen Widersprüchen versehen, mit Eigenschaften, die uns in Spannung zueinander versetzen? Mit dem einzigen Ziel, uns zu vermehren. Tatsächlich aber vermehren ihren Anteil vor allem diese Sackgassenmenschen. Singles! Bruchstücke einer Sprengung, die von innen nach außen fliegen. Auch die Erfindung des einzelnen nicht anders als die etwa gleichzeitige des Reisenden endet in der Parodie seiner massenhaften Verbreitung.

Was sie nicht alles weiß! Lehrerin in der Erwachsenenbildung und passionierte Reiseleiterin. Wo man sie auch hinstellt, in Kambodscha oder Sizilien, sie hält einen gründlichen Vortrag über Land und Leute.

Mitunter verwirrt sie das Schwelen eines Mannes. Es ist nur der Duft seiner breiten Brust unter dem karierten kurzärmeligen Hemd. Duft einer sexuellen Gediegenheit, die keinen Stich ins Säuerliche, keinen ins Süßliche kennt. Von einer Art genitalen Würde möchte sie fast sprechen. Aber es kommt ja nichts zur Sprache. Weder Liebe noch Vergnügen stellen sich ein. Und hätte sich doch einmal ein Bei-Schnupperer gefunden, so hätte er Versuchung und Askese mit ihr teilen müssen. Ohne Kleider beieinander liegen in einem Doppelschlafsack und gemeinsam die Marter der Keuschheit steigern unterm Sternenzelt. Und ihrer beider Schwelen hätte sie aneinander gefesselt und gegeißelt, aber niemals wären sie schwach geworden. Das war nun für die Reiseleiterin das Äußerste an sinnlicher Herrlichkeit. Witterung, bis zur Ohnmacht nichts als Witterung.

Schnelle Schnittfolge fortwährender Berührungen, als schüttle es die Menschen immerzu und sie müßten sich auf Schritt und Tritt umarmen, um einer des anderen ärgste Erschütterung zu dämpfen. Sie laufen kreuz und quer, halten einander fest im Kaufhaus und an

Häuserwänden, die Fuge des Fassens wird schneller, die Bilder überstürzen sich in harten Großaufnahmen, die instabil zwischen Schwarzweiß und blassen, entkräfteten Farben wechseln. Je unruhiger sie nacheinander greifen, um so mehr verlieren sie an Gestalt. Ihr Umriß verschärft sich zwar, doch die Füllung schwindet. Sie nehmen ab an Rasterpunkten, werden buchstäblich in Pixelwürfel zerlegt. Nur wenig ist von ihnen noch zu sehen. Manche sind vorübergehend schon Schatten oder Schemen. Kurz darauf aber, umarmt, wiedererstehen sie zu vollzähligem Bild.

Rock einer Eiligen, der am Baustellenzaun hängenbleibt. Der Gedanke, daß aus dem Geschwindigkeitsrausch nur Queres, nur Verhaken und Klemmen uns herausreißt. Fragt sich, ob die Eilige zieht und zerrt oder zurückgeht, um sich behutsam abzuhängen.

Dort sinkt sie mit einem Bein bis an den Oberschenkel in den Schlamm. Dort prallt sie mit der Stirn gegen einen niederen Pfosten. Dort greift sie haltsuchend neben den Haltering. Dort bleibt sie nochmals hängen und reißt ihre Hose entzwei. Dort stürzt sie kinnvoraus zu Boden, weil sie eine letzte Stufe übersah. Die Handlung spielt, wie leicht zu erkennen, in einer nicht ganz lückenlosen Wirklichkeit oder Gegen-Wart, die sich dem Warten widersetzt.

Es war da eine, die er nur flüchtig gestreift hatte, und schon blieben ihre Hände aneinander hängen, verfalteten sich, und sie rannten sofort los, gerieten in ein sich überstürzendes Planen, der Entwurf einer großen Umarmung entstand, immer im Laufschritt die Straße entlang.

»Und als erstes gehen wir auf eine weite Reise.« ... »Wir werden uns umarmen, wie sich noch nie zwei Menschen umarmten.«

Ihre Begeisterung steigerte sich beim Ausmalen einer wunderbaren Lebenserneuerung, im Vorgefühl einer erschütternden Liebesbegegnung, von der sie sich nicht scheuten, intimste Einzelheiten auszurufen und zu preisen – und manchmal riefen sie einander zu: »Halte das fest!« ... »Merken wir uns das.«

Aus ihren Herzen stieg, ihrem Mund entströmte eine Kaskade von Aussichten. Sie rauschte über sie hernieder und schien sich beständig aus der gemeinsamen Begeisterung zu erneuern. Doch plötzlich ließ das Kommende oder unmittelbar Bevorstehende nach, das Planen und Entwerfen geriet ins Tröpfeln, Nachschub blieb aus. Ihre zum Greifen nahe Zukunft zog sich zurück, ebenso schnell, wie sie vorgesprungen war, alles verrann im dünnen Sand der Gegenwart, die, am Ende der Laufschritte, nichts anderes zuließ, als daß sie sich immer noch fest bei der Hand hielten.

Die Zeit – ein Splitterwerk aus Überstürzung und Aufenthalt und einigen Fraktalen, die kaum meßbare Lücken Zwischenzeit angeben. Doch nie ein Fluß, niemals Stillstand. Wahrscheinlich nicht einmal ein Zeit-Vergehen, sondern eine stete Wolke von Irregularitäten.

Als wäre ein Unmaß an Zerstreutem aufzusammeln, immer zu Boden gebückt, schlich ich im Zimmer herum, das ist Lesen! Klauben ist es, tausend Katzenhaare, Krümel, Liebesperlen vom Teppich, Linsen aus der Asche, das ist Lesen.

Dem Klausner wird die Klause zuletzt zum einzigen Dämon, satte Braut.

Cella continuata dulcesit. Zelle immerzu macht sanft und süß.

Es ist der Sprung im glatten Porzellan, der Riß, der die ebenmäßige Schönheit durchblitzt wie eine Jean-Paul-Metapher das friedliche Abendrot. Ein deutsches Engramm: im Innersten entzwei.

Wie es ist, der Versuchung zu widerstehen, den heißen Kaffeebecher an ihren tief ausgeschnittenen Rücken, zwischen die nackten Schulterblätter zu drücken!

»Da drin ist niemand, sieh«, flüsterte ich. Sie starrte ins Innere des Geschäfts, forschte, jedes Gartenmöbel prüfend, ob nicht ein alter Freund, unauffindbar, dort im Dunkeln säße oder vielleicht im tiefen Hintergrund des Ladens mit dem Verkäufer verhandelte. Aber drin ist niemand ... »Leerer geht es nicht.«

»Es sieht aber aus wie eine Gartenparty mit vielen Gästen.«

»Nur daß man weder Garten noch Gäste erkennt.«

An die Fensterfront drückte sie die Stirn, und jetzt

wär's wohl soweit, jetzt, ihr endlich den heißen Kaffeebecher auf die Haut zu drücken … Entlang der vielen Liegestühle wanderte ihr Blick: »Alle aus Plastik, dort ruhen drei schöne rauchende Frauen aus.«

»Wo? Zeig sie mir.«

Und so fort. Wir, über das Gegebene und das Gestohlene improvisierend.

Schließlich drehte sie sich schnell zu mir – die Chance, sie mit dem heißen Kaffeebecher zu erschrecken, war endgültig verpaßt.

»Welcher Dämon stahl uns die Bienen?« fragte sie, und zwar so, als wüßte ich die amtlich verheimlichte Antwort. Ich zuckte die Achseln. Ich hatte nichts zur Lösung des Rätsels beizutragen.

»Colony Collapse Disorder«, sagte sie. »Die Bienen brachen aus dem Stamm aus und sind seither vom Erdboden verschwunden.« Und sie drehte sich wieder um und blickte in den dunklen Laden. »Nur ich bin übriggeblieben. Ich hole den Stoff aus den Blüten alter Männer und ich bestreiche nacheinander vier oder fünf Jünglinge mit ihrem Staub.«

Ich bereute wirklich, sie nicht erschreckt zu haben. Aber jetzt war es zu spät, der Becher war lauwarm. Alles, was ich zu den Bienen beisteuern konnte, war blasse Information, und sie wirkte kaum ernüchternd.

»Ohne Bestäubung fiele jedenfalls unsere Gesundheitskost weg, ein Drittel der Nahrung überhaupt.«

»Wen interessiert das?« fragte sie verärgert.

Es ist das dunkle Ziel des Menschen, der dir am nächsten kommt, am Ende mit seinem ganzen Erscheinen zu sagen: Du hast mich nicht gekannt. Du wirst mich nie erfahren.

Er überschritt nämlich den Fokus deiner seelischen Sehschärfe und näherte sich weiter, bis dir seine innere Gestalt verschwamm und unkenntlich wurde.

Erinnert man sich noch der Leistungen des Einzelgängers, der sich seinen Träumen hingab und nichts vermochte gegen die zweckmäßige Welt, am wenigsten: mit ihr zu spielen und zu kommunizieren?

Das Netz gestattet ihn nicht. Es entläßt den Einzelgänger allenfalls als Psychopathen und schickt ihn, verblendet, umschlossen von Fiktion, mit Pumpgun in den Gewaltexzeß.

Diese Systemabhängigen sind die Artisten der Fläche und zugleich die Invaliden der Sprache. Keines der großen Symbole kann für sie eine tiefere Bedeutung haben als ein beliebiges »kontextuelles« Ereignis.

Alles Kluge ist gedacht, es muß nur noch verbreitet werden. Die Verbreitung entkräftet es aber. Außerdem bleibt nichts klug, was nicht durch einzelne hindurch schöpferisch erneuert wird. Kolportierte Klugheit gibt es nicht.

Heimkehren von langer Ferienreise Vater, Mutter, Schwester. Ich, Sohn und Bruder, empfange sie mit Applaus im Vestibül. Meine Schwester im weißen Kleid mit schmalem Gesicht und glühenden Augen. Die Eltern fangen sofort an zu räumen, die Post durchzusehen, in den Kühlschrank zu greifen. Sehr unruhig laufen sie aneinander vorbei durch die Zimmer. Auch die Schwester verrückt die umgesetzten Möbel an den alten Platz. Während des flatternden Hin und Hers wird erörtert, ob und wann man zum Italiener gegenüber geht, um eine Kleinigkeit zu essen. Nicht vor Mitternacht, sagen die Eltern, da Geschäftigkeit sie übermannt hat und weiterhin noch so viel zu erledigen ist, die Reise findet keinen ruhigen Ausklang. Die Schwester klagt über großen Appetit. Die Eltern empfehlen uns, den Kindern, schon jetzt auszugehen und etwas zu uns zu nehmen. Hin und her, her und hin: Laßt uns doch zusammen ... Es wird zu spät ... Geht doch schon vor.

Schließlich verlassen die Schwester in ihrem weißen Kleid und ich in dunkler Hose und dunklem Pulli das Haus. Kaum sind wir auf der Straße, nicht gerade unter dem Fenster der elterlichen Wohnung, aber nur ein paar Schritte weiter, da umarmen wir einander und küssen uns, verschließen die hungrigen Mäuler miteinander. Sind wie vom Blitz getroffen verliebt, aus der allgemeinen Hast, dem Hin und Her nach der Rückkehr brach es wie ein lang unterdrücktes Fieber hervor. Auf beinahe unwirsche Weise griffen wir uns und wühlten in den Kleidern. Es war wie ein eruptives, aus der Tiefe schießendes Kinderspiel. Die Lust, etwas Verbotenes zu tun, überwog die Begierde. Wieder unter uns zu sein, etwas zu haben, das wir vor den Eltern verbergen konnten, wie einst das Kompott und die Marmelade, die wir aus der Speisekammer stahlen, so kam es über uns. In all der Hast. Und auch dies: unvergleichlich guten Mutes zu sein gehörte dazu. Selbst wenn es wieder verschwindet zwischen uns, bleiben wir ja Bruder und Schwester und werden uns aus enttäuschter Liebe nicht verlieren. Die ganze Identität und Wärme unseres Bluts, unserer Zugehörigkeit war uns plötzlich zu Kopf gestiegen. Und nirgends waren wir mit unseren Eltern stärker verbunden als in diesem Geheimnis vor ihnen.

»Willst du mich? Dann bin ich, wie du mich willst.«
»Andere Liebe ist Liebe mit anderen, ist ausgehen. Wir aber kehren ein zueinander.«
»Sag, daß du es so willst.«
»Ich will es so.«

Beinahe alle, die sich laut zur Lauterkeit bekennen vor großem Publikum, werden kurz darauf irgendeiner Korruptionsaffäre überführt. Der Vorstandschef, der Sportler, der Minister. Diese Leidenschaft, sich rücksichtslos und illegal zu bereichern, gehört zweifellos zu den Altertümern der Welt, ist jedoch für unsereinen, den modernen Sklaven der Aufrichtigkeit, die ödeste überhaupt. Wahre Bestechlichkeit kann es nur Aug in Aug mit einem anderen Menschen geben. Nur der Blick eines erstaunlichen Menschen könnte mich bestechen.

Die drei Mirrbacher-Töchter, Mütter ohne Männer, mit ihren sieben Kindern, Buben und Mädchen und deren Spielkameraden, drei Schwestern, die alle ihren Mann aufgegeben oder verloren hatten und jetzt eine mehrspurige Ringstraße überquerten, Zweistromland, Fünfstromland, Siebenstromland, von Ampel zu Ampel, kein Ende abzusehen. Doch drüben in der Ferne, am anderen Ufer ein Ziegelstein-Gebäude, wie ein altes Lagerhaus im New Yorker Village, und dort versammelte sich die Freundesschar mit ihren Kindern und wiederum deren Kameraden, alle festlich gekleidet, unterwegs zu einer Hochzeit. Wer heiratet denn heute wen? Nicht so schnell herauszufinden in der aufgelösten Schar, in der, von außen betrachtet, so manche das Paar fürs Leben hätten stellen können. Im allgemeinen Bildergestöber, beim Laufen befiel mich ein Voraus-Blick, kurzer Schnitt auf ein Zimmer, die Tür offen zum Flur, also hier die Braut und der Bräutigam, keine Mirrbachers jedenfalls, der Fotograf kniete vor dem Bett, auf dem beide hüpfend, aufrecht, die Matratzen strapazierten, die Hände überm Kopf zusammenklatschten. Denkt immer daran, sagte der Fotograf, ihr hopst auf *eidversiegeltem* Bett! Und während ich neben der kunterbunten Schar einherging, wurde mir bewußt, daß ich, der die drei Schwestern an Festtagen häufig begleitete, der einzige Mann war, der ihnen so nahe stand und doch mit keiner ein Kind hatte. Kopf hoch: während ich zum Schein interessiert an der Lagerhausfassade emporschaute und nun der Blick auf einer geschlossenen Jalousie endete, hinter der, wie ich eben im voraus sehen konnte, das Paar auf dem Bett hopste, versuchte ich den Gang von jemandem zu haben, der als Mann für eine von ihnen noch in Frage käme.

Luise, Barbara und Mechthild, zweiunddreißig, fünfunddreißig, einundvierzig, drei Schwestern. Die alle mit ihren Kindern waren und die Kinder mit etlichen Freunden, Leonie, Raphael, Jennifer, Fabian, Namen über Namen, Namen von heute! Und wenn erst alle drüben sind, am anderen Ufer, mit den übrigen versammelt, wie groß wird dann erst die Schar sein! Und der zapplige Haufen, aus dem immer wieder einer beim Namen zur Ordnung gerufen wird, nicht selten, daß man gerade den richtigen vergessen hat, um ein balgendes Blag zu rufen. Alle auf dem Weg zur Hochzeit, unter ihnen der Mann, der zumindest von zwei dieser vielen Kinder der Vater ist, ein Mädchen mit Mechthild, einen Jungen mit Barbara.

Auf einem der vielen Ampelgänge sagte ich zu Mechthild: Ich hätte jede von euch genommen. Sie antwortete: Du warst immer nur der gute Freund, wie? Ich: Scheint so. Mechthild: Ich dachte, Luise war einmal verliebt in dich. Ich: Ja, das war sie. Mit zwölf. Und ich war damals achtzehn.

Auf dem Weg zur Hochzeit sahen wir im Park eine kleine Crew, fünf Männer vor einem Podest, darauf ein großes Rad wie im Zirkus: das Rad des Messerwerfers, davor eine Frau im Bikini, die Assistentin des Messerwerfers. Aber auch dies wieder nichts als das Warten einer Filmcrew auf dunkle Wolken am Himmel.

Der Sieg des gekonnten Griffs über die tastenden Versuche. Des Know-how über die Haptik der Annäherung.

Nur das Können zu können ist eine Form des Absurden. Das Oknosseil der Supplemente. Der »Zauderer« Oknos flicht unaufhörlich das Seil der ergänzten Technologie, welches in seinem Rücken der Esel des Problems immer von neuem abbeißt. Die ewig inkomplette Ergänzung: eine Findung bringt ein Problem, das die nächste Findung herbeiführt, um es zu beseitigen. Wer kontrolliert die Sicherheitssysteme eines computergesteuerten Flugzeugs, die *embedded systems*? Natürlich eine speziell für dieses Problem entwickelte sicherheitsüberwachende Software, die ein paar junge Ingenieure aus dem Saarland programmierten. Das Absurde, das ist der Fluch des Angerichteten, das seine Vervollständigung nur im Unendlichen erreicht.

Es steckt im Angerichteten zuviel Entelechie, zuviel Gesetz, das sich erfüllen will und nach dem sich das ergänzungsbedürftige Leben unbarmherzig entwickelt. Wäre der Rasse bestimmt ein Genügen wie jedem Tier, ein geistiger Instinkt, dann machte sie sich weniger lächerlich.

Die Findigen sind des Weisen Freischärler, sie stürmen das Gehabte.

Aber es gab jenen anderen, der hatte den Satz erfunden, den alle jetzt im Munde führen, daß wir uns lediglich so verbessert hätten, *als ob Kühe Mützen trügen*.

Schade, es war nicht von mir, dies Ü-ü-ü. Aber ich erfand jenen anderen, den Kontrahenten, der es sagte.

Die breite Dummheit ist stumpf, die vornehme Torheit glitzert.

Und wenn das, was der Fall ist, bereits ein Unfall ist?

Der Unfall ist eine der letzten Instanzen des Unvermittelten, vor dem wir uns so erfolgreich abgeschirmt haben. Das Auge, das wunderbar starre Greifenauge, honiggelber Pupillenring, sah meine Tage von Anfang bis Ende. Ich ging in einer baumlosen Lavalandschaft und trat vor ein einsames, abgelegenes Haus. Es trug nur ein einziges Fenster in der Fassade. Meine luftgefüllte Brust verspürte einen starken Auftrieb, der mich sanft, dem Vogel gleich mit seinen leeren Knochen, in die Höhe hob. Ein rundes Mädchen beugte sich dort aus dem Fenster und goß die Geranien im Blumenkasten. Da ward mir zuteil, daß ich es war, dessen Asche sie unter den Blumen bewahrte. Ich befand mich also auf einem dieser postmortalen Ausflüge, die mir hin und wieder verstattet waren. Flüge waren es nur zum Teil, da ich unter ihrem Haus ja auf meinen Füßen angelangt und in der schwarzen Landschaft gewandert war.

Längst lag ich bestattet im Blumenkasten des runden Mädchens.

Das Greifenauge, das aus dem Vollmaß der Zeit auf uns hinabspäht, lud mich für kurz in seinen Blick, und ich sah, wie sie und ich vor Jahren, vielleicht Jahrzehnten uns auf einer Plane ausstreckten und in den Himmel starrten, mit der Zunge schnalzten, anzüglich pfiffen, Hände im Nacken, Beine gegrätscht, wie dargeboten dem über uns kreisenden Raubvogel. Ich sah auch wieder, wie schön das runde Mädchen war – wie bezaubernd der kleine Knick im Philtrum, im Amorbogen der Oberlippe, wenn sie zweideutig lächelte. Dann sagte ich: Mein Gott, sieh nur …!

Am bewölkten Himmel waren Abfangjäger aufgetaucht, sie schossen ein Transportflugzeug ab. Es zerbarst, und ein Chaos schwerer Trümmer stürzte in die Tiefe. Ein Metallkeil jagte senkrecht auf ein Fahrgastschiff zu, das auf dem lieblichen Fluß dahinzog. Ich befand mich inmitten des Augenblicks, da es den ausruhenden Kapitän traf, der mit beiden Ellbogen sich auf die Reling stützte, und sah, wie es den arglosen Mann in seinem Frieden erschlug. Dann heillose Panik, Sirenen, als hätten die Nothelfer geradezu auf die Katastrophe gelauert, so schnell waren sie vor Ort. Und ich sah, schlimmer noch, unter Deck die Schar Rentner, die verschont wurden, und unter ihnen einen, den nichts rührte und der herzhaft gähnte. Im Lebensabend, so mutete es an, nimmt man alles hin und langweilt sich, bis es einen selber trifft, irgendein Himmelsgeschoß. Der Lebensabend kann sehr lange dauern, unter Umständen länger als Morgen und Mittag zusammen, es lohnt keine Aufregung mehr. Auch kommt gegen die reißfeste Langeweile keine Katastrophe an. Man setzt auf Verschontbleiben, denn man hatte doch ein ganzes Leben voll Verschontsein im Rücken.

Ash on an old man's sleeve
   Is all the ash the burnt roses leave.
   (Eliot, East Coker)

Asche am Rock des Alten,
ist alles, was von verbrannten Rosen blieb.

Eigentlich sind ja die Techniken immer zarter geworden und nur ihre Nutzer immer gröber.

Bloß ein elektronischer Hauch, und das Bild, die Schrift erscheinen.

Ebenfalls ein Hauch, der zarte Zug, den die schöne Unbekannte hinterläßt, wenn sie an dir vorbeigeht, wenn sie für immer versäumt ist.

Ungeklärte Zartheit – überall versteckt, in der Achselhöhle der sorglosen Hure, in der leichten Verbeugung eines Wissenschaftlers vor seinem Hausmeister. Das Nebenbei und das Vorbei sind ihre Portale.

Wenn also Zartheit noch einmal die Welt besuchte, die Sinne betörte und auch die Schreiberseelen, Zartheit als ein letztes erotisches Weltalter. Herbe Zartheit, kühle Zartheit. (Man lese zur Einführung die ersten Seiten von Kawabatas »Schneeland«.)

Nicht der Ton macht die Musik, sondern die Musik macht den Ton. Es gibt keine einsame Schwingung, jeder Ton tönt mit.

Die Virilität des Kundschafter-Alten mißt sich an der Stärke der Versuchungen, denen er widersteht. Das sind nicht junge Frauen, sondern die verführerischen Ideen des Bleibens und des Schlüsseziehens. Alterseinsichten, die er niederzuringen bereit sein muß, um den Avantgardeschritt nicht zu hemmen. Um sich frei zu halten für die Zumutung der verrückten Phänomene.

In einer Betrachtung über das Theater schrieb André Gide: »Heute gehört jenen das Wort, die noch nicht gesprochen haben. Welche sind es? Das wird uns das Theater sagen.«

Wenn man einmal die seinerzeit beliebte Illusion ausschließt, daß es sich um den erlösten Proletarier handeln könnte, so möchte man sich heute eher vorstellen: daß ein Kulturheros, der noch nicht gesprochen hat, ein Bote, Trickster, rätselhaft neues Wesen zuerst auf der Bühne erscheint, nirgends sonst, sich szenisch vorstellt und sein Werk beginnt, indem er nun von der Bühne herabsteigt, hinausschreitet in die verschlagene Welt, welche sich bald nach ihm umkehrt, ja den Hals verdreht.

»Die langsame und unendliche Zeit bringt ans Licht alles Verborgene und verbirgt, was im Licht war, *und nichts ist, was nicht kommen kann.*« (Sophokles, Aias)

Mit Zeitgeist ward er geschlagen wie Aias mit Wahn. Der Schlaf der Gegenwart schloß dem Mann die Lider, er verschlief sein Mannesalter und erwachte erst beim Tagen der Erinnerung.

Der Alltag selbst ist übervoll mit Künsten und mit Kunst. Aus jedem Winkel der Erlebniswelt, von der Bank-Filiale bis zur U-Bahn-Werbung, springt dich ein Kunstwerk an. Als wäre Kunst nur dies: *eye-catchers* allerorten. Still versunken ziehen Worte unter ihren Kapuzen an den Blickfängern vorbei.

Es gibt den semiologischen Legastheniker, der nicht einmal einen Wegweiser versteht. Er hält den Pfeil für ein sich selbst genügendes Zeichen.

Manche versuchten es, nachdem alles nichts half, mit speziellen Hörgeräten, um ihre innere Stimme zu vernehmen.

Gestern wurde sie am Auge operiert. Der Arzt trug einen Straßenanzug. Er schnitt ihr müdes Lid auf und klaubte mit der Pinzette zahlreiche harte Kügelchen aus ihren Augenecken. Es waren die versteinerten Tränen, die sie unterdrückt hatte.

Herzenskälte ist kein geringerer Antrieb, sich mit einem Menschen einzulassen, als etwa die Begierde. Sie ist vielleicht am stärksten auf jemand anderen angewiesen.

Die Spezies, die zuviel kann und niemals zu einem Ende kommt, nie innehält, gehört irgendwann »bouleversiert«, wie es im Idiom der Erschütterungen heißt, das dem »Schwierigen« von Hofmannsthal so vertraut war. Wo alles gekonnt wird, herrscht Unwissenheit.

Es ist dunkel, wo nur Erfolge sind.

Wie Naturvölker zuweilen in der Krise ihren Mythos vergaßen, wird die Wissensgesellschaft eines Tages vor einem Unwissen stehen und ihr Wissen vergessen haben. Das Wissen selbst bereitet seine Leere vor.

Die Restauration der menschlichen Unwissenheit,

welche die Gnostiker, Basilides und die Valentianer, als Voraussetzung für die Erlösung des Menschen ansahen, kann entweder mit heiliger Gewalt über den Menschen kommen oder auch, was wahrscheinlicher ist, sich langfristig als evolutionärer Finalzustand herstellen.

Der Alltag ist der wahre Antipode zu jedem Regime.

Dem der praktizierten Ungerechtigkeit wie dem der proklamierten Gerechtigkeit.

Nur ein sehr geringer Teil des Menschen ist der bekennende; und ein noch geringerer der regimetreue. Was gut funktioniert, funktioniert an jeder Gesinnung vorbei.

Es ist aber auch der Alltag, der seine Feinde schützt. Gäbe es keinen Alltag, so wäre der Terror nicht möglich. Jedermann verfolgt mit den gewohnten Erwartungen seine Geschäfte und andere Interessen. Und doch verrichtet er das Übliche auf Tuchfühlung mit dem Unerwarteten, das es jeden Augenblick beenden könnte. Unverhofft kommt nun oft und tötet sofort.

»Gut sein!« – seine letzte Äußerung. War es ein Fazit, eine Aufforderung, eine Ellipse, ein Fragment? Gut sein! sagte er und dann nie wieder etwas. In den zwei Worten hauchte ein Haus, eine Familie, ein ganzes Geschlecht den Geist aus und verstummte für immer.

Als nun mein Vater von seiner langen mortalen Reise zurückkehrte und wieder in seinem Arbeitszimmer stand, legte ich den Arm um seine Schulter und zeigte hinunter auf die Lahn. »Weißt du noch, wie du mich im Winter 1955 über den zugefrorenen Fluß führtest und mich zur Schule begleitetest, wo ich, der neue Schüler, der Neue, mich vorstellen mußte beim Direktor? Wir beide überquerten unten im Kurpark das Eis.«

Aber er konnte sich nicht erinnern. Es berührte mich merkwürdig, denn ich war der festen Überzeugung, dem Menschen schlössen sich bei Eintritt des Todes sämtliche Lücken in seinem Gedächtnis. Ja, der Tod sei eigentlich nichts anderes als der Aufstieg der vollendeten Erinnerung.

Die ausgemergelte Blondine und ihr entbehrendes Gesicht. Von Sorgen hart, offen und furchtlos. Das kranke Kind, der verschwundene Mann, die zehrende Armut. Die tiefe Hast um nichts als zu überleben. Immer etwas anpacken, um nicht abzutrudeln, nicht gleichgültig zu werden. Sich keine Sekunde einmal gehenlassen, denn damit würde das Sinken beginnen, unaufhaltsam. Ganz dünn ist die Haut und unter ihr nur Hast.

An allem ist der Staat schuld, der Staat hat sie auf dem Gewissen. Wegen Körperverletzung drei Monate auf Bewährung. Auf dem Friedhof mußte sie Laub kehren – und lehnte ab. Ich weiß ja nicht, was da unter dem Boden ist, auf dem ich kehre. Da ist ja immer jemand unter mir, ich kann das nicht, ich störe die Totenruhe. Die kommen nachts rüber in die Wohnung und machen mich fertig. Der faule Vater mit der Baseballkappe sitzt den ganzen Tag auf dem Sofa und sagt: Ich steh dir mit Rat und Tat zur Seite. Die Sonne ausgesperrt, die Vorhänge dichtgemacht, um mittags die Serie im TV zu sehen. Zweimal die Woche kommt eine Kiezwissenschaftlerin und führt Interviews mit ihr. Nein, sie würden sich nicht als Unterschicht bezeichnen, sie sind nur vorübergehend etwas klamm. Ich denke nie an morgen, sagt die Spindeldürre und gibt das restliche Geld des Monats aus, das sie vorher umständlich vom Sozialamt erbettelt hat. Vater und Tochter rauchen Kette in der Zweizimmerwohnung. Von Dummheit kann hier keine Rede sein, es ist vielmehr ein blockiertes Gefühl für sich selbst, das blockierend auch auf andere Regungen wirkt. Blockiert wird vor allem die Verzweiflung. Nichts stört die kalte Berechnung der Vorteilsbeschaffung, die man benötigt, um von der Hand in den Mund zu leben.

Nicht bloß wiederholt sich die Tragödie in der Geschichte als Farce, sondern die Unentrinnbarkeit der Farce nimmt tragische Züge an.

Nachts noch einmal in die Küche, um *die Magd* zu küssen, einzige unerfüllte Liebe seines langen Lüstelebens. Mit sechzehn war er nicht zum Ziel gekommen, im Alter nimmt er den Gang noch einmal auf, Gang des unbefriedigten Halbwüchsigen, um endlich ans Ziel zu kommen. Um ganz allein zu sitzen an der runden schwarzen Tafel, ungedeckt und leer. Vor ihm die frauliche Vase mit den künstlichen Astern, weiße Vase aus mattem Porzellan, die er versetzt, nach rechts schiebt, als störe sie das Blickfeld zu *der Magd* hinüber. Setzt sie zurück in die Mitte des Tischs. Schiebt sie an einem bestimmten Punkt seiner Überlegungen wiederum beiseite. Aus der Jackentasche seines Anzugs holt er eine Röhre, Zigarrenhülse, die dem Reagenzglas ähnelt, öffnet sie und schnuppert an dem blauen Tuch, das, von *ihrem* alten Duft durchtränkt, anstelle der Zigarre faltig eingerollt in dieser Hülle steckt.

Und prüft auf seinem Stuhl in einem Raum voll versiegelter Vergangenheit, ob diese Luft, die ihn umgibt, nicht auch die richtige wär für seinen letzten Atemzug.

Übertragen, übertragen. Konkretes nie stehen lassen. Denn mit allem hat es so seine Bewandtnis. Deshalb muß es unermüdlich übertragen werden in Fabel, Anekdote, Gleichnis und Märchen. Wider das Explizite! Vermeide ausgesprochen Ausgesprochenes, das nichts zu bedeuten gibt und nicht in sich hineinlockt. Die Schlupfbilder hingegen, die Dort-will-ich-hinein-Bilder, der Kreis oder die Mandel, sie machen Verstehen erst schön! Metonymie das Ganze, so daß man am Ende hoffentlich immer mehrsprachig und nur in übertragenem Sinn gesprochen haben wird.

Mein Gastgeber wanderte mit mir durch seine große Villa, ein paar Koreanerinnen kreuzten unseren Weg auf den langen Fluren, sein Dienstpersonal. Wir gingen von Raum zu Raum, jeder war kostbar eingerichtet, man hätte sich in jedem aufhalten können und mit dem Gespräch beginnen. Aber mein Gastgeber konnte sich für keinen entscheiden.

Der anfangs nur ironisch geäußerte Mangel an Vorliebe wurde im Zuge unserer Wanderung zu einer ernsten Entscheidungsnot, so daß der souveräne Mann, der mich empfangen hatte, schließlich als ein von der Hydra der Möglichkeiten eingekesselter, im Zwangssystem seiner Wahlfreiheit völlig gesprächsunfähiger, halb wahnsinniger, verendender Mensch durch sein Haus kreiste.

Es ist nicht unsere Schwäche, es ist unsere Zartheit. Die unüberprüfbare Fiederung, die verschlungenen Federstriche im Gesicht unserer Hand – und die Gesichtszüge selbst. Die Vision, die jedes Gesicht ist. Und deshalb die Hände, die das Gesicht bergen.

Amor vincit omnia. Die Liebe kriegt alles klein. Der Sieg der Liebe verwüstet das Zimmer, den Garten, die Kunst. Sólo amor puede terminar El Ángel terminador. Die Liebe, die zuletzt den Vernichter vernichtet, läßt überall Spuren der Verwüstung zurück.

Drei ältere Frauen nebst einer nicht mehr ganz jungen, und die im Dschumm, Trinkerin.

Ihre Angewohnheit ist es, bei verschwommenem Lächeln die Augenbrauen zu heben und die Augen ins

Weiß zu verdrehen. Eine Miene, die einmal zu dem Satz »Frag mich was Leichteres« gehörte, sich aber weitgehend verselbständigt hat. Mit unauffälligem Handzeichen weisen die gleich gekleideten, sich ähnlich sehenden Frauen auf die jüngere hin: »Die Tochter ...« sagen sie leise. Und der Trunksüchtigen Gesicht verschwimmt schon wieder in beglückter Verlegenheit. Drei Mütter und ihre einzige Tochter.

Mate guarding ist das Bewachen des Partners nach der Kopulation. Ihres Liebsten Hüter will sie sein. Und dieser Mann ist ein Jagut-Sager, einer, der stereotyp im Zustimmen widerspricht.

Du warst gestern nacht also nicht bei dir zu Hause?

Jagut, ich bin spät noch ausgegangen. Ich habe einen Freund besucht.

Um ein Uhr zwanzig?

Jagut, ich bin eben ein Nachtmensch.

Der viele Wein ist Gift für dein Gedächtnis.

Jagut, Wein kann niemals Gift sein, es sei denn, er ist gepantscht.

Du erinnerst dich nicht mehr?

Jagut, merken sollen die anderen sich was. Ich merk mir lieber nichts mehr. Wozu den Verstand unnötig mit Gedächtnis belasten? Entweder ein schneller Verstand oder ein pralles Gedächtnis. Beides paßt nicht unter eine Schädeldecke.

Das Menschenmenschliche kann ihn nicht befriedigen. I want certainty, Bertrand Russell.

Die Eliminierung von Lebensgier. Rien d'humain, Mallarmé. Nichts mehr vom Menschen!

Viel aber von blühenden Kristallgärten. Einiges aus alten, allesmildernden Büchern.

Wenn ich nur dürfte!

Was du willst, darfst du. Jedoch ist von lauter Dürfen dein Wille wohl schwach geworden.

Das Weltwissen aufbewahrt in einem Fingerhut. So verdichtet's sich ganz ohne dichterische Kräfte.

Mir scheint, du sagst dasselbe wie bei deinem letzten Besuch vor dreißig Jahren.

Nur diesmal sprichst du viel leiser. Ich kann dich kaum verstehen. Vielleicht bin ich auch etwas schwerhörig geworden. Aber der ganzen Art nach, wie du sprichst, mußt du dasselbe gesagt haben wie beim letzten Mal vor dreißig Jahren.

Friendly fire. Letztlich wirst du zur Strecke gebracht von einem plötzlich bösen Wort deines besten Freunds.

»Schließlich kann man von den Menschen kaum weniger verlangen als ihr Geld.«
(Prokopios zur Rechtfertigung von Dieben.)

Und ich sah die Mutter allein an kleinem Tisch, das Besteckbänkchen, Kristallglas für Messer und Gabel, hin und her schiebend. Hin und her. Aber auch an anderem Tisch sitzen könnte sie in ihrem welkrosa Kleid. Denn viele gleiche Tische füllen die Ebene der Ewigkeit. Irgendwann (in welchem Zeitraum?) wechselt sie den Tisch und schiebt dort das Kristallbänkchen hin und her. Und ich, der allein sie warten sieht, weiß, daß sie wartet auf mich.

Erinnerst du dich noch an mich, die ich jetzt reich und mächtig des Himmels bin, so daß du deine kleine Mutter gewiß nicht wiedererkennen würdest?

Es ist also die kleine Mutter, die nun weiß, was ich nicht einmal ahnen kann. Sie, die Umfangreichere, die sie mir war und immer bleiben wird, könnte mir doch einen unauffälligen Wink von ihrem jetzigen Wissen ins gemeinsame Blut schicken.

Der Ruin des Monotropisten ist der Identitätsverlust des Einzigen, dem zugewandt er lebt. Der Einzige läßt sich so wenig ersetzen wie die Sonne. Das ist sowohl im semantischen wie hymnischen Sinne zutreffend. Jedoch nicht im psychologischen. Wenn das erwählte Objekt verschwindet, stirbt das Wahl- oder Beuteschema noch nicht. Geprägt von der allernächsten Person, der Mutter im Anfang, nimmt es am Ende mit der fernstehenden vorlieb, wenn die Krankenschwester zur Einzigen der letzten Tage wird.

Man sah beiden an, daß keiner an den anderen dachte, während sie miteinander sprachen.

Wir haben im selben Augenblick dieselben Illusionen verloren. Wir sind, was uns trennt.

Abgekürzt hieß es das »Human Average Project«. Die Verbesserung des Durchschnitts war ein gesellschaftspolitisches Anliegen der vordringlichen Art, da in verhältnismäßig kurzer Zeit die Geburtenrate von Hoch- und Höchstbegabten beängstigend zunahm, Kreaturen, die sich allesamt schnell verzehrten und früh vergreisten.

Unter anderem gab es Hoffnung, der Sache auf pharmakologischem Wege Herr zu werden. Nachdem das aussichtsreichste Präparat die Zulassungshürden genommen hatte und auf dem Markt erhältlich war, zeigte sich, leider erst nach Ablauf einiger Jahre, ein unglücklicher Nebeneffekt. Nicht jedem, doch einer Vielzahl von Patienten wuchs bei zunächst erfolgreichem Begabungsschwund eine primitive Strohpuppe aus der Hüfte. In der Hüfte gabelten sich Durchschnittsmensch und Strohwisch. Chirurgen bekamen viel zu tun und mußten den Auswuchs so schnittsauber trennen, als wären es siamesische Zwillinge. Daraufhin erreichten die Betreffenden sehr schnell wieder ihr altes beängstigendes Niveau, verfielen aber auch wie zuvor sehr schnell. Einige Experten blieben starrsinnig der Überzeugung, daß das Stroh aus der Hüfte, wen stört das schon, ohne jeden Zweifel die Begabung der Höchstbegabten nivelliert und ihr Leben verlängert hätte.

Die beiden belegten in der Oberstufe dieselben Kurse, aber erst im letzten Schuljahr verliebten sie sich so, daß selbst die Dinge, die sie zur Hand nahmen, in eine heftige Anziehung zueinander gerieten. Kaum daß die Enden ihrer Bleistifte sich berührten, verschmolzen die Radiergummikuppen miteinander. Kaum daß die Klettverschlüsse ihrer Jacken sich verfingen, ließen sie sich nicht wieder lösen. Sie riefen sich über ihre Handys an, und die Apparate blockierten jede andere Nummer, die sie gespeichert hatten. Sie legten jeder einen Zehn-Euro-Schein vor die Kinokasse und schon waren beide Noten wie bei einem Fehldruck miteinander verwachsen.

Vielleicht verhielt es sich aber so, daß sich die Dinge und Utensilien der beiden zuerst annäherten, sich verbanden und verschworen und die jungen Leute mit sich zogen, bis sie endlich verliebt waren.

Das sprechende Gesicht ist dem sprechenden Mund übergeordnet.

Stimme, Augen, Fingerspitzen, womit der Mensch sich als unverwechselbar ausweist, die Cachets, Siegel, Icons, Schilder, Wappen, die keine Familie, keine Ahnen, keine Zugehörigkeit aufrufen und hinter denen ein hoher und feiner Verschnitt von allgemeinen Eigenschaften, geteilten Übereinkünften, typischen Verhaltensweisen zusammengefaßt wird. Das fragmentierte Allgemeine als das Innerste des Individuums.

Nomos: einmal das, was nicht zur Debatte steht, finden. Einmal das Gesetz, von dem man nur abfallen kann, das sich nicht an jede Veränderung anpassen, nicht in Zweifel oder in den Streit ziehen läßt.

Nomos, mein Herr, lies *du* mich einmal! Lies, Gesetz, mich vor.

Die umgestoßene Kanne, der fallengelassene Teller, das beiseitegehäufte Geschirr, kein Gestaltwandel vollzieht sich abrupter und bedeutungsvoller als der von Hausrat zu Unrat. Eben noch ein feierliches Gedeck, und schon, alles zusammengerafft, ein überzähliger Plunder.

Ein Wiedersehen – da steht sie unversehens ihrem Verflossenen gegenüber am Arm ihres Mannes und in einem dicken Winterpelz, beide Hände im Muff, der unterdessen wieder in Mode kam.

»Kennst du mich nicht mehr? Ich bin es. Die Ria …!«

Er beachtet den Ehemann nur mit einem knappen Blick, ohne recht zu grüßen und um ein Gestatten zu bitten.

Statt dessen macht er das verwackelte Kompliment, daß er sich sie viel älter vorgestellt habe.

Die Wiedererschienene findet – das Immediate! – augenblicklich denselben alten gereizten Ton, den sie zuletzt, im Zuge der Trennung, gegen ihn anschlug:

»Du bist doch nie mit mir zufrieden gewesen. Immer war irgend etwas.«

Ihm will es scheinen, als hätte sie sich die ganze Zeit gewappnet mit diesem Satz für den Fall eines Wiedersehens, auf das sie tagtäglich vorbereitet war. Der alte gereizte Ton erlaubt nun ein umstandsloses Wiederanknüpfen. Der Liebhaber sagt unwillkürlich: »Darf ich dich einmal zum Essen ausführen?«

Und nun doch, im selben Atemzug zum Ehemann: »Entschuldigung.«

Die Frau antwortet ihm im perfekten Damals-Ton: »Ich hatte immer das Gefühl, wenn wir an einen Punkt gelangten, wo wir beide nicht weiterwußten, kommst du mit deiner ewigen Essenseinladung.« Und schon sind sie zurück in der alten Debatte.

Einmal hilft ihr der Ehemann mit einem Wort aus, das ihr fehlt, nicht einfällt, und dazu lächelt er mild, ohne den früheren Liebhaber anzusehen. Dem Liebhaber scheint das Lächeln weniger verlegen als vielmehr heimlich und verschmitzt, von ehelicher Genugtuung erfüllt, als sei er über jeden und noch den geringsten Winkelzug, nicht etwa nur über die einfache Tatsache ihrer früheren Affäre unterrichtet. Die Ehemalige tritt nun von der Seite ihres Mannes halbwegs hinter diesen zurück, als wollte sie den Liebhaber aus der Deckung genauer beobachten, ohne selbst ganz gesehen zu werden. Oder auch, um sich bei einem nächsten, möglicherweise allzu offenen Wort hinter breiten Schultern in Sicherheit zu bringen.

Der Ehemann spricht auf einmal geradeheraus, und es klingt sehr beherzt:

»Wenn man so veranlagt ist wie Sie, sollte man sich jetzt unbedingt ein neues Wort einfallen lassen, um nicht vom Wahnsinn wortwörtlicher Erinnerung zermalmt zu werden. Und wenn Ihnen das schon nicht mehr möglich ist, fallen Sie lieber vorübergehend in Ohnmacht, knicken Sie ein, anstatt weiterhin in alter Positur dazustehen, um einen letzten Eindruck zu schinden.«

Daraufhin wenden sich beide ab, sie beginnt mit der Drehung, ihr Mann nimmt sie auf, und das Paar geht weiter, ihre vereinten Rücken bilden gegen den Liebhaber einen Kampfschild, an dem jedes weitere seiner sattsam bekannten Worte abprallen muß.

Du hast mich gesehen und wieder vergessen.

Du hast mich wiedergesehen und wieder vergessen.

Seine Liebe war ein Akt diabolischer Nächstenliebe.

Er ließ eine Frau, die ihm nichts bedeutete, einmal heftig aufleben. Er schenkte ihr ein berauschendes Selbstgefühl – übergab es und verschwand. Das war sein Laster: sich an die Bedeutungslosen heranzumachen und ihnen zu gewähren, sich völlig grundlos an sich selbst zu berauschen. Dieser Grundlosigkeit finsterer Geselle war er nun.

Das ganze Unglück ihrer tiefen Liebe zu dem versponnenen, schwachen Träumer ergriff die Contessa d'Ambrogio erst, als dieser plötzlich die Flucht angetreten und nach Süditalien abgereist war. Gerade an dem Tag, als er dort unten, kurz nach seiner Ankunft, einen Blutsturz erleidet und stirbt, ist sie die Geliebte eines starken, selbstbewußten und erfolgreichen Mannes. Vielleicht darf man sagen, daß dies nicht aus Untreue geschah, sondern sie hatte in dieser aufgewühlten Stunde eigentlich den Flüchtigen »in effigie« umarmt – und ihn tot in ihren Armen geborgen, nachdem sich ihre Lust erschöpft hatte und ihr Nachtgesell für sie gestorben war.

Auch streute man seinerzeit das Gerücht, die Frau von Sir Robert F. Scott habe mit Amundsen, dem Sieger im Wettlauf um die Eroberung des Südpols, bei dessen triumphaler Rückkehr in London und im Anschluß an einen Vortrag gerade jene Nacht verbracht, in der über Tausende Meilen entfernt ihr gescheiterter Mann seine innigsten Liebesgeständnisse an sie richtet, sein Tagebuch schließt und erfriert.

Wieviel tat ich aus Unerfahrenheit! Unerfahrenheit, wie sie jeder Heutige besitzt und vererbt.

Selbst meinem Kind verschwieg ich das Beste – aus Unerfahrenheit.

Kurz nach seiner Geburt, nach dem ungebärdigen Auf-die-Welt-Kommen, blind vor Wut, hat es, noch ungenannt, sich sanft korrigiert, hat sein Gebrüll als unangemessen zurückgenommen und durch ein langes stilles Aufmerken ersetzt, das meiner Stimme, meinem Ansprechen galt. Dies Aufmerken war ein wiederholbares Anfangen, das bis heute nicht nachließ, sich von Mal zu Mal verbesserte und nie zu lüsterner Wachheit degenerierte. Fast trunken offen und in den Bann gezogen, ausgesetzt und ausgeliefert den *verrückten Phänomenen*, scheint ihm noch immer alles neu und fremd wie am ersten Tag – einem ständig verbesserten ersten, wie gesagt. Nichts ausschließen! Einwand, Auswahl und Kritik sind nur subalterne Maßnahmen, Nachträge des weit offenen Sehens.

Wir verändern uns – doch die Reflexion, die darüber Rechenschaft gibt, ist zu dünn, zu ephemer, ein schnell zerreißender Schleier. »Die Gesellschaft« – das klingt wie der Titel eines Lustspiels von Niklas Luhmann. Ziemlich harmlos jedenfalls, verglichen mit »Der Mensch«, dem Schauspiel, das sich anbahnt. Oder der Tragödie, die wiederkehrt und immer war.

Der Mensch ohne die notdürftigsten Garantien des Menschlichen.

Das Ziel aller Wissenschaft ist es nicht, dem Menschen ein Bild von sich selbst zu geben, sein Selbstverständnis zu festigen, sondern das Ziel aller Wissenschaft ist es, jedes Bild und jedes Selbstverständnis für immer zu zerstören.

Tu tiens vraiment à monter à l'échelle? Et si c'est pour finir pendu?

Henri Michaux, Poteaux d'angle/Eckpfosten

Gäbe es einen abendländischen Fundamentalismus der Menschenklugheit – und gottlob: einen Fanatiker der Menschenklugheit könnte es ja nicht geben –, dann hielte doch etwas dagegen, und die ausschließlich sozialen, schnell wechselnden Konzepte wären nicht so ärmlich mit sich selbst zufrieden. Aber wen ließe noch aufhorchen ein unsterblicher Rat?

Wohl nur den, der seiner Klugheit müd und aus Müdigkeit wieder klug wurde.

Am Abend kommt von der Oder ein zweites Tagen über das Land.

Der späte Tag wird wieder hell, dann überhell, *insomnia*.

Der weiße Korallenwald. Eine Temperatur von minus fünfzehn Grad hat uns ein glaziales künstliches Paradies beschert. Funkelnde Stille, Zauber der Leblosigkeit. In der Sonne schwirren winzige Eispartikel, Glitzerspreu neugieriger Atome, die sich zum Demonstrationsmodell vergrößern, um einmal mit bloßem Auge gesehen, in Augenschein genommen zu werden.

Es ist der Vater, der sich vom Stuhl erhebt, wenn der Sohn anruft, sich mehrmals verbeugt und bedankt für den Anruf, der seinem Sohn hörige Vater. »Eric!«, so meldet er sich, samt Ausrufezeichen, und läßt seinen Namen herrschen über den Erzeuger.

Aber so habe *ich* dich genannt, mein Junge, denkt der Vater kurz und zaghaft.

Die schnell, aber sorgfältig essenden Männer und die ihnen zusehenden Frauen, die aufgrund böser Vorahnungen keinen Bissen runterkriegen.

Von der Unveränderlichkeit des Hassens und der großen Veränderlichkeit des Liebens im Laufe der Zeiten. Der Haß ist archaischer als die Liebe.

Der Lehre vom »noch nicht bewußten Wissen« des proletarischen Kollektivs – ein starkes Irrtumstonicum bei Denkern wie Benjamin in den zwanziger Jahren – entspricht kontrastierend heute ein Wissen ohne Kenntnisse, das dem Gesamtkollektiv gehört. Etwa das vom klimatologischen Zusammenbruch, das einer breiten Öffentlichkeit plötzlich eingeimpft wird, ohne im geringsten von ihr erworben zu sein. Das ist kein Irrtumstonicum mehr, das immerhin anregend wirkt, sondern eine Immuntherapie (gegen jede schädlich abweichende Auffassung) und von sehr viel stärkerer Wirkung.

Es ist dem Autor (schon dem Wortsinn nach) nicht möglich, einzukehren, zurückzusinken in die von anderen schwer errungene Schönheit, die unübertreffliche, aus den großen Werken früherer Zeiten. Und doch scheint mir am Ende dies das aufrichtigste Enden.

»Alles, aller, alle « – Pathos-Pronomen des Rigoristen, totalitärer Jargon. Oft, nicht jedesmal, wenn ich mich seiner schuldig mache, merkt trocken mein kleiner Lacan-Dämon an: Rien n'est tout.

Es ist wichtig, um einen Grillherd im Garten zu sitzen, viel Bier zu trinken, nicht aufeinander zu hören, sondern eine breite Stellungnahme neben die andere zu pflanzen, nur die Einwände der Frauen verenden unter Männerstöhnen. Das Leben ist viel zu groß, und nur die geringsten Auffassungen von ihm werden tatsächlich geteilt.

Der Geist, der über das Endergebnis eines Fußballspiels entscheidet, entsteht zwingend aus dem seit 119 Minuten Geschehenen und erhebt sich über die Erschöpfung in der Verlängerung. Dieser Geist ist eine aus dem bisherigen Spielverlauf extrahierte, höhere Laune, die den einen zum unfehlbaren Torschützen bestimmt, während sie den anderen unfehlbar daran hindert, den Ball ins Tor zu lenken. Damit wird Unvorhersehbares zur systemabhängigen Größe, während Glück und Zufall, von außen einwirkend, nicht beteiligt sind.

Es betrifft nicht alle. Es betrifft nicht uns. (Wir: wer?)
    Es betrifft auch nicht einige wenige. Vielleicht betrifft es gar keinen mehr.
    Aber *es* ist da und *es* will treffen.

Die Herabgestimmten trifft kein noch so großer Klang.

Daß wir verstummte Hünen sind, die an feuchten Mauern entlangtasten wie in einem verschlossenen Turm. Wir tasten nach dem Ausgang, obgleich der Turm keinen Ausgang hat und wir eingemauert sind. Tasten müssen wir dennoch, weil wir in ununterscheidbarer Finsternis immer noch zwischen Peripherie und Mitte des kreisrunden Raums zu unterscheiden und den Unterschied ständig im Bewußtsein haben. Jeder versichert sich mit der Berührung der Steine des äußeren Rands seiner Einmauerung. Ebenso bewahren ihn die Finger an der Wand vor einem Abirren in die Mitte, dem Ort gesteigerter Aussichtslosigkeit und endgültigen Aufgebens. Eingeschlossene dieser Art werden sich bis zuletzt zentrifugal verhalten, die Mitte fliehen, wo ihnen sonst schon keine Flucht mehr möglich ist, und zwar mit allen und besonders ihren letzten Kräften, die sie als Mensch noch besitzen. Bevor sie zu Tieren werden, einander reißen, ausweiden und auffressen. Dann erst ist ihnen Peripherie oder Mitte völlig egal.

Der Alleinseins-Exerziersoldat. Fünf Stechschritte rechts, fünf Stechschritte links. Dabei das Gewehr umsetzend. Anschließend ins Schilderhaus einrückend. Mit »Präsentiert das Gewehr!« zum Stillstand der Wache gelangt. Gewacht über den lieben langen Tag. Wachablösung erflehend, die ein Lebtag auf sich warten läßt.

Das Wort Einsamkeit zu den verbotenen zählen, es wie den Namen des Herrn nicht unnütz im Munde führen, herrschen doch Sie und Er über allem anderen.

Das seltsame Wort Millioten schien mir erst ein Versprecher, aber dann murmelte er »Seid umschlungen, Millioten«, und es war klar, daß es eine spöttische Abwandlung, ein Spezialausdruck seiner Menschen- oder Menschenmengenfeindlichkeit war. Dafür umschlang er seine Gefährtin, als wäre sie die wahre und einzig gültige Milliotin. Seine große Hingabe vermochte es sogar, die Frau zu folgender Liebesprobe zu bewegen: sich gemeinsam rechts und links vom Eisenbahngleis flach in den Schotter zu drücken, Gesicht und Körper so tief wie möglich eingrabend ins Geröll, um dann über die Schienen hinweg einander die Hand zu geben und zu halten, prüfend, wer als erster sich löste, kurz bevor die Räder die verbundenen Arme zerknacken würden.

Alle sprechen anders als ich.

Wahrscheinlich gehöre ich zu jenen in die Ferne lauschenden Resonanzkörpern, die beim geringsten »Anklang« wiedergeben, was schon vor langer Zeit einmal besser gesagt wurde:

»Laßt, ihr Rosen, weg mich geben.
Lebt, ihr Rosen, ihr mein Leben.«
Wilhelm Lehmann

Man muß allerdings von der besseren Erziehung aus-schließen diejenigen, die beanspruchen, von Null ab-geholt zu werden, die bösartig und gutartig Bequemen. Ausschließen muß man die meisten immer und über-all. Zulassen, verführen, lieben nur die, die auf der Stirn das Mal der Neugier tragen, heute beinahe ein Zeichen der Erwähltheit.

Ausschließen muß man die satten Zweifler und die Fragesteller aus schäbigster kritischer Konvention: wie konnte Gott den Tyrannen zulassen? Das ist leichter zu beantworten als: wie konnte ein solcher Frage-Zement-kopf zur höheren Erziehung zugelassen werden? Der Kritizismus ist die uneinreißbare Mauer, welche den heiligen Bezirk der Frage vom Gemeinplatz trennt. Er gehört gejagt, gebeutelt und zur Strecke gebracht. Wäre ich Lehrer, so würde ich einen solchen Fragetölpel un-ter den Schülern nicht belehren, sondern so rüde rup-fen, daß sich ihm das Gehör verdreht und er kein Ohr mehr besäße für dergleichen Aufklärkehricht. Doch der Erzieher hakt sich bei jedem Schlurf-Geist unter und *jaht* ihn an wie ein Esel. Statt ihm Schritte zu ma-chen und Erkenntnishiebe zu versetzen. Aber wie sollte sich der Pädagoge zu solchem Temperament befugt se-hen? Er trägt die Zeitgeistzipfelmütze, selbst wenn dar-unter dumpfes Ungenügen nistet.

Das Gedächtnis klimpert mit den abgegriffenen Mün-zen, alle noch aus DM-Zeiten, vornehmlich Fünfzig-Pfennig-Stücke, die einst genügten für Kino und Fri-seur, auf der Rückseite die kniende Eichen-Pflanzerin mit Kopftuch, Wiederaufbaufee nach BDM-Geschmack.

Unantastbare Nachkriegszeit, im Gedächtnis der geschützte Code der Frühe. Ein Siegel, das kein späteres Besserwissen brechen konnte. Erinnerungen verblassen, dafür lösen sich Depots, die feindosiert Vergangenheit als reinen Stoff ins Blut streuen.

Warum wir so rein sind: Erinnerung an eine zauberhafte Dürftigkeit, beinahe Unschuld, von heute aus empfunden, die jede Frühe besitzt, auch die eines Staatswesens, die Bundesrepublik der ersten Jahre. Nicht die Zeit des Vergessens und Ummäntelns war das, sondern die der Wiederanknüpfung an die Moderne in Kunst und Wissenschaft, die der großen Entscheidungen in Politik, Rechts- und Wirtschaftsordnung. Gleichzeitig das Kontinuum einer kaum beschädigten bürgerlichen Lebensform, die sich gegenüber der völkischen Revolution als resistenter erwies als gegenüber der emanzipatorischen, die sie in den folgenden Jahrzehnten für immer erledigte.

Es gingen aus dem Haus das alte Ehepaar und der Zwillingsbruder des Gatten. Sie hatten der Nachbarin einen kurzen Besuch abgestattet und ihr eine einzige Gladiole überreicht zum Dank für die Katzenpflege während ihrer Abwesenheit. Zwei Männer mit ähnlich struppig vollem Haar. Gehärtete Gesichter hatten sie, die Frau nicht weniger als die beiden Brüder, jeder mit Furchen und Falten, Landschaften. Man sah, wie das Leben als Bildner und Schnitzer an ihnen gearbeitet hatte, aber wollte gerade deshalb nichts vom Inhalt ihres Lebens wissen. Keine Einzelheiten erfahren, keine Vorfälle, nichts vom Besonderen, das ihnen in der Ehe und in der Familie widerfahren sein mochte. So wenig, wie man nach der Lebensgeschichte einer mittelalterlichen Skulptur oder Statue fragt, denn es hatte sich bei diesen drei Menschen ihre Biografie vollständig in Anschein und Aussehen gewandelt, in gemeißelte Miene, in Antlitz. Ihr Leben war offen zu sehen, es war ganz in den Vordergrund getreten und hätte nicht erzählt werden können.

Ein Isolierter wird in seinem Stoff und in dem, was sich ihm zuträgt, immer neue Isolationen vornehmen und untersuchen. Unzusammenhängend machen wird er, was ihm verkettet und verbunden gezeigt, erzählt und bewiesen wird. Er wird's als Streu zur großen Streuung geben. Unwegsame Geburt, Schrecken der Kindheit, verstiegene Jugend – nichts als Restbestände, Überbleibsel, Rufe und Reflexe –, wo alles zum Verbund bereit, dient er dem Gegen-Ganzen, der gottverlassenen Einzelheit.

Aufklärung fasziniert das Übel zu sehr, mit dem sie intim wird, als daß noch ein Lichtstrahl hineinfiele. So etwa die endlos duplizierten NS-Serien, die – ganz entgegen der nimmersatten Innovationslust des Zeitalters – uns eine »Kultur« der mentalen Einfrierung und Stagnation aufnötigen.

Hitlers Magie lag gewiß nicht in seinem Judenhaß begründet, sondern im Cäsaren-Schema. Es war die Suggestion und die Konfession des Wiederbringers, hinter dem der kleine haßerfüllte Antisemit verschwand. Gleichwohl mischte er den Haß in die mystische Hochzeit mit dem Volk. Der Wille dieses verunglückten Volks aber war ein Wille zu blindem Vertrauen, wie es bei Grillparzer heißt, und darüber hinaus zu gar nichts anderem.

Für die Pathologisierung des Subjekts durch Geschichte steht der französische Historiker Michelet, dem jeder Fallbeil-Sturz der Revolution durch den eigenen Leib fuhr, der die Verletzung durch Vergangenheit an sich ausbildete wie Heilige die Wundmale des Herrn. Krank geworden an Geschichte. Mimetische Schmerzen. Vergleichbar wären es die Stigmata der Abmagerung auf Haut und Knochen, die sich bei einem Neuhistoriker einstellten, der viele Jahre Dokumente über Lagerausgehungerte archiviert hatte.

Jemand, den der *dolor historiae* packt, der also das Unbegreifliche wahrhaftig er-*innert*, es in einer Art Imitatio-Erlebnis wieder und wieder erlebt, er würde von den Hütern des abgerichteten Gedenkens und der nüchternen Analyse allerdings ausgeschlossen und für unseriös erklärt. Nüchternheit der Betrachtung nimmt aber an sich schon eine Stimmungsretusche vor am nicht mehr zugänglichen Rausch.

Die Last der Episode. Die Epopöe der langen Belastung.

Je verkürzter das deutsche Gedächtnis, das sich dem kritischen Gedenken unterordnen soll, ja beinah zum kritischen Gebet gezwungen wird, um so schneller erreicht das Abgewehrte die Tiefen der Legende. Hitler – die negative Ikone, aber eben Ikone. Der Zauber wirkt,

die Figur entzieht sich der kritischen Beschwörung un-
aufhaltbar in den Mythos, von wo sie ewig wiederkehrt. Hitler, ein Volksgeist. Man darf vielleicht daraus
schließen: auch das kritische Gebet entbehrt nicht
einer gewissen rituellen Wirkungsmacht.

Das Virus, das mit einem Schlag sämtliche elektronischen Speicher leert, von denen das jetzige Leben auf
der Erde abhängt, und die Valérysche Mikrobe, die
alles Papier auf Erden binnen kurzem vernichten wird,
unterscheiden sich epochal in der Geschwindigkeit
ihres Zugriffs. Auch wechselten wir vorm Auftritt der
Mikrobe rechtzeitig das Medium, vom Papier zum pa-
pierlosen Speicher. Wohin aber die Bestände retten vor
der Bedrohung durch das elektronisch allmächtige
Virus?

Man muß inzwischen auch die Gene imaginärer
Kleinstlebewesen, reiner Phantasiegeschöpfe fürchten,
da ihre Mutation ins Reale nicht unwahrscheinlich ist.
Diese neuen biopoetischen Feinde der Menschheit gilt
es unter höchsten Sicherheitsvorkehrungen in einem
abgesonderten Imaginarium einzusperren und wach-
sam zu studieren. Das Phantastische hat den Bereich
gefahrloser Literatur seit langem verlassen, es zieht viel-
fältig auf der Suche nach nützlichen Idioten umher,
die es in die Techniken der Kommunikation wie auch
in die rationalen Bahnen der wissenschaftlichen Dis-
kurse einschleusen.

Keiner ist, was er zu zweit ist.

Er ist ein Mann für Frauen und nur als solcher der einen treu.

Nicht anders als sie, die nur als Nymphomanin in ihm den einzigen liebt.

Wenn du auf einer langen Bergwanderung hinabsteigst in eine Schlucht, ein klüftiges Tal durchschreitest, spürst du vielleicht, daß deine Begleiterin in einem gewissen Abstand zurückbleibt wie nach einem Zerwürfnis. Und wenn du dich nach ihr umschaust, dann siehst du auf einmal ein stummes Findelkind, das dir benommen folgt.

Warst du denn die ganze Zeit mit einem weiblichen Kaspar Hauser, einem enfant sauvage unterwegs?

Ein Hinuntergehen jahre-, jahrzehntelang, ein beschwerlicher Abstieg hat dir am Ende eine bis zur Herkunftslosigkeit weißgewaschene Person zugesellt: deine langjährige Begleiterin.

Immer wieder entschwand mir, mit wem ich ging. Vertrautsein ist ein Sieg der Zweiheit an sich ... der Die, die Der ... mit jedem Herzschlag kreuzt dein Geschlecht das meine.

Ich warte nun Stunde um Stunde auf die Rückkehr meines Sohns, ich rate, ob er seine Prüfung bestanden hat? Hat er bestanden? Hat er nicht bestanden? Vom Ausgang hängt so vieles ab. Ich werd's ihm ansehen, kaum daß er über die Schwelle tritt. Ich werd's schon hören draußen an seinem Schritt. Bestanden! Nicht bestanden. Es gibt keinerlei Vorzeichen, wie es ausgegangen ist. Keinerlei Sicherheit. Dabei beherrscht er sein Gebiet.

Beherrscht sein Wissen. Aber plötzlich hemmt ihn was, das Wissen stellt sich quer. Er bringt auf einmal, was er weiß, nicht klar hervor. Er starrt ins Leere, stockt, es schwindelt ihn. Und er versagt. Ein junger Mensch, und ständig wird ihm auf den Zahn gefühlt. Er wird, wohin er schaut, geprüft, geprüft und ausgesondert. Er wird gleich noch einmal geprüft und weiter ausgesondert. Und wenn er alle Prüfungen hinter sich hat, dann steht er da und wartet, innerlich zwanghaft vorbereitet, vergeblich auf die nächste. Keiner fragt ihn mehr aus, seine Frau, seine Kinder, seine Freunde, keiner legt ihm einen festumrissenen Test vor – und prüft ihn doch! Alle prüfen ihn stufenlos und unentwegt. Er merkt's nicht mal, *die* Prüfung ist ihm unbekannt. Und er versagt. Sinkt Schritt für Schritt zurück und kommt noch einmal zu der großen Schar, die noch nicht ausgesondert wurde.

Am 18. Juni 1972 gegen zwanzig Uhr tauchte in allen Bibeln der Welt für circa dreißig Minuten das Wort Taschenkrebs hinter dem Wort Kapernaum Mt. 4,13 auf. Der alte Dazwischenfunker hatte noch einmal auf ein weltweites Erschrecken gesetzt, doch in dieser halben Stunde, in der das Wort Taschenkrebs in die Heilige Schrift gefahren war, hatten insgesamt nur neunundsechzig Menschen auf der Erde die Matthäus-Stelle gerade vor Augen, darunter ein Bibelkreis in Unna sowie zahlreiche Dauerleserinnen unter den Mennoniten in Lateinamerika. Diese allerdings bezeugten unabhängig voneinander den schalen, müden Hohn des Versuchers, staunten nicht schlecht, rieben sich die Augen, und als das Wort wieder verschwunden war, rubbelten sie am Wort Kapernaum, rieben es fast aus der Schrift – in der Erwartung, daß dahinter wieder das Wort Taschenkrebs in Erscheinung trete.

Wer war sie? Eine hübsche Person, die weder Gewissen noch Sentimentalität besaß und von nichts eine eigene Anschauung. Statt sich mir zu zeigen, wie ich es wünschte, trieb sie der Ehrgeiz, so widerspenstig wie möglich zu argumentieren.

»Die Nacktheit, die du begehrst, gehört zu jenen Gewöhnlichkeiten, die sonst deine Feinde sind. Du, der jedem Allerweltsmeinen, jedem Allerweltsbefinden hohnspricht, scheust dich nicht, ein Allerweltsgelüst zu teilen?« (Mein Gott! Als gäbe es etwas anderes! Als gäbe es einen esoterischen sexuellen Geschmack!) »Was wäre, wenn du eine Geliebte hättest, die lediglich den Gemeinplätzen des Liebens genügte? Eine hübsche kleine Person, die weder Gewissen noch Sentimentalität und von nichts eine tiefere Anschauung besitzt, nur Ehrgeiz und ein bißchen Begierde, soviel man eben heute benötigt, um sich anzupassen. Der Anpassungsdruck ist ja so groß, daß eine kleine Hübsche wie ich beinah bei jedem, sofern er etwas Stärke zeigt, einen Assimilationsversuch unternimmt. Werden wie er! Ihm gleichen und dann ab durch die Mitte. Nun, auch ich laufe herum, ich trete auf, ich ziehe mich aus – ich bin, wie's scheint, nach Allerweltsgeschmack. Deshalb bin ich zu dir gekommen. Von dir erwarte ich, unterschieden zu werden. Verlange nach mir, ohne ein ununterscheidbares Verlangen zu teilen.«

Ich antwortete: »Das ist nicht nur unmöglich, sondern auch ein Paradebeispiel für alles Unmögliche.«

Im Mittag auf dem lang ums Land gekrümmten Deich, auf seiner Krone weit entfernt die Vergehende, Verschwindende, unabsehbar Auswärtsgehende, die mir – wie auf dem Gemälde von Leon Spillaert – vorausgeht. Ostende ohne Ende.

Auf dem weißen Damm, der sich in langer Kurve schmiegt ans weiße Meer, beinahe schon eine Überbelichtete, kurz vor der Grenze, im letzten Hof menschlicher Helligkeit, danach die Flut der Blendung.

Nach einem Streit lief sie allein durch die Felder, auf dem Plattenweg von Gölßen zum Wald hin. Sie trug einen langen Stoffmantel, den Schal um den Scheitel geschlungen, eine eher städtische Winterfrau. Auf einmal drehte sie sich um und entdeckte auf dem abzweigenden Feldweg weit hinter sich, beinah einen Kilometer zurück, eine männliche Gestalt, die ihren Weg ging, mich.

In ihrer Erregung hielt sie mich sofort für ihren Mann, von dem sie nach einem Zerwürfnis davongelaufen war. Sie sah ihn, ohne zu zweifeln, seinerseits untröstlich durch die Felder rennen, verstört wegen der ungewohnt bösen Worte, die zwischen ihnen gewechselt worden waren.

Auf der Stelle kehrte sie um, lief, eilte zurück, rief mich über das Feld mit seinem Namen. Ich ging ungerührt weiter. Sie nahm es für ein Zeichen der tiefen Kränkung, die sie ihrem Mann zugefügt hatte. Eine Art Reuekoller ergriff sie, ihr Gesicht war von Tränen überschwemmt. Sie wollte, sie mußte mich umarmen und mich bis zuletzt verkennen. Nun wandte ich mich um, da stand sie verwirrt und erstarrte. Stammelte etwas von einem Versehen.

»Wohnen Sie hier im Dorf?« fragte ich überflüssigerweise. »Hier in Gölßen?«

»Ja. Wir sind erst vor kurzem hierhergezogen. Mein Mann hat drüben im Forst sein Jagdrevier. Von Bielefeld nach Gölßen ins Barnimer Land. Wissen Sie, was das bedeutet!? Ich habe Sie für meinen Mann gehalten. Wir sind zuhaus ins Streiten gekommen. Ich bin aus dem Haus gerannt, und als ich dort in der leeren Landschaft jemanden gehen sah, dachte ich, es kann nur mein Mann sein, der es wie ich zu Hause nicht mehr aushielt.«

»Ich sehe ihm wohl ähnlich«, fragte ich mit gespielter Unwissenheit.

»Nur von der Größe, nur von fern. Aus der Nähe dann nicht mehr. Ich war besessen von dem Bild, daß er da allein durch die Felder rennt, ich *wollte* ihn sehen, und deshalb bin ich auf Sie zugerannt, um mich ... bei ihm zu entschuldigen –«

Sie brach ab und sah unschlüssig zu Boden.

»Tun Sie es. Sie müssen es loswerden, was Ihnen auf

der Zunge brennt. Es wird Sie erleichtern. Sagen Sie
es *mir*.«

Mit einem einzigen mutigen Augenaufschlag sah sie
mich an, so daß ich niemand anderes als ihr Mann sein
konnte.

»Ich bitte dich um Entschuldigung. Ich habe böse
Worte gebraucht, um dich zu kränken. Du mußt mir
glauben, daß das nur ein kleiner, winziger Bruchteil
meiner Gefühle für dich ist, alles andere an mir bleibt
für immer an dich gebunden.«

Und ich antwortete ihr: »Auch ich bitte dich um Ver-
zeihung. Denn ich habe dich ja in die Lage gebracht,
daß du dich so boshaft wehren mußtest. Für mich ist
nun alles vorüber. Du bist für mich der Inbegriff von
Anmut und Herzlichkeit. Es ist, als wäre zwischen uns
ein dunkler Vorhang aufgezogen, und ich stehe endlich vor der, die ich wirklich liebe.«

Ihre Hände umgriffen meinen Nacken, wir küßten
uns und gingen schnell auseinander.

Siegen heißt übrigbleiben. Auch wer im Zweikampf
seinen Gegner endgültig besiegt, ist ein Übriggebliebe-
ner. Die Macht der Gegnerschaft, in der sich sein Leben
spannte, ist auf einmal von ihm genommen. Die Verlassenheit des Siegers sowie seine Sucht, sich in neue
Spannung zu versetzen, können leicht dazu führen,
daß er sich ein zweitrangiges oder gar seiner unwürdi-
ges Objekt erwählt und dann bei jedem weiteren Sieg
nur verliert.

Spürsicher, ohne jede Anleitung entschied sich das Kind für das Pathos der Ehre und des Dienstes und gegen die mutlosen Befangenheiten des »zivilen Ungehorsams«, der einzigen sittlichen Tradition, die unsere Republik betulich pflegt. Kein Spruch konnte ihn tiefer bewegen als jener Hexameter: Wanderer, kommst du nach Sparta, verkündige dorten, du habest / Uns hier liegen gesehn, wie das Gesetz es befahl.

Solches Pathos zu teilen gilt nach wie vor für demokratisch unerzogen. Ich hätte mein Kind von jedem heroischen Gefühl reinigen und es zur kritischen Memme erziehen müssen. Vakziniert mit dem »Gift« des Erhabenen, blieb es jedenfalls von früh an immun gegen die Spiele mit niedrigsten Gewaltphantasien.

Es gibt wohl ein Ansinnen, denn eine Absicht steckt darin. Es kann aber nur unter sprachverhornten Kommunkeln etwas *an*gedacht werden, denn Andenken ist einzig ein schöneres Wort für Erinnerung.

Dann aber die Frau, die ihren nackten Arm hob und nicht verstand, weshalb er keine Schwinge mehr war wie eben noch in der Tiefe ihrer Selbstgewißheit. So fremd war ihr der eigene Arm, schwer schwenkbar, nackt, federlos, daß sie gleich einen Fachausdruck erfand für den ungelenken Flügel: meine Reffe. Es mußte schließlich ein Wort geben für etwas, das weder Schwinge noch ein menschliches Gliedmaß war. Wie ein klafternder Adler war sie eben noch aus ihrer Person aufgestiegen – denn soviel wie ein Mensch mit ausgebreiteten Armen mißt, ist ein Klafter.

Sie sagte: Gegen dich muß ich mich wehren. Von ihm komme ich nicht los. Dir erlaube ich einige Zärtlichkeiten. Von ihm aber erbettle ich sie.

Variation und Versiertheit sind die Tüchtigkeiten des Aufenthalts. Alles arbeitet unentwegt an Übereinstimmungen. Was das Populäre in Kunst und Meinungswalten betrifft, so wird seine Vorherrschaft niemals in Gefahr geraten. So wenig wie Demokratie nach platonischem Wechsel je wieder von einer gegnerischen Herrschaftsform abgelöst werden kann. Beide werden über jede historische Veränderung hinaus mit immer neuen, überraschenden Varianten und Krisen den Aufenthalt verlängern und dabei die Laufzeiten des jeweils Interessanten zugleich verkürzen.

Die meiste Kunst gewinnt heute ihr Spiel, ohne daß sich ihr Erfolg verzögerte. Der Kult der Innovation hat das natürliche Verkennen des Neuen eingeschränkt. Damit aber auch die Chancen einer nachträglichen, einer verschleppten Entdeckung, die in der Kunstgeschichte oft genug zu endgültigem Ruhm führte. »Geschichte« ist aber nicht mehr die Bühne der Kunstwerke. Man achtet lediglich auf Lagerfristen und Verfallsdaten.

Nicht selten fiel dann bei den mit Verzögerung ans Licht gehobenen Werken ein reicher Ertrag an Affinität für die Späteren ab.

Was einst schwer erreicht und schwer geprüft langsam unter die Menschen kam, an Gedanken, Kunst,

Gedankenkunst, wird heute im Handumdrehen unverderbliche Kost, allen verfügbar, bevor es eine Geschichte des Verstehens ihnen vermittelt.

Nur weil es Medien gibt und zuviel Speicherplatz, verwahrt man lauter Geist aus zweiter Hand.

Der Gutundbillig-Geist ist ein überflüssiges Angebot. Eine in sich unsinnige Ware. Entweder gar kein Geist oder Geist zu unerschwinglichem Preis.

Welch ein Schlaf, gerammelt voll von Resonanzen Personenanzeigen Blitzen Schwertern Warteschleifen! Die bittere und goldene Frucht des Abschiednehmens. Der kraftvoll ruhige Ruderschlag des am Horizont auftauchenden Heimkehrers. Das Heraufholen, Sammeln, Verschwenden, Verstreuen, die Liturgie des glühenden Abends ... Aus Weltbildern werden Kinderreime, aus Gedankenwelten weiche Melodien ... Man wird nicht genug Wachs haben, um sich die Ohren zu verstopfen gegen die betörenden Gesänge ... »Die Kinder« heißt dann das Stück, ein Stück in seligen zwei Silben. Kinder stehen in rosigem Schwalch und singen nur ein Wort mit vielen Stimmen:

Der Chor: Finger ... Finger ... Finger.

Denn alles auf der Welt ist nur ein Fingerzeig, aus ihr herauszufinden.

Denen, die immerzu in die Zukunft blicken, ist es kein Vermächtnis, was einst die Wunderbaren sagten. Sie lesen es nicht. An »alle« Menschen sich zu wenden hat etwas Sektiererisches. Es ist eigentlich das Verwunderlichste, was den Wunderbaren einfiel. Jene Alle sind die durch und durch Beschäftigten, ob Arbeiter oder Arbeitsloser, ob Arzt oder Kaufmann – sie blicken ohne Vermächtnis in die Zukunft. Mag sein, es herrscht dann in jener Zukunft, in die sie blicken, entschiedener als heute, ein untergründiger Transfer, Energieaustausch zwischen den beiden Parteien, die sich nichts zu sagen haben. Zwischen den Wunderbaren in ihrer Mitteilungsfülle und den Beschäftigten, die davon nichts gebrauchen können.

Sacra conversazione, die untätigen Frauen Bellinis – welch harte Arbeit leisten sie hinter verschlossenem Antlitz, hinter dem vollkommen beruhigten Gesicht! Zu viel hat zu großen Eindruck auf sie gemacht – *es* arbeitet ja unablässig in ihnen, sie selber können nichts tun. Sie sind nicht begabt dafür, einen so großen Eindruck einfach bei sich unterzubringen, wegzustecken oder gar in irgendeinem *Ausdruck* wieder von sich zu geben.

Ich höre ein Wimmern immerzu, es ist die Mutter. Sie bittet da oben, sie fleht mich an: Ich möge doch an sie denken. Sie scheint ja Marterqualen zu leiden im Jenseits, *solange niemand an sie denkt.* Unvorstellbare Schmerzen! Kannst du dir vorstellen, daß man dahinirrt über grenzenlose Flächen, immer mehr abnimmt, weil niemand an einen denkt, umgeben aber von lauter fröhlichen Unvergessenen!? Wenn doch nur einer, der da unten lebt, sich zufällig mit einem Gedanken zu mir verirrte! Ach, welch eine Erleichterung!

So geschieht es jedenfalls vor dem Übergang in den Einraum Gottes. Im Vorraum geschieht es, später gibt es diese Sorge, verloren zu sein aus aller Gedenken, nicht mehr.

Das Paradies, sagt Hierakas von Leontopolis, ist reine Geisteslust. Keine Paare, keine Kinder – nur Asketen und Gelehrte.

Auf Erden sind und bleiben wir die Rasse der Tölpel. Schräge Hinkefüße, die einen leichten Gang vortäuschen. Halbwüchsige des Geistes, in unausgegorener Vernunft angehalten, den ausgelassenen Kindereien der Wissenschaft ergeben und nur dann und wann einmal still und demütig vor dem unerreichbaren Ernst großer Kunst.

Mißtraue den Wiederkehren! Von allem nur das Nackte und das Offenbare.

Nichts darf sein, wie es sein soll. In jedem Etwas hole noch ein anderes herauf: Honigpumpe.

Da waren wir doch in Kopenhagen, draußen im Louisiana-Museum, unten in dunklen Video-Gelassen wieder eine Deluge-Geschichte von Bill Viola. Leute an der Straßenbahnhaltestelle und eine Frau, die hinzukommt, sich durch die enge Schar der Wartenden zwängt, zwei Buchlesende darunter. Daß es immer nur eine Einstellung gibt, ist sein Theater-Portal. Die eine Einstellung ist das Portal, das dem Auftritt des Letzten und Offenbaren vorbehalten bleibt. Ein andermal war es der Hauseingang, offen wegen Umzugs, das Wasser stürzte die Treppe hinunter.

Schließlich gehört man nicht zu den gewöhnlichen Fernefressern, man trug von jeher das Unerreichbare im Gesicht, wohin soll man seine Schritte lenken?

Niemand wird dem Bösen bestreiten, daß es unmittelbar zu Gott sei.

Wenn mordende Völker, Cliquen, Fanatiker sich auf Gott berufen, so fährt mir der Schreck in die Glieder, als ob Er sich jäh in derselben Sekunde in Seine Nichtanrufbarkeit entäußere, die dann aber für alle Menschen gilt.

Das Metaphysische, gelöst in Materie, ist das Gesicht – Einschlag eines hilflosen, bestürzten irdischen Verstehens.

Der weiße Schatten: in gefallenen Blüten liegt er unter dem Kirschbaum.

Die rosenrote Pfirsichblüte ist ein Gesichtsschleier, auf den das Erröten einer Verliebten abfärbte. Weiße füllige Arme der Spiräen strecken sich nach ihr aus.

Und daß nun der Flieder duftet, der blaue, violette und auch der weiße, die Fackel, die den Tag hinab in die Nacht führt, auf immer schmaleren, feuchten, bildabgewandten Stufen.

Aber Schluß damit! Man hat hier nichts zu tun, als sich satt zu sehen. Zu kurz ist die Blütezeit, um ergiebige Vergleiche zu suchen.

Gemeingefährlich sentimental: Wie man die Gesellschaft vor dem Irren schützt, damit sie ungestört ihr Unwesen treiben kann, so muß man mich, einen Schwerstsentimentalen, der, was er sieht und greift, umgehend mit Einstweh versetzt und es niemals mit seinen fünf Sinnen, sondern immer zuerst und ausschließlich im Herzerweichen erfaßt, von der Literatur aussperren.

Der lange Bahnsteig, auf dem die meisten Neonlampen ausgefallen waren, hier war früher Gleis vier, ich kannte ihn noch mit Gleis vier. Auf der Anzeige war aber die Vier mit einer Eins überklebt, es gab nur noch eins und zwei. Ich fragte in eine Schar dieser neubestellten Gepäckträger hinein, alle trugen sie Tigerfellmützen: Ist hier die ehemalige Vier? Ja, sagten sie und rannten zu einem gerade einfahrenden Zug. Es war nicht der, auf den ich wartete, meiner hatte offenbar Verspätung, keine Ansage erfolgte.

Auf einer Bank saß der Pfarrer der Bahnhofsmission in seiner neuen Rolle als Bibelvorleser auf öffentlichen Plätzen. Zwei, drei junge Frauen, Wartende, hörten ihm zu oder saßen unbeteiligt neben ihm. Ich empfand Sympathie für den dienstergebenen Mann, dem es gar nicht darauf ankam, viele Zuhörer um sich zu scharen. Seine flache Hand lag auf einer Seite des Johannesevangeliums, dann bildete sie eine lose Faust, und der Finger mit dem Ehering klopfte leis auf den Buchleib. Dann wieder bedeckte sie still die aufgeschlagene Seite, wie wenn jemand einen Text auswendig lernt, oder über einen Text, indem er ihn berührt, bedeutsamer spricht. Am Bibeldeckelrand waren kleine Glöckchen angenäht, die an die Schellen einer Narrenkappe erinnerten, denn so ging er mit der Bibel schellend zuweilen auf dem Bahnsteig umher, bevor er sich wieder auf der Bank niederließ, die für ihn reserviert war.

Nun stieg ein kräftiges Mädchen aus der Unterführung die Treppe hinauf und stellte seinen Koffer unsanft ab. Dann hob es das rechte Bein und versetzte dem Gepäck mit dem Knie einen leichten Stoß, und das schwere Stück schlitterte über den ganzen langen Perron bis zur Bank des Pfarrers.

Darauf trat sie mit donnernden Augen vor den Geistlichen, betrachtete seinen psalmodierenden Mund wie eine offene Wund und flüsterte: »Das geht nicht, das geht nicht.« Sie legte beide Hände vor ihren Katastrophenblick – als führe der Zug sogleich in einen brennenden Tunnel.

Ich habe mich gelangweilt während dieser Aufführung, und ich langweile mich noch, obgleich sie nun Monate zurückliegt. Es war eine Don-Carlos-Premiere im

März. Seitdem verlieren sich meine Gedanken im Nirgendwo. Sie haben ihre Kraft verloren, sie richten sich ausschließlich auf Belangloses. Seit diesem Theaterabend begann für mich eine Langeweile, die nie mehr aufhört. Man hat mich mit Langeweile vergiftet, ich bin betäubt davongegangen. Die Langeweile läßt mich nicht mehr los.

Das helle Zimmer, zwei große Fenster mit lichtseihenden Vorhängen, dahinter der bescheidene Garten zum Teppichklopfen. Langweilig. Am kleinen runden Tisch hat mir die »Hilfe« (Hosteß für diesen trüben Gast auf Erden!) das Mittagessen serviert und hält den Stuhl für mich bereit. Wie langweilig! Ich bin also dies gebrechliche Gestell mit dem weißen Haarfransenkranz im Nacken, in abgewetzten Cordhosen. Nach der Mahlzeit greife ich – zum ersten Mal übrigens – ein Bündel alter Briefe von eigener Hand.

Ich las und war gerührt von dem Mut, den ich einst besessen hatte: so etwas geschrieben zu haben! Diesen Mut schmeckend, fand ich etwas von meiner früheren Ungezwungenheit wieder. Nicht Stoff, Stil, Begebenheiten in diesen Briefen, alles belanglos, sondern allein das Tonicum der Naivität, dergleichen niedergeschrieben zu haben, wirkte belebend und vertrieb die Langeweile.

Vorübergehend.

Nach und nach bekommt man ja seine intimsten Briefe zurück. Alte, uralte Liebesbriefe pladdern in den Postkasten wie Mist aus der Kuh. Wie sind doch die Frauen unbarmherzig! Einmal kommt der Tag, da räumen sie auf. Dann finden sie meine Notrufe, meine furchtbaren Bekenntnisse, mögen sie zwanzig, fünfzehn oder auch nur sieben Jahre in ihren Geheimfächern geruht haben. Die einst liebenswerten Personen, an die sie gerichtet waren – und an die *einst* liebenswerten bleiben sie ja immer gerichtet! –, sie schütteln unterdessen den Kopf. Nach allem, was so zurückliegt, was an ihnen vorüberzog, was lieblos ausging, schütteln sie eines Tages ohne jedes Verständnis, ohne Wehmut, ohne Lächeln den Kopf. Sie schicken mir meine Schwüre, hilflosen Offenheiten zurück mit dem Vermerk: »Das möchtest du heute sicher lieber für dich behalten haben ...«

Wie? Behalten haben? Wen: den Brief, das Geständnis? Als ließe es sich ungeschehen, ungeschrieben, unbeteuert machen, indem man das verjährte Geständnis an den Absender zurückschickt. Langweilig.

Diese Zeilen eines ehrgeizigen Liebhabers in seinen frühen Briefen sind rundum minderwertig, zeugen von einem stutzerhaften Herzen. Dieser Liebhaber war ein Soufflé, etwas schief aufgegangen. Man muß seine ungekonnte Jugend zerfetzen wie ein schlechtes Buch.

Wie kann das sein? Ein einziger Theaterabend hext dir eine Stimmung an, die sich nicht wieder abschütteln läßt. Langeweile, eine Verhexung. Ein einziger Theaterabend verdirbt dir noch den gesamten Lebensabend!

Aber, nicht wahr, mit den Frauen ging es anfangs leicht und heiter. Solange sie einen haben wollen, verstehen sie alles, lauern auf die geringste Anspielung, den feinsten Zwischenton, der sie kitzelt und lockt, lachen frei und erwidern frei, sie bekommen alles mit, was sie später, nicht sehr viel später, dann überhören, was ihnen entgeht, ganz natürlicherweise, weil sie die tierische Wachheit, die Geistesgegenwart der Begierde, des Schöntuns, der Werbung, der Verliebtheit verloren haben!

Langweilig.

Gilt noch der Spruch des Ovid: Bene vixit, bene qui latuit? Gut lebte, wer sich gut verbarg.

Descartes hielt sich daran. Alain über Descartes: Die Seele stirbt ab, wenn sie das Glaubhafte glaubt.

Zwei Kammerdiener kamen und öffneten einen breiten Bauernkleiderschrank … Oh, wieviel bewohnte Zellen barg dieser Schrank!

Lauter Schachtel-Menschen, Klaustromane, Spind-Anachoreten! Einer, der den Staubsaugerbeutel wechselt; einer, der Ameisenpulver verstreut, Händewaschen, Kuchenessen, Kniebeugen. Alles auf engstem Raum. Inklusen, entrückte Alltagsmenschen, ausgezehrt und nackt, jeder von der Locke eines dünnen Nebels umrollt. Einer, der bügelt seine Hose aufwärts an der Spindwand. Eine, die übt auf der Oboe; einer, der mißt all seine Glieder nach.

Stürmische Zeiten hatten sie ins Enge gedrückt, und sie begannen schließlich eine Leidenschaft für ihre Ecke zu empfinden. Ein hoher dünner Mann, der in seinem Verschlag guten Raum fand, schüttelte sich und schrie vor Frieren, als ihn der erste Luftzug traf. Eine aufrecht in ihrer Ecke sich windende, sich der

Ecke prostituierende Frau wurde vom Lichteinfall zerknatscht wie eine reife Beere.

Wenn ebenso tiefenscharf wie das Enden, dem zahllose künstlerische Zeremonien gewidmet sind, auch einmal das System »Aufenthalt« erkundet würde, so käme man vielleicht dem Tanz der Zeit-Punkte auf die Spur, der anstelle des linearen Verlaufs die Zeiterfahrung der Pause bestimmt. Man überließe sich der Vorstellung, daß es in Wahrheit nicht viele Punkte sind, sondern lediglich ein einziger, vielleicht das Eckhartsche Fünklein (scintilla), welches das gesamte Raster der weltlichen Zeit in unerhörter Sprunghaftigkeit erstellt. Dies Jenseits-Fünklein webt blitzschnell und erneuert unaufhörlich das ewig verfallende Stunden-Gebild.

Befindet sich irgend etwas im Gegensatz zur Zeit – oder kann ihr, wenigstens in Gedanken, entkommen? Natürlich nicht. Doch lehnt sich unsere Quanten-Moderne gegen ihr Gleichmaß auf, das Newtonsche »tempus quod aequabiliter fluit« genügt dann nicht mehr. Vielleicht empfehlen sich auch hier die Theorien der Sprünge. Wir selbst erleben Zeit in *blobs and hops*, in Hupfern und Tupfern, in Vorsprüngen und Einhalten. Niemals scheint sie gleichmäßig dahinzufließen, immer bewegt sie sich unregelmäßig innerhalb einer unsteten Ständigkeit. Vergleichbar der Lebensform offener Systeme, die quasistationär sind, wie etwa die Körperzellen, die Energie aufnehmen von der Umgebung, sie für ihr System nutzen und in gewandelter Form wieder abgeben an ihre Umgebung. Zeit also jenseits von Zeit-

pfeil und Entropie, jedoch dem Fließgleichgewicht der
Erde, der Zelle und der Seele verwandt.

Weshalb kommen Optimismus und Pessimismus bei
kulturellen oder moralischen Bewertungen als Gegensätze nicht in Frage? Weil wir ersteren stets als gedan-
kenarm, letzteren aber meist als gedankenreich ken-
nenlernten. Leider gibt es kein Denken, welches das
Leben denkt. Der Geist, dessen natürlichste Leistung
die Negation ist, scheitert folglich am Positiven, nach
dem in der Podiumsdebatte das Publikum verlangt.

Das Verneinen ist stets ein Verstehen; das Ja aber, ge-
setzlos und wild, weiß gar nichts.

Ja heißt: nicht verstanden zu haben. Nicht verstanden: was dir zustieß und was dir eingeträufelt wurde;
nicht verstanden, aus welchen Mixturen dein ureigner
Eindruck, zu leben, hergestellt wurde, das einfache Ja,
das du bist. Irgendwann wird dir in diesen Eindruck
gemischt Endlichkeit. Das Herz allen Nichtverstehens,
dein unbegreifliches Ende. Im Nichtverstehen liegt der
wache Sinn für den Tod, der so oft verdämmert, schwindet, verlorengeht, um am Ende so stark zu sein wie ein
Verstehen.

In der Sprache entscheidet das Betörende, nicht das Argument. Jenes wird durch Wiederholungen stärker, dieses schwächer. Selten wird ein Argument zwischen zwei
Argumentierenden nur ein einziges Mal angeführt.

Wir waren spät dran, auf einer Reise zurück aus der Normandie, mußten das Mietauto abgeben, eine knappe Stunde vor Abflug, Charles de Gaulle, weite Strecke noch bis zum Abfertigungsschalter, und es überkam mich, das Hetzen und Stolpern schüttelte es aus meinem Herzen, ganz von innen löste es sich, ein Liebesbekenntnis, gekeucht und gestammelt kam es heraus, manchmal fast gebrüllt, fast erzürnt, weil sie mir um einiges voraus, mir gewissermaßen vorm Bekennen davonlief, wenn auch wir beide mit gleichem Ziel, Gespann im vollen Lauf. Sie jetzt aber auf gleicher Höhe mit einem fremden ebenfalls hastenden Mann, den sie nach dem Weg zur Mietwagenzentrale fragte, während ich den Höhepunkt meiner Zuwendung erreichte und japsend hinter ihr ausrief: »Herz! ... Ganz! ... Alles!«

Schon glich sie sich seinen Schritten an, wenn auch mit ein paar Verhasplern in den Beinen, um seine Antwort zu hören in der Eile, wozu mir nichts anderes einfiel, als den weißen Regenschirm der Autoleihfirma zu erheben, ich wollte die Krücke leicht auf ihre Schulter tappen, damit sie an mich denke und meine Worte beherzige, traf aber den Hinterkopf des Beilaufenden, entschuldigte mich, als er sich kurz umdrehte, bereit, sich zu entrüsten, aber gleich wieder vorwärts und weiter, das Mißgeschick ging unter im eiligen Lauf.

Such den Vertragsschein, halt ihn bereit, rief sie über die Schulter nach hinten, denn ich holte nicht auf. Durchwühlte rennend alle meine Taschen, konnte ihn nicht finden.

Das wird meine letzte Reise mit dir sein, stieß ich auf einmal, wirr geworden, hervor. Sie fragte ein paar Taschen meiner Kleidung ab, wo eventuell der Schein sich versteckt haben könnte. Aber ich war unversehens in eine verkehrte Stimmung geraten, verärgert, erbost, der Abflug egal, es mußte augenblicklich Schluß sein mit uns, ich brauchte den Trennungseifer, den Beendigungsfuror, Schluß, aus, nie wieder, um mich anzutreiben, die Beine zu werfen, um nicht gänzlich zurückzufallen, obgleich sie jetzt – nach zwölf Jahren! – plötzlich einen Mithastenden neben sich hatte, wir aber beide – seit zwölf Jahren! – ohne diese gelegentlichen Beendigungsekstasen niemals unser Bündnis gehalten und verfestigt hätten.

Wer seinen raschen Zorn anhält
Wie ein Gespann in vollem Lauf,
Den nenne Wagenlenker ich;
Nur Zaumhälter sind andere.

Das Werten und Herausheben, ja sogar das Kanonisieren nimmt in dem Maße an Bedeutung zu, als sich die Werke in der Blogosphäre aufzulösen drohen. Dies All ist erfüllt von jedermanns erbrochenem Alltag. Das Logbuch einer weltweiten Mitteilungsinkontinenz macht alle Bücher gleich. Was heißt da noch: die »Gegenöffentlichkeit«? Die Gegen-Öffentlichkeit wäre der unauffindbare Autor; ein Status, den die altchinesischen Dichter und Gelehrten kultivierten. Ihm, dem Auswärtigen in der Berghütte, danken wir eine Literatur der Betrachtungen, deren Geschichte bei uns sehr viel später mit Montaigne beginnt.

Übrigsein ist eine eigene Zeit. Herkunft ist Fortschritt und gestern ist morgen.

Abend für Abend öffnet die Schrift ihre Zelle, und der Blick zieht über das weite Land. Von der Terrasse, der Reling vor den sanften Wogen des Kornfelds, blickt man nach Südost in die gestaffelte Perspektive, im Vordergrund die Rosenecke, darauf im nächsten Grund die Hainbuchen-Pergola, dann der Erlengürtel, der in der Senke den moorigen See umgibt, dahinter aufsteigend wieder ein Kornfeld, die Brüche darin mit Solitären und dunklen Büschen, etwas ferner die Wipfel-Linie des Forsts und endlich im letzten Grund die Hügel-Welle kurz vor der Oder und dem angrenzenden Polen.

So erstreckt sich, frei von Siedlung und Bauwerk, das harmonische Land, in das man sich selbst erstreckt, die weitläufige Umfassung, die dem Ausblickenden zur erweiterten Herberge wird.

Also stand ich im lichten Abend und winkte nach allen Seiten Menschen zu einem Menschenauflauf zusammen, damit man sich mit mir erfreue, erhebe und in die Perspektive übergehe. Natürlich war weit und breit niemand zu sehen und fand sich keine Seele zum Übereinstimmen.

Drei Fräulein mit weißen Spitzhäubchen, rostroten Westen und kornblumenblauen langen Röcken eng beieinander auf grauem Sofa. Sie kichern krächzen keifen, drei Fräulein von unterschiedlichen Jahren kommen gemeinsam in Fahrt, lassen die Augen kullern und rammeln mit den Ellenbogen, albern und anzüglich, alles in Front zu diesem Zauderer mit dem Dreispitz, der nun einmal vor ihnen steht und wartet, endlich zu Wort zu kommen, seinen Hut abnimmt, ihn verlegen durch die Hände schiebt und wieder auf den Kopf setzt. Und das einige, einige Male. Die drei sind wie Debile, die ihre Dreiheit in Erregung versetzt. Aber darin sind sie kaum von sehr guten Schauspielerinnen zu unterscheiden, die einen Anfall von Hypermotorik oder von altjüngferlicher Empörungsausgelassenheit gerade noch kontrollieren können. Eine wirft der anderen vor, daß sie sich verkleidet habe und nachlässig in ihrem Kostüm stecke wie ein schlampiger Kleindarsteller auf dem Laientheater. Eine wirft der anderen vor, daß sie nicht echt sei, nur so tue als ob, es aber nicht könne. Spielen wolle, aber nicht spielen könne. Aussehen schinde, aber nach nichts aussehe. Geröhrtes Gekrächztes Gezischtes Gejodeltes Gekeiftes. Immer mehrstimmig und durcheinander. Als ob sie mit allen Mitteln versuchten, bloß nicht unverkleidet, unverstellt, bloß nicht nackt und sie selbst, bloß nicht von heute zu sein.

War etwa der Zauderer der Mann der Stunde? Der Zauderer ist jemand, der sich in Bedenken wiegt. In der Wiege seiner Bedenken schlummert wie ein Neugeborenes. Er träumt davon, die ganze Welt in ein Durch- und Aufatmen zu versetzen, in ein weltweites Zögern.

Seine Zeit ist die Bedenkzeit. Die Wellen des schnellen Geschehens verebben an seiner felsenfesten Unschlüssigkeit. Er ist zum handelnden Menschen der diesen erst ermöglichende Gegenpol. Mister Dilatorio. Momentespalter. Weilestrecker. Fermatenbäcker.

Überall das Vergilben und verfrühte Sommerwelken. Da nicht einmal der August erreicht ist, fällt schon das Laub. Erstirbt das Grün der Pappelblätter, selbst der Berberitzen: es ist die Dürre, die uns Blätter blaßt, dann verbrennt, schließlich fallen läßt. Gerade erst hingen wir an voll und fruchtbar gewordenen Zweigen – und dann kam der verwüstende Sommer und hat uns alle Kraft geraubt.

Die Mutter des Austauschschülers saß vorn rechts am Steuer, ein Kleinbus aus England, ich auf der hinteren Bank. Als alle Kleinen aus ihrem Weiler beim Hort ausgestiegen waren, fragte ich, ob ich nach vorne kommen solle und sie beim Fahren ablösen. Nein, wir seien gleich da. Sie begann also zu rasen, drückte das Vehikel zur Höchstgeschwindigkeit und lachte begeistert. Sie hatte ein seltsam glänzendes schwarzes Haar. Später aber, nachdem wir zur Badeanstalt eine große Treppe hinaufgestiegen waren und den Schlüssel zu einer letzten Umkleidekabine bekommen hatten, das Bad war überfüllt, da stand auf einmal eine junge blonde Frau vor mir, die Mutter eines dreizehnjährigen Schülers, die mit mir die Kabine teilte, sich auszog unter meinen Augen, die sie jedoch mit einem unverwandten Blick festhielt, so daß sie nicht ausweichen und sich an ihr verlieren konnten. Ein Blick, der mich so lange bannte, bis sie die bleiche Schlangenhaut des Badeanzugs über ihren Leib gestreift hatte. Sie trug also beim Autofahren eine Schwarzhaarperücke, um es bei Überschreitung der zulässigen Geschwindigkeit nicht gewesen zu sein. Dabei kam ihr das englische Kennzeichen des Fahrzeugs zugute, die Anzeigen verloren sich über dem Ärmelkanal, und Geschwindigkeitsübertretungen mußten nun einmal sein.

»Sobald die Kinder aus dem Wagen sind, geht es dann richtig los. Sonst setze ich mich gar nicht erst ans Steuer.«

Die heitere Anmut der beiden alten Männer in Jim Jarmuschs »Coffee and Cigarettes«, letzte Szene. »Champaign!« Es lebe das Paris der zwanziger Jahre! Sagt der eine. Und das New York der siebziger … der späten siebziger Jahre, ergänzt der andere und siedelt die Legende um in die eigene Vergangenheit. Denn Goldene Zeit, *illo tempore*, entsteht ja in jedermanns langem Leben, und Verklärung ist das natürliche Dichten des Alters.

Daß die Erde nur ein »akustischer Resonanzkörper« sei, wird im Verlauf des Dialogs ein amerikanischer Energiewissenschaftler zitiert. Ja, so wird es wohl sein. Es klingt alles nur wider. Und wir bestehen nur aus Widerhall.

Man muß an seinem Vergehen mit Methode arbeiten, wie man sich ja auch beim Werden ins Zeug legen mußte.

Ich ging über die erste geländerlose Brücke der Welt. Ein unsichtbares Strahlengitter schützte an den Seiten die Passanten davor, hinunter in den Fluß zu fallen, die

Aussicht nach allen Seiten blieb unbeschränkt. Mir schien dies eine eitle, keine notwendige Erfindung. Wozu ein Stück gehärteter Luft anstelle eines stählernen Handlaufs? Die *aktidurische* Technologie – in dem Patentnamen steckte *aktis*, griechisch der Strahl – hatte sich allenthalben eher mit verspielten als mit zweckmäßigen Erfindungen hervorgetan. Oder sollte gar das absolute Verspielte am Ende aller technischen Neuerungen erreicht werden?

Der Unfestliche. Ein Pianist in mittleren Jahren tritt auf in Jackett und steingrauem Pulli und spielt unvergleichlich Scarlatti und Webern – verzaubert aber niemanden. Der halbgefüllte Saal spendet verhaltenen Applaus, er bedankt sich gleichwohl mit drei Zugaben, die ohne virtuose Gefälligkeit gespielt werden. Noch beim Hinausgehen hört man ihn laut »Danke!« rufen, fast für sich und einverstanden mit sich, in seinem Rücken der verebbende Applaus.

Kurz darauf tritt er im Trenchcoat, eine zerfurchte alte Aktentasche in der Hand, aus dem Künstlerzimmer, geht durchs Foyer, wo seine Zuhörer zur Garderobe drängen, grüßt ein wenig vor sich hin und sagt noch mehrmals »Danke!«, um dann das Konzertgebäude früher zu verlassen als jeder Besucher. Ein besessener Künstler in der ungenierten Erscheinung eines ewig Übenden, eines Klangsuchers und Klanghöhlenforschers. Er geht zu Fuß im Regen zur Musikhochschule, wo er die Nacht am Klavier verbringt und sein unüberwindliches Üben fortsetzt. Nur für die anderthalb Stunden Konzert hatte er seine Exerzitien öffentlich dargeboten und etwas vom Unerreichten vorgespielt.

Die Gespräche ohne Liebe zwischen Mann und Frau, wie sie zuweilen geführt werden, finden alle draußen, weit draußen am Rande einer Bundesstraße statt, in dem matt durchsichtigen Unterstand einer Bushaltestelle. Man steht immer wieder auf und blickt in die Richtung, aus der der Bus erwartet wird.

Was erinnert noch an das große Theater zwischen den Geschlechtern, das heute fern wie ein dunkles, der Zeit enthobenes Schloß erscheint, an das man je nach Laune Türme und Altane, Zinnen und Geheimgänge anfügen konnte – je undurchdringlicher und verwinkelter das Ganze, um so organischer, märchenhafter.

Die Frage zwischen Mann und Frau war unterdessen längst zu einer Charakterfrage geworden. Gestellt wurde sie nicht mehr an die zugeteilten Geschlechterrollen, sondern an die Schwäche oder Stärke der einzelnen Personen. Sie wurde von der sozialen Kennzeichnung in die unklassifizierbare Intimität verlegt. Sie blieb selbstverständlich offen und wurde in der Unoffenheit, in der sie sich stellte, doppelt anspruchsvoll.

In der Nacht die breite Rheinbiegung, vielleicht sogar unter der Loreley, die schlanken und beleuchteten Barken glitten still und festlich über den Fluß. Dann ein plötzlicher Wechsel, ein jäher Bildsturz, und alle Passagiere saßen auf dem Trockenen, das Wasser war auf einen Schlag verflossen und versunken, die Menschen hockten vereinzelt auf Felsen und Schrotteilen aufgelaufener Schiffe. So ergeht es dem Doppel-Seher, der die schönsten Aussichten durchstreift, nur um im nächsten Augenwisch ein gemein entstelltes Bild desselben Objekts zu erzeugen. So ergeht es dem Vanitaskranken. Das barocke Daseinsgefühl, nicht mehr beherrscht, zerstreut sich, wird diffus und unbewußt, aber sein kultureller Überlebenswille führt zu hartnäckigen Störungen im modernen, vom nackten Dasein scheinbar losgekommenen Leben. Es nistet sich ein in kleine manische Absonderlichkeiten. Der Vanitaskranke durchschaut das schönste Möbel auf seine Holzwürmer. Und natürlich die Liebste auf ihr Skelett. Das schmucke Haus auf seine rußige Brandstätte. Das Gold auf den blutigen Klumpen Mordfleisch. Den wilden Lockenschopf des Kinds auf seine sommersprossige Glatze. Jede Hochzeit auf die Scheidung hin. Und jeden Klugscheißer auf seine endliche Demenz.

Wo andere kaum berührt wurden oder nur oberflächlich gereizt, war er auf der Stelle Feuer und Flamme, über die Maßen betört. Wo anderen nur ein mäßiges Angebot an ihre Sinne erging, erlebte er die berauschende Verlockung. Offenbar handelte es sich um einen neurasthenischen Überschwang. Einen Stimulationsdefekt. Das Schöne, das andere friedlich stimmte, etwa ein zinnoberroter Sonnenuntergang, versetzte ihn in atemlose Erregung, und er konnte sich ihrer nur erwehren, sich einigermaßen ernüchtern, indem er ein schreckliches Gegenbild voraussah – dann war's nicht Sonnenuntergang wie jeden Abend, dann war's das Weltenende selbst, war Ragnarök und des Wolfes Sonnenfraß.

Als ich am Abend auf den Hügel zurückkehrte, sah ich wie nie: dies ist mein Raum, so weit der Blick reicht, und dies, mein gefügiges Haus, ohne zeitliche Wände, läßt die Jahre ein- und ausgehen. Nirgends sonst stünd ich so in *offener* Zeit.

Ich hatte außerdem eine schöne Etagenwohnung in der Stadt, aber es war mir nicht gelungen, dort einzukehren. Kaum hatte ich den Hausflur betreten, stand ich inmitten einer Menge fremder Menschen, und auch die Treppe, die hinauf zur Wohnung führte, war verstopft mit Antragstellern, man kam gar nicht hinauf. Die Menge stockte im Hinabschreiten, die meisten waren schwarzhäutig, sie kamen alle aus einem *zentralen* Büro, das sich im dritten Stock befand. Dort gab es Bescheinigungen, die jeder Zugewanderte brauchte. Ich hatte es bei der Anmietung meiner Wohnung nicht bemerkt. Ich dachte: Nun finde ich also meine Treppe wieder! Aber die Goldene Treppe war nun überfüllt mit Antragstellern – und die himmlische zu einem Hinabstieg von Heimatlosen geworden.

Ich setzte mich an einen kleinen Tisch, der halb neben, halb unter der Treppe stand, und begann einem nach dem anderen beim Ausfüllen und Verstehen der Formulare behilflich zu sein. Dabei gab ich die Hoffnung nicht auf, in absehbarer Zeit die Angelegenheiten der Fremden abarbeiten zu können, wobei die Verstopfung auf der Treppe sich allmählich lockern würde. Bei der geringsten Durchlässigkeit der Menge dachte ich hinaufzueilen und in meiner Wohnung zu verschwinden.

Der Nüchterne denkt anders als der Selige, der Vermissende anders als der Begehrende. Nicht einmal in formaler Logik findet unser Denken einen stimmungsfreien Bereich. Jede Harmonie versetzt es in Erregung.

Niemand, mit dem du zusammen warst, der nicht da oder dort einmal in einem Straßencafé saß, haltmachend aus ganzer Seele, und dessen Lippen sich um einen Strohhalm, der nicht aus Stroh war, verengten, schürzten, kräuselten, Schmollippen ohne ein Schmollen, weder geschlossen noch geöffnet, etwa um Laute zu formen, nur eine wulstige Phimose um eine durchsichtige Kanüle, in der dunkel der Eiskaffee steigt, hinauf zum kleinen Ätzloch, so jeder einmal im stickigen Sommer irgendwo auf offener Straße, im flimmernden Wirbel der Abgase.

Und saugt, saugt immerzu, bis er, wieder klein, kümmerlich, nackt und schwach, auf der Sterberitze liegt, wie einst zwischen Vater und Mutter im doppelten Bett.

Die städtischen Wasserspeicher vor den Brunnenvergiftern zu schützen, das war unser Job, Vater und Sohn auf ihren nächtlichen Wachgängen unter Flutlicht und hinter dem hohen Gitterdraht. Wir selbst hinter Gittern, selbst unter Folterlicht.

Die gleißende Nacht erzählte uns ein Stück »vom noch nie dagewesenen Horror« – den sie allerdings auf wohlvertrautem Muster ausspann.

Raupenwürmer waren das diabolische Produkt, der Auswuchs, der bei der genetischen Bastelei an einem natürlichen Schädlingsbekämpfer in der Landwirtschaft entstanden und entwichen war.

Kunstlebewesen, die sich mit höchster Geschwindigkeit vermehrten und deren Nahrung sie selbst waren. Sie widersetzten sich jeder biologischen, jeder physischen Vernichtung. Sie bildeten überall dicke Schichten, fraßen und paarten sich. Man blickte zuhaus durch ein spaltlos abgedichtetes Fenster, vor dem die Würmermasse wimmelnd anstieg und in Sekundenschnelle Licht und Aussicht raubte. Die Stadt mit ihren Hochhaustürmen erstickte unter den Raupenmutanten, dem finalen Geschmeiß, mit der höchsten Vermehrungsrate aller Lebewesen dieser Erde. Aus den oberen Fenstern der Türme hörten wir von unserem entfernten Posten die erstickten Rufe der Menschen: »Hell … Hell …!« Nicht Hölle meinten sie, sondern einer letzten Helligkeit galt ihr schwaches Schreien, letzte Helligkeit war ja die höchste Sehnsucht dieser von Würmerhalden und Würmerwänden so entsetzlich Verdunkelten. Wir wurden hinter unseren Sicherheitszäunen schier verrückt vor Hilfedrang und Ohnmacht. Wären wir doch nicht zu Wächtern bestellt, sondern dürften einmal als Katastrophen-Dienst zum Einsatz kommen! Schließlich hätten wir über geeignete Mittel verfügt. Wir trugen Overalls mit Kapuze, und an der Vorderseite war eine abständige Leiste mit kleinen rotierenden Klingen befestigt. Vor Jahr und

Tag war es schon einmal zu unnatürlichem Wachstum gekommen, jedoch zu rein pflanzlichem, das rings um das Wasserreservoir wucherte. Ein Dschungel von unbezähmbarem Gestrüpp breitete sich aus und bedrohte die Staubecken. Wo man sich morgens einen Weg zur Arbeit gebahnt hatte, war er zum Feierabend schon wieder dicht verwildert. Wir gingen daher fast immer in aluminiumverstärkten Anzügen und waren Schneiser auf all unseren Wegen.

Wie leicht wäre es für uns gewesen, auch durch die Raupenwogen zu schneisen und die letzten Einwohner aus ihrem Abgrund zu befreien!

Doch wir mußten auf unserem Posten bleiben, Wache schieben, fern jeder Bedrohung durch Brunnenvergifter, während wir gleichzeitig der Stadt Rettung bringen und sie vorm Untergang hätten bewahren können.

Was mich anzog, war die nichtige Farbe ihres Overalls, titanfarben vielleicht oder noch fahleres Grau. Teures Stück, Designerware mit weißem Besatz am Hals, zwei Möwenflügel, aufgerichtet. Das Dekolleté je nach Reißverschlußposition, und der Reißverschluß verlief längs der Körperachse vom Kinn bis in den Schritt.

Ich war als Antikorruptionsbeauftragter der Provinzregierung dafür zuständig, diese selbst bei der Vergabe von Aufträgen zu überprüfen wie auch die von ihr ausgewählten Firmen.

Als ich mich in Thea verliebte, war sie in einem ähnlichen Bereich tätig wie ich selbst. Sie überprüfte die Mitarbeiter eines elektronischen Firmenkonzerns auf sogenannte Fremdeinflüsse. Das heißt: sie fahndete nach möglichen Infiltrationen der Konkurrenz. Unter den Mitarbeitern fanden sich immer wieder schwarze Schafe, die irgendwelche Projektunterlagen für viel Geld nach Übersee verkauften.

Ich schickte Thea ein kleines Bündel aufgehobener Konzertbillets, auf deren Rückseite ich in Fortsetzung meine Liebeserklärung kritzelte. Als wir das erste Mal zusammen waren, tastete ich sie ab nach implantierten Chips. Wir staunten beide, wie gut Lust und Vorsicht sich miteinander vertrugen.

Wir beide waren die besten Spürhunde, die sich auf unserem Gebiet finden ließen. Wir hätten gerne noch weitere Aufgabenfelder bestellt. Manchmal prahlten wir lachend voreinander mit unseren Erfolgen.

Bis zu dem Tag, als wir heimlich damit begannen, jeder den anderen zu überprüfen.

Wir waren dann ziemlich ratlos, als wir entdeckten, daß es in unser beider Berufsleben jeweils mindestens einen schwerwiegenden Verdacht auf Bestechlichkeit gab, den offenbar jeder von uns erfolgreich verdrängt hatte.

Wir teilten uns gegenseitig unsere Resultate mit und trennten uns noch am selben Abend. Wie wir auch die meisten Firmen und Behörden dazu brachten, sich von Mitarbeitern zu trennen, die unter Korruptionsverdacht geraten waren.

Bevor ich sie zur Wohnungstür brachte, fragte ich: Darf ich noch einmal an dir mit den Händen entlang?

Weiter nichts?

Nein.

Von mir aus.

Meine Hände fuhren unter ihrem kittelförmigen Leinenkleid von den Schultern zu den Brüsten. Sie erlaubte, daß ich sie aus den Schalen nahm. Aber sie ging dabei in die Hocke, um nicht vom Haus gegenüber beobachtet zu werden. Meine Hände fuhren weiter über Hüfte und Hintern, trafen sich vorn bei der enthaarten Scham und gingen dann über die Schenkel wieder auseinander. Ich hatte sie ein letztes Mal abgetastet. Das war alles.

Im Gegensatz zu Thea war ich verpflichtet, meinen Auftraggeber, die Provinzregierung, vom Ermittlungsergebnis meiner Geliebten zu unterrichten. Ich mußte nicht nur den dunklen Fleck auf meiner Weste aktenkundig machen, sondern dazu alles, was ich über die Ermittlerin in Erfahrung gebracht hatte. Im Falle einer Erpressung mußte die zuständige Abteilung vorgewarnt sein und mit einschlägigen Erkenntnissen ausgestattet.

Es war die letzte Station in ihrer letzten Version. Ich, ein Schiffbrüchiger auf dem weiten Menschenmeer, hatte mich ans Gestade einer weitgehend unfruchtbaren Geistes-Insel, Xiphos hieß sie, gerettet. *Xiphos, die Insel der? Vereinfacher* ... Der Ort, der mich der trüben Geschehnisse der vergangenen Jahre enthob, sollte mir Gelegenheit zu einer längeren Niederschrift geben. Doch statt meine Erinnerung in Worte zu fassen, gelang es mir jeden Tag nur, einen neuen Schlußstrich zu ziehen. So wie man ein Haus für immer verläßt und endgültig hinter sich verschließt, sollte mir zum Versiegeln des Lebens eine Niederschrift dienen. Doch so lange auch mein Aufenthalt währte, am Ende waren sämtliche Blätter, an die tausend, mit Abertausenden von kraftvollen Schlußstrichen übersät. Ich hatte jede Feinheit aus der Hand verloren, und kein Strich ließ sich mehr zügeln und zu einem Buchstaben biegen. Beim ersten Ansatz raste er schlußbesessen quer über das Papier.

An der Nordküste von Xiphos lag der Strand der Wiederholten und Wiedergeholten. Das waren die irdisch Ewigen, die sich aus der Gemeinschaft der Sterblichen oder doch immerhin Sterbensbereiten entfernt hatten. Sie waren nackt und unansprechbar, jeder in sich verschlossen. Äußerlich unterschieden sie sich von uns Unwiederholten, indem ihr Körperbau, vor allem Schultern und Hüfte, zum Viereckigen neigte. Manche Frauen hatten noch halbwegs runde Brüste, obwohl sonst fast kastenförmig. Man muß irgend etwas zum Verschleudern im Mund haben. Sie suchten danach. Aber was, wenn man alle Worte schon zigtausend Male verschleudert hatte? Vielleicht Zahlen? Vielleicht nur Laute, Laute ohne Sinn? Nichts stellte sie zufrieden. Denn nichts war so gut geeignet zum Verschleudern wie Worte mit Sinn.

Lasset die Androiden zu mir kommen … Alles, was Geist besitzt, steige auf!

Wenn wir einen urchristlichen oder gnostischen Dualismus annehmen, bestehen wir eigentlich nur aus verachtenswertem Biomaterial zum einen und einer erlösungsfähigen *Noosphäre* zum anderen. Weshalb also nicht mit unserer sterblichen Hülle umgehen wie mit irgendeinem anderen Material und es mit lebenserleichternden Technologien behandeln? Die Noosphäre scheint davon nicht berührt. Das, was sich nicht fassen und behandeln läßt, bewegt sich unbeirrt auf den Punkt Omega zu. Die Universalgeistsphäre bleibt für den geklonten wie den »natürlichen« Menschen dieselbe. Der Unterschied zu den Gnostikern besteht nur darin, daß wir das Hylische nicht verachten, sondern einzigartig vergöttern.

Daher ist es fraglich, ob solch ein Geist, von Idolatrie verdorben, überhaupt für das Verschmelzen mit dem Punkt Omega geeignet wäre.

Die sonst in allem gut angepaßte, ja elegante junge Frau hatte die bizarre Angewohnheit, ihr Essen mit einer Tonscherbe einzunehmen. Die war nicht größer als ein Eichenblatt und mit scharfen Bruchrändern versehen, so daß sie die Speisen auf dem Teller damit zerteilte, die Bissen auf der Scherbe zum Munde führte, die Suppe aus der Rundung der Scherbe nippte und die Scherbe zwischendurch immer wieder gründlich ableckte. Es war nicht klar zu entscheiden, ob es sich um eine modische Grille handelte, eine ernsthafte kleine Störung oder ein atavistisches Einsprengsel, über das sie selbst keinerlei Aufschlüsse besaß noch geben konnte. Es fiel lediglich auf, daß sie, sobald jemand eine ihrer Mitteilungen oder Ansichten anzweifelte, sofort einlenkte und auf eine ebenso stereotype wie süßsäuerliche Weise sagte: »Womit kann auch eine Frau noch überzeugen, die verlassen wurde?«

Doch die Mutter dieses Satzes war eine Metapher, die sie nicht aussprechen, sondern nur ausführen konnte: Es ist die Scherbe mein Leben. Der Krug brach, als ich geboren wurde.

Oft laufe ich hinaus in den Sturm und steige auf den kleinen Tafelberg, um richtig gegriffen und gerüttelt zu werden. Dort bin ich ungeschützt der Ausschauhaltende und blicke – ich darf sagen – über *meine* Felder, Brüche, Hügel. Sie gehören zu mir, auch wenn sie mir selbstverständlich nicht gehören. Niemand sonst sieht sie, kein Dörfler spaziert in diese weite Landschaft hinaus. Mit wem könnte ich also den Raum teilen als mit dem Ankommenden, der dort unten geduckt sich näherte und der ich vor dem Ausschauhalten selber war?

Der Falter, strahlend blau, hat nicht ein einziges Farbmolekül auf seiner Oberfläche. Seine Lockfarbe wird allein vom Licht und einer feinen photonischen Kristallstruktur auf seinen Flügeln erzeugt. Bildet nicht die denkende Oberfläche ein ebensolches technisches Wunderwerk, ein Empfangsrelais, das ohne *Licht* keinerlei Lockstoff absondert?

Das Wort Gedanke, so hieß es, sollte man im alten Wortsinn nicht mehr verwenden. Es gibt keine Gedanken. Was man bislang darunter verstand, ist nach

Ansicht der neueren Illuminationswissenschaften eine nervöse Fluoreszenz, ein durch Fremdeinstrahlung bewirktes Aufleuchten größerer Neuronenverbände, *assemblies*, schwarmhafte Vereinigungen vorher nie vereinigter synaptischer Aktivitäten. »Sie denken weniger, als Sie denken. Sie werden beschienen. Was Sie bewegt, bewegt sich aufgrund von Fremdeinstrahlung.«

Tatsächlich sind es Signale einer versunkenen oder imaginären Courtoisie – uralte Nachrichten vom Hof, die noch in der modernen Entblößung, dem nackten Gegenüber von Mann und Frau vernommen und befolgt werden. Die auftauchen an ihnen und zwischen ihnen als erotisches Akzidens. Figur, Geste, Zuordnung: ein Bruchstück Zeremonie entsteht oder wiedererssteht in einer flüchtigen Bewegung zu zweit. Als wäre der Tanz nie ausgegangen. Als drehte sich eine Begegnung von zweien nur als vorübergehende Figur aus einer allgemeinen und unendlichen Bewegung hervor – und drehte sich fortan weiter in ihnen selbst. Ein Geschehen ist dann die Liebe aus Strophen, also Wendungen immerzu, und nie ein Status.

So es der Zufall will. Ein Mann rennt in der Runde mit abgespreizten Armen, sein Mädchen hängt der Länge nach über seinem Rücken, ihre Hände spannen um seine Stirn, so hält sie sich fest und läuft mit ihm, ihre Füße treten die Luft.

Eine Frau ist eine Umarmpflanze, die die Arme ständig ausbreitet und jeden in ihre Arme zieht, der sich ihr nähert, um ihn gleich darauf wieder freizugeben.

Ein Mann lehnt den Kopf an das Herz einer Frau,

und die Frau nimmt seinen Kopf und schlägt ihn wie einen dummen Holzschädel mehrmals im Herzrhythmus gegen ihr Herz.

Dies ist, getanzt, ein Heraufrufen von galantem Benehmen. Beim Eintritt in unseren Zeitraum zerbricht es zu einem neuen Versprechen.

»Ich bin ein eifernder Gott, der da heimsucht«. 2 Mose, 20,5

Und da nun der eifernde Gott sich leerte, indem er den Menschensohn aus sich entließ, war's ihm ein Mittel zur eigenen Besänftigung. Andernfalls wäre der Allmächtige gegen die Völker in seinem Eifer zerborsten, und sie wären allesamt an stachligem Schöpferstaub erstickt. So aber erhielt er sich durch Entäußerung und Wandel in Liebe.

Da nun die Juden in Christus das Urbild ihrer Leiden erkannten, mußten sie sich diesem Bild verweigern, um inniger seiner Substanz teilhaftig zu werden.

Das Dilativum, so heißt die Zeitform des Aufenthalts; auch Bezeichnung für die Verlängerung, Erweiterung desselben durch zunehmende Varianten. Der stehende Fortschritt, der in sich gekehrte Markt.

»Nun ist es soweit!« ... Was? Wann?

Tendenzen, die das Intendierte überholen und als solche bestehen bleiben.

Das Erwarten hält an, obschon das Erwartete bereits eintrat.

Die Strahlung der Tendenz ist so stark gebündelt, daß sie das erfolgte Ereignis nicht aus ihrer Materie entläßt.

Was geschieht, überwindet die Präliminarien des Geschehens nicht.

Da ging heut früh der Nachbar mit dem Hund den Feldweg hinunter zum See. Der weite Blick, welch ein Zeitraum, welch eine Aussicht auf vergangene Gänge, hinunter in die Senke, wo noch immer der kleine Sohn auf seinem Kinderrad fährt und singt, als wäre er neben mir. Eins sind Feld und Blickfeld und Seinerzeit. Auch wenn die Weiden inzwischen in Äcker umgestürzt sind. Da nun der Vorschein von Frühling den Zeitsinn verwirrte, bekam ich den Sonnendurst meines Vaters zu spüren, wenn er zu Haus am offenen Fenster stand und Licht und Wärme genoß, weil das alles war, was er noch an Liebe empfing.

Nicht evozieren, korrigierte er mich, sondern ekphorieren. Hinauftragen, das ist Erinnern. Ossip Mandelstam: »Wir lesen ein Buch, um bewahrend zu erinnern, doch gerade da liegt ja das Problem: daß man ein Buch nur lesen kann, indem man heraufbringend erinnert.«

Kurz darauf lese ich in einem Aufsatz, daß der Erfinder von Engramm und Ekphorie, der Biologe Richard Semon, ein deutscher Lamarckist, eben wiederentdeckt wird, und zwar im Zusammenhang mit dem Performance-Modell des Gedächtnisses, welches das Speicher-Modell ablösen soll.

So wäre es eine schöne Aufgabe, herauszufinden, wo mein Vater, der Alchemist, nicht doch etwa recht hatte in seinem »rückständigen Wissen«. Und das nicht nur auf seinem Fachgebiet, der Pharmakologie.

So viel Zeit! Nicht in ihrer linearen Erstreckung, in ihrer Endlichkeit, ihren Fristen etc.

Sondern in den Intervallen, in den Schüben von Dauer, welche sich plötzlich offenbart!

Meine Ordnung beginnt mit der Übertragung von Chronologie auf Simultan-Tafeln.

Gestern heute morgen: wir bauen Tafeln auf mit zeitlichen *combines* (à la Rauschenberg).

Weil doch das *totum simul* die höchste Lust und Liebe ist: die noch unerschaffene Gegenwelt zu Fortschritt und Vergehen und auch zur Schrift, ihrem grausamen Zwangsverlauf, ihrer bösen und engstirnigen Linearität.

Nach Augustin (Bekenntnisse XI,7) wurde das Schöpfungswort nicht im Nacheinander gesprochen, »das dem Gesprochenen ein Ende setzt«, sondern zugleich und immerwährend – simul et sempiterne.

Die mystische Sprache bewegt sich von der Vielheit, dem zeitlichen Nacheinander der menschlichen Sprache hin zum simul et semel, dem Allzugleich und Einfürallemal, worin Gott sich offenbart. Von ihm, dem »Alten der Tage« (Dan 7,22), heißt es, daß er über Zeit und Ewigkeit steht.

Die Sprache verschließt mehr, als sie preisgibt. Die Menge des Zurückgehaltenen, Gesparten, Gehorteten, »Angereicherten« ist unendlich größer, als selbst der nuancierteste Sprachgebrauch es nutzen könnte.

»Die ungeheure Ausdehnung des objektiv vorliegenden Wissensstoffs gestattet, ja erzwingt den Gebrauch von Ausdrücken, die eigentlich wie verschlossene Gefäße von Hand zu Hand gehen, ohne daß der tatsächlich darin verdichtete Gedankengehalt sich für den einzelnen Gebraucher entfaltet.« (Georg Simmel)

Ist nicht vom Ursprung her jedes Wort ein solches Gefäß, angefüllt mit unzähligen Verwendungen und Bedeutungen, die dem Anwender verschlossen bleiben?

»Das Verschleierte und Verschwommene, das bis in meine Denkungsart und Darstellungsweise reichte, schien mein eigentliches Element zu sein.« Horst Lange, Tagebuch

Es wächst das Bedürfnis nach dem verhohlenen Bild, der verschleierten Rede, wie das Gesicht meiner Mutter erst hinter dem Schleier ihrer Toque hell und dringend wurde. (Die Toque übrigens, so liest man, blieb die bevorzugte Kopfbedeckung der Damen zwischen 1938 und 1946. Schöne Mode überlebt weltgeschichtliche Untergänge.)

Nach einer Berührung, die nicht ein zweites Mal gewährt wurde, blieb das Maß ihrer Taille noch lange in meinem Arm. Die ist es noch nicht, die ich suche, hieß es über so lange Zeit. Aber jetzt – die eben davonging, die *war* es, die ich suchte so lange Zeit.

Irgendwann hat sich das Unerreichliche erschöpft. Mit seinen Restbeständen verbrämt man, was man hat.

Je piétinais sur place. Ich trat auf der Stelle. Unschlüssig, für welche Möglichkeit ich mich entscheiden sollte.

»Diese metaphysische Unschlüssigkeit teilt allen Lebensdingen jenes Vibrieren und unverwechselbare Erschauern mit, daß Geschichte sich aus Augenblicken zusammensetzt, deren jeder durch den vorangegangenen nicht eindeutig festgelegt ist, so daß in ihm die Wirklichkeit zögert.« (Ortega y Gasset)

Gebannt folgte ich der langen Unterhaltung zweier gottloser Figuren, die noch einmal, somnabul und luzide zugleich, zurückgekehrt waren, um sich weltlicher Verklärung zu widmen. Verklärten eins ums andere, das nüchtern betrachtet ein Graus war.

Ich stand auf einem schrägen runden Platz in einer südspanischen Stadt. Er war mit einer billigen roten Auslegware komplett bedeckt, die von einem Akrobatenfestival am Vorabend liegen geblieben war. Ich stand dort allein und, wie mir schien, in erbärmlicher Bedarfsgestalt inmitten der bewegten Menschenmenge. Wann wird dich die Menge endlich aus dem Stillstand lösen und mit sich fortreißen? dachte ich. Wie hältst du es aus, so lange unangesehen und nicht mitgerissen in der Welt zu stehen?

Da strömte aus einem Kino, das an den Platz grenzte, eine große gemischte Besucherschar, meist junge Paare, und sie liefen heiter, fast übermütig wie nach Schulschluß die Portalstufen hinunter zum Platz und verteilten sich in den Strom der Umhergehenden.

Kurz darauf entstand in einer Seitenstraße ein Feuer in den Palmen. Die Blüten an den Palmenwedeln waren so vertrocknet, daß sie sich in der Sonne von selbst entzündet hatten. Sie brannten wie Zunder, aber man sah es nicht lohen. Es war ein unsichtbarer Brand, der sich von Palme zu Palme fortpflanzte und sich in Windeseile ausbreitete. Man hörte das Feuer immer lauter knistern und spritzen. Von allen Seiten schoß die heiße Luft heran. Auch die den Platz säumenden Palmen waren schon ergriffen, und man mußte befürchten, daß als nächstes der Bodenbelag in einer gewaltigen Stichflamme aufwallte. Dies schien die Menge als Menge in einem einzigen Augenblick zu begreifen und sprengte auseinander, die Menschen rannten in alle Richtungen und verschwanden in den Seitenstraßen.

Nur ich wich nicht von meiner Stelle. Ich wurde nicht mitgerissen. Wozu hinterherlaufen? Meine Position ist mein Schloß. Vielleicht morgen ist sie ein Aschenhaufen oder eine ausgebrannte Ruine. Da bemerkte ich eine Zustellerin, die an einem Parkautomaten ausruhte. Das Posthorn also gibt es noch – gedruckt auf dem Rücken ihres Sweaters. Ich sah ihre Rast, meinetwegen auch Rüste, am Rande des Flammenmeers, also etwas zwischen Ruhe und Rast. Das Wort Rüste lag

nahe, weil es eben heißt: *weiber sind des herzens rust.*
Das kam mir noch in den Sinn, und ich dachte es kreisend immer wieder, bis das unsichtbare Feuer mich an den Beinen packte und zu Fall brachte.

Der Krug geht zum Brunnen, um nicht an seiner Leere zu zerbrechen.

Die Anfechtung des Ungeselligen ist es, ständig den Geschmack von idealer Geselligkeit auf der Zunge zu haben. Der Unzugehörige denkt und fühlt ja nichts als Publikum, ohne das er niemals klar und rein der Unzugehörige wäre.

Doch am meisten fürchtet er, Verkehr nur mehr als Verkehrung ertragen zu müssen. Der sexuellen Fratze zu begegnen statt des sexuellen Gesichts. Den Briefwechsel mit Ämtern zu führen statt mit einem einzigen Menschen.

Schlimmer als niemand ist irgendwer. Der X-Beliebige, von dem man logischerweise nicht sagen kann: der Zufall habe ihn herbeigeführt.

Dunkel und breit in Pelze gehüllt, mit Pelzkappe und Pelzschal erschien ihm als nächstes die üppige Herrin, die über sein Verzagen wachte. Sie saß auf einem alten, mit brüchigem Leder bezogenen Frisörstuhl und drehte sich aus dem Spiegel zu ihm. Er konnte ihr schwarzes Gesicht kaum finden in der braunrotgefleckten Tierhülle, die sie bedeckte. »Nun bist du nichts mehr«,

199

sagte sie mit einer tiefen Stimme. »Die eigenen Glieder bedauerst du, hebst morgens das Bein auf die Bettkante und pflegst die trockene Haut mit feuchten Salben. Du hast es versäumt, eine letzte Erschöpfung, die Zerrüttung und die Demütigung durch verrückte Lust, zu erfahren.«

Und er antwortete ihr:

»Das kann nicht sein! Ich hatte genug davon zur rechten Zeit. Ich habe mein Maß und meine Pflicht an Irrungen und Demütigungen erfüllt. Das ist eine falsche Prüfung, die du mir anträgst. Der Ratschlag: schöne schnelle Autos zu fahren, um der Weisheit der Natur auf den Grund zu kommen, wäre ebenso nützlich. Diesen Körper verlangt es, ein Erbarmen zu finden. Das gehört zum Fraulichsten, das eine Frau zu bieten hat. Und ich meine wohl, daß ich seiner würdig wäre.«

»Zu spät. Schon bist du nichts mehr«, wiederholte sie mit ihrer tiefen Stimme.

Und tatsächlich war er nirgends mehr zu sehen, war fortgemagert, verhutzelt, einfach nicht mehr da. Nur die Aura des Verzagens war von ihm geblieben und zitterte wie heiße Luft, die aus dem Fön faucht.

Mitunter bin ich der Fuß, der im Stiefel wühlt wie ein Tier, das sich befreien möchte aus einer Gefangenschaft, die ihm wie angegossen paßt.

Die Erfahrung, daß etwas schwinde, kulturell weniger werde, entspricht heiklerweise ebenso einem (Teil-)Tatbestand wie einer altersbedingten Idiosynkrasie. Daß

Dichtung und Philosophie für das Leben der »führenden Schicht« heute weniger Bedeutung besitzen als vor hundert Jahren, ließe sich statistisch beweisen. Der Befund berücksichtigt aber nicht, daß sich unterdessen andere Hierarchien der Öffentlichkeit gebildet haben, die die Verbreitung des Wissens vom Extensiven (innerhalb einer Schicht) ins Intensive (innerhalb einer Meinungsführerschaft) verlegten. Der gefühlte Befund gibt sich im übrigen nicht mit den Tatsachen, die ihn halbwegs bestätigen, zufrieden. Er verlangt nach Verallgemeinerung, nach gedanklichen Mythen, die ebenso sinnfällig wie schmerzlich-tröstlich sind, denn ohne *Konzept* von Verlust, Dämmerung, Niedergang würde man sie vermutlich gar nicht bemerken. Das ist zweifellos eine ideologische Krätze des geschichtlichen Menschen, eigentlich ein Mythenrückstand, eine angeborene erkenntniskritische Schwäche. Besäße man sie nicht, wäre man unbeirrbarer Optimist. Und damit im Grunde ein Mensch, der sich nicht verabschieden kann. Auch ein Fehler.

Eines der weiblichsten Selbstgefühle überhaupt – ein Doing Gender höchsten Grads – spricht Dona Proëza aus in Claudels »Seidenem Schuh«, wenn sie vom geliebten, fernen Rodrigo sagt: »Es war schön, für ihn eine Frau zu sein.«

Liebenden ohne die Kraft, einer dem anderen sich zu unterwerfen, fehlt das Animalische einer großen Leidenschaft. Unterwerfung? Mein Gott, wir sind doch nicht beim Militär! So etwas kennt die Beziehung zwischen mündigen Liebenden nicht. Hier wie überall sonst gehorcht man dem Benimm der Selbständigkeit.

Ich will ihn noch einmal beschwören, bevor es zu spät ist, diesen Aufenthalt, ein Mann vor einer Frau, an der er nicht vorbeikommt. Noch einmal der einzigen Gewalt huldigen, die unter Menschen menschlich ist – nämlich unter zweien, die sich nicht lassen. In ihrer Asozialität, in ihrer Höhle voller Schreie und Flüstern. Knochenarbeit der Hörigkeit, der Zugehörigkeit. Das ist, wenn man sein Hören und sein ganzes Knechtgewicht von Gott und der Welt abwendet und einem Gleichen zu. Sich lieben, bis es zu Ungeschehenem wird und wieder zum ersten Mal beginnt. Wege des Mannes, Stunden der Frau.

Auch daß er sich zurückzog am Vorabend des Karfreitags in das Zimmer mit der kleinen beschädigten Heimorgel, O Haupt voll Blut und Wunden, mindestens fünf Röhren pfiffen und piepsten. Die Tür nach draußen ging auf den dunklen Innenhof, ließ sich nicht schließen, schnappte nicht ins Schloß. Draußen gingen die Torschließerin und Petrus, und durch ein geöffnetes Fenster des Nebengelasses konnte man die Ohrfeige hören, die ein Soldat des Kaiphas dem Herrn versetzte.

Der schallende Backenstreich. Petrus stöhnt. Die Torschließerin sagt: Du bist doch auch einer von denen.

Pause. Lange, schwere Pause. Petrus steht auf, stellt sich abseits an die Mauer, legt die Hände über dem Steiß zusammen. Der Hahn kräht. Dann, verzögert, zum zweiten Mal die Frage der Magd: »Du gehörst doch dazu?« – »Ich weiß nicht, wovon du redest«, antwortet Petrus. Mürrisches Schweigen und Nachsinnen der Torschließerin. Sie sind im Innenhof ganz allein miteinander. Ausrufe der Jesus-Schmähung beim Verhör. Bist du Gottes Sohn? Dann wehr dich. Mein Reich ist nicht von dieser Welt. Das hört Petrus draußen im Patio durchs offene Fenster. Die Magd, die Torschließerin schleicht, sich das Haar glattstreichend, einmal in der Runde über den Hof. Unendliche Pause. Dann, als Petrus sich schon in Sicherheit wähnt, stößt sie hervor: »Du bist doch auch ein Galiläer?« Erschrocken gibt Petrus zurück: »Ich kenne den Menschen nicht, von dem die Rede ist.« Dabei hatte sie gar nicht nach ihm gefragt.

Drinnen zwei, die die Köpfe zusammenstecken. Pilatus nimmt den Herrn beiseite, zieht ihn aus der öffentlichen Verhandlung, nimmt ihn nach nebenan, ein Privatgespräch. »Hör zu, bist du der König der Juden?« Er legt ihm den Arm um die Schulter, beide mit gesenkten Köpfen. Man besann sich damals länger, bevor man antwortete. Dann kommt die beinahe sarkastische Gegenfrage des Herrn: »Fragst du aus eigenen Stücken? Oder nur weil andere dir etwas von mir erzählt haben?«

»Ich bin doch kein Jude«, sagt Pilatus, verfänglich bagatellisiert er das Problem. »Euer König ist mir egal. Also antworte mir.« Der Vernunftmensch versucht sich mit dem Verklärten zu verständigen. Mit einem dieser verschrobenen Wanderphilosophen, die jetzt in Mode sind und von denen man viel zu viel Aufhebens macht. Der junge Kerl mit dem stillen, furchtlosen Gesicht. Auch er trägt nur eine Maske. So sieht ihn der römische

Statthalter. Es ist der letzte legitim politische Blick, der auf den Heiland fällt. Der letzte rationale Blick vor dem Mysterium.

Der Hahn kräht markerschütternd, ein zweites Mal. Jesus wird abgeführt, drinnen kommt er am Hoffenster vorbei, sein Blick trifft Petrus, der bricht zusammen und schluchzt.

Alles, was Passion ist, verbleibt in der Passion des Herrn. Es gibt einen Gegensatz – wie zwischen Gut und Böse, Stein und Blume, eins und zwei – zwischen der Quelle und dem Wasserlauf, dem Geäder des Verrinnens, den Metamorphosen. Hier ist die harte Teilung unvermeidlich. Das Eine hat nicht teil am Vielen. Die Passion hat keine Geschichte. Sie ist die unbewegte Quelle des Leids.

An diesem Tag bricht alles ab, was er anfaßt. Die Türklinke bricht ab, die Regenschirmspitze, der Heizungskörper, auf den er sich stützt. Der Telefonhörer zerbricht, das Thermometer, das Treppengeländer, der Teller, all das zerstört seine Hand, sogar das Buch zerbricht im Bund. Entzwei.

Ich sagte: Hören Sie? Ein trauriger Ton, wie von einer zersprungenen Saite ... Tschechow! Irgendein Unglück ist – jenseits der vielen konkreten und nahen – irgendwo in der Ferne geschehen.

Die junge Frau hob den Kopf und hörte nichts: Tschechow? Ich kenne keinen Tschechow.

Den (metaphysischen) Begriff der Unbesuchtheit benutzt Gerhard Nebel im Zusammenhang mit seinen Betrachtungen zu Heidegger. Mit dessen Wendung zum Sein sei die »Erlösung aus der Leere, der Unbesuchtheit« eingeleitet, so steht es in seiner autobiografischen Skizze. Unbesuchtheit ist im Deutschen kein gewöhnliches Wort und wird bei profanem Gebrauch seinen schönen Gewölbe-Sinn verlieren, denn es meint ja das über allem Fehlende, Nicht-Eintreffende oder Nicht-Eingetroffene. Der Patient in der Klinik, der keinen Besuch bekommt, verharrt deswegen nicht in Unbesuchtheit. Wohl aber tut er das, sofern ihm der Segen der Heilung vorenthalten wird. Das Ehepaar in seinem Haus, dem die Gäste ausbleiben, unbesucht zu nennen, wäre lediglich preziös. Aber die Ehe selbst mag unbesucht sein, zänkisch, kleinlich, morsch, und zieht deshalb keine Gäste an. Unbesucht ist auch das Haus, bei dem nichts Fremdes mehr und kein Fremder plötzlich eintritt. Vor allem Künstler oder Geistesarbeiter durchleben Perioden der Unbesuchtheit und halten es dann für eine Krise.

Es fehlt an razón poética, an divinatorischer Intelligenz. Selbst *ausgesetzt auf den Bergen des Herzens* müßten wir, von Vernunft, Geschichte und banalem Benehmen verhext, um einen verdammten Zungenschlag zynischer, cooler, ärmer, sparsamer, unverschwendeter, hingebungsloser sprechen als jene Vorfahren, die uns bereits enthalten. Der Ahnende ist in die kälteste Isolation geraten. Dabei ist sein Ahnen nicht einmal auf kommende Ereignisse gerichtet, sondern darauf, was sich im Denkbaren verborgen hält und was in all dem Festgestellten sonst noch lebt. Sein Wesen ist der Flirt, und er wird immer mit allem, was ihm begegnet, auf einen Flirt aus sein. Denn alles interessiert nur en passant, als wäre man längst ein Gesell der Surfer und der unbeständig Plauschenden. Wohin passieren? Fort, fort. Die Dinge gilt es leicht zu streifen in davonziehender Schrift. Fugue.

Ein Ariel würde sagen: Ich habe alles nur gestreift, denn ich bin gestreift worden. Nichts gegründet, nichts gebaut und nichts erzogen – nur ein Teil des Wehens und des Angewehten war ich.

Gottlob sind auch wir viel sphärischer, als unser plumper Geist es vermuten ließe, und bieten mehr Erscheinung, als in unserer Körpermasse erscheint.

Und wie sie sich ständig prüft im Gespräch mit diesem Mann, ob sie ihn schon liebt oder ob es dabei bleibt, daß sie ihn lediglich lieben könnte. Und wie ihr Bewußtsein schwankt, das Urteil über ihre Lage: als Liebende vielleicht, als Geliebte aber nicht in Frage zu kommen. Und wie es wär, mit gebrauchtem Körper heimzukehren, leicht betrunken, und über ihren Zweifeln schwebt die Ruhe des Mannes, der vom Nebenzimmer durch die halboffene Tür diese lange Unterredung mit ihr führt, die beide künstlich in die Länge ziehen, unerschöpflich im Anführen von Belanglosigkeiten, die die große und müde Frage, ihr Bleiben, nie berühren, aber nahe umkreisen. Unbekannt sich zu sein und gleich ein so vertrautes Gespräch zu führen, voller Nebensächlichkeiten wie in späten Ehejahren, seltsam! Leise zu reden in den genauen Valeurs von Zuwendung und Abwendung, leicht schockiert oder dann fast angenehm gestreift zu sein vom edlen Abschied, von der sich lösenden Begegnung, während er von nebenan, durch die halboffene Tür, nun doch etwas wachsamer nach ihr schaut als zuvor und erkennt, daß sie, auf Abstand gehalten, einiges bei sich in Bewegung ruft, um sich ihm nah zu fühlen.

Das Tuch als Kleid mit Agraffe über dem Busen gefaßt, die weißen Beine umschleiert. Agraffe heißt auch die Wundklammer. Ihre Wunde ist, die Hingehaltene zu sein. Andere plagen andere Sorgen. Geld oder schwere Krankheit. Oder der falsche Kerl an ihrer Seite. Nichts liegt ihr ferner als das Spiel der Launen. Kälte und Liebe im Wechsel war eine Kinderkrankheit der Liebe. Wir müssen nicht mehr spielen. Wir müssen keine Hintergedanken mehr hegen. Wir müssen nichts mehr im Schilde führen. Wir brauchen keinen Schild mehr. Zwar steht sie auf, steht vom Donner gerührt, als er endlich vor sie hintritt, doch kann sie nicht mit Donner erwidern. Was könnte sie geben, wie würde sie leuchten! Wo bleiben denn nur die großen *Strophen*? Das schnelle Drehen und die wilde Wendung …?

An meiner Badestelle lag die Schwarzkraushaarige nackt auf dem Bauch, und ich betrachtete ihren möndlichen Hintern, kühl und ungeniert. Sie zeigte mir, wer ich war: ein Mann, den sie keiner Schamreaktion für würdig hielt. Vielleicht erinnert man sich dunkel, daß eine bestimmte Nuance gnädiger Verächtlichkeit, ein schwaches Lächeln für den, der nicht in Frage kommt, einst zum Repertoire weiblicher Koketterie gehörten.

Aber da gab es ja den Eroskiller, vernichtender noch als ihre brutalen Unkrautvertilger in der Landwirtschaft, nämlich die »Freikörperkultur« der DDR. Im wesentlichen ein Land mit grobem Sinnengeschmack, der leider den staatlichen Ruin unbeschadet überstand. Es fehlt hier jene Jugendzeit, die von der nachbürgerlichen Entwicklung erotischer Verfänglichkeit geprägt wurde. Stimmungen aus Filmen und Erzählungen, Rohmer, Kawabata, Antonioni haben uns im Westen ganz anders erzogen als jene, die unter dem Einfluß des erotischen Zynismus aufwuchsen, der letztlich arschbackenkneifenden Sinnenfreude der Brecht und Konsorten.

Authentische DDR-Autoren waren eigentlich nur Peter Huchel und Johannes Bobrowski. Wer sich in dieser Diktatur nicht der Natur zuwandte, hat sie nicht tief genug erlebt. Alles übrige – Problemliteratur, vergeblicher Streit um ein vergebliches Land. Ärmelschoner-Existenz, geistig gesehen. Gleichwohl: Welch ein Aufenthalt! Welch eine Versammlung wider die Zeit! Welch ein Dilatorium!

An Finessenreichtum verliert das Verhältnis der Geschlechter in vollen Zügen, wir leben zusammen in den gröbsten Formen. Besiegt nicht von Größerem, sondern von Gröberem.

Die dunklen, unterdrückten Mächte befinden sich nicht zuerst in uns selbst als vielmehr in der Literatur. Es sind aufsässige Urmotive der Erzählkunst, bildliche Primordialien, die sich ein paar Arglose und Unbedarfte greifen, um durch sie an den Tag zu dringen, sich in Erinnerung zu bringen. Um sie zu verführen zu Extremhandlungen und abrupten Ungeheuerlichkeiten. Die Macht der Abart. Perversionen, Depots des Furchtbaren aus literarischem Gemeingut, aus Mythologien, gewandelt in hormonelle Realität. Stoff, fein dosiert abgegeben über Generationen in die Blutbahn der Menschheit. Die Sage sagt nicht einfach, sie diktiert. Der Fußpfleger T. bestellt sich via Internet einen Pelops zum Verzehr.

Wenn es hingegen eine ästhetische List sein soll, sich der Kostüme und Nervenkostüme der Heutigen zu bedienen, um alte Konstellationen zu drapieren, damit sie uns ähnlich und verwandt erscheinen, dann reicht sie nicht weit. Das Verwandte wird eher unkenntlich durch neue Verpackung. Der Trick gelingt auch deshalb nicht, weil er unlauter und *katachronisch* ist, indem nämlich der Heutige herablassend sich einstige Größe, die sich nur durch Erkanntwerden wehren kann, gefügig macht. So leicht unterwirft man das Elementare nicht dem gleichmacherischen Verstehen.

Ur-*sprünglich* heißt der Sprung durch wechselnde Verkleidungen und Zeiten hindurch.

Es gibt ja niemals ein neues, sondern lediglich ein wiederum aufs neue undefinierbares Existieren.

Was gegenwärtig befremdet, ist nicht das Abartige, sondern das Artige: das, was seine Art besitzt. Das Simulacrum einer künstlich wiederhergestellten Sitte würde das Prinzip des Schonens von der Umweltpflege auf den Menschenverkehr zurückübertragen. Man würde herausfinden, wie man aus Nanomoralia, psychosozialen Spurenelementen dem Menschen wieder eine zweite Natur aufbaut.

Man spielt nicht mehr *bewußt* über die Distanzen. Man *ist* ein Gescheckter aus Jetzt und Einst. Ein Feirefiz, ein Halbbruder des alten Lebens, ein Mischling.

Aps Imkowicz bei der Präsentation eines Fotobuchs, das Ultraschallaufnahmen des Künstlers als Ungeborenen zeigt.

Imkowicz! So nennt vielleicht ein strapazierter Erzähler sein Entlastungs-Ich, aber so heißt man doch als flüchtige Skizze eines liebenswerten Nichtsnutzes nicht!

Ein Mensch der virtuosen Stimmungswechsel, der eine eigene Gemütslage nicht besitzt, dafür in der Aneignung fremder Sprech- und Empfindungsweisen ein Meister ist. Alleinunterhalter vor kleinem wie vor großem Publikum, vor einem wie vor vielen. Glänzender Imitator von Gästen, bevor sie verspätet eintreffen oder nachdem sie früh gegangen sind.

»Hören Sie? Heute ist der fünfzehnte Oktober. Weltpfeiftag. Jedermann pfeift heute seine Lieblingsmelodie. Um sechs Uhr früh begann der Hausmeister im

Hinterhof mit einer verstümmelten Fassung der Marseillaise.«

Imkowicz oder das Ausbleiben der Zeitenwende.

»Mein Vater hat mir beim Zeugen einen Rückwärtsdrall eingesetzt. Ich bin mit verdoppelten Jahren zurück ins 19. Jahrhundert gewachsen, aus dem er selbst noch stammte. Erst vor kurzem war ich um 1837 mit Kierkegaard eins. Weshalb heiße ich wohl wie der Stiefbruder der Medea: Ἄψυρτος – den sie schändlich auf der Argo in Stücke schnitt, stromabwärts in die Donau schmiß? Aps Syrtos: Rückwärts weggerissen. Aps ruft man mich, also ruft mich fort, zurück und rückwärts heim.

Es geht darum, den langen Rückweg anzutreten, sobald man geboren wird. Nach vorn ist alles verriegelt. Nach vorn kannst du nicht wachsen. Deshalb habe ich einen Sack voll Goldstaub und einen mit Asche vom 20. Jahrhundert nach hundertfünfzig Jahre früher geschleppt.«

Aps Imkowicz oder das Ausbleiben der Zeitenwende. Ein Mann und sein Thema.

Einer, der stiehlt und stiehlt, nur um des einen unstehlbaren Kleinods willen.

Man sieht ihn wühlen, wühlen in den Schubladen voll unaufgeräumten Schmucks und alter Idole, als suchte der Dieb nach dem einzig lohnenden Diebesgut sein Lebtag vergeblich.

Nexus geht vor Sexus. Ich verwickle mich, ich liebe. Aus reiner Verwicklungslust kommt Lust.

»Sie sind eine verschlossene Frau und werden es für mich immer bleiben.«

»Ich verschlossen? Habe ich nicht den ganzen Abend mein Leben vor Ihnen ausgebreitet wie ein Badetuch am Meeresstrand? Mit einem einzigen Blick können Sie mich überblicken.«

»Trotzdem. Für mich bleiben Sie ein Buch mit Sieben Siegeln.«

Bei diesem Mann hätte sie am allerwenigsten damit gerechnet, daß er eine Einladung zum Abendbrot ausschließlich dazu nutzte, sich satt und mehr als satt zu essen. Als er nach Mitternacht immer noch nicht einhielt, richteten sich ihre grämlichsten Gefühle gegen ihn und befreiten sich schließlich in einer Suada der Verhöhnung.

»Sie werden mich kahlfressen. Und dann? Dann werden Sie vielleicht leugnen, daß Sie es getan haben. Sie werden wahrscheinlich sagen: Ich habe eigentlich nur die Hälfte von dem gegessen, wonach mich verlangte. Oder: Ich habe nur ein wenig genascht. Ja, es wird so weit kommen, daß Sie sagen: Oje, ich habe heute so gut wie gar nichts gegessen. Von einem Vielfraß erwarte ich, daß er die Wahrheit sagt. Aber Sie, Sie machen sich und uns beiden etwas vor. Sie haben kein aufrichtiges Verhältnis zu den Speisen, die Sie verschlingen. Eigentlich kennen Sie nur das Eßbare an sich. Und dieser Oberbegriff, wissen Sie, das Eßbare, wird sich bei Ihnen nach und nach furchtbar erweitern. Eines Tages verschmähen Sie die Blumen in der Vase nicht mehr. Eines Tages nagen Sie das Furnierholz ab, das auf den Rändern des Servierbretts klebt. Schließlich werden Sie Ihre Tischgenossen an die Stühle fesseln und damit beginnen, an ihren Fuß- und Fingernägeln zu knabbern. So wird jemand, der einmal als stiller Vielfraß angefangen hat, nach und nach zum Allesfresser, ein einziger totaler Rachen, ein Ungeheuer jenseits von Mensch und Tier, das Maul der Mäuler, das sich durchfrißt bis ans Herz der Erde – das sich das Herz der Erde einverleiben will.«

Da nickte der Gast und erwiderte:

»Einverleiben ist ein gutes Wort. Ich esse im Grunde gar nicht. Was man gewöhnlich essen fressen schlingen nennt, das tue ich nicht. Ich habe vielmehr das Bedürfnis, mir dies und jenes einzuverleiben. Dies und jenes, von dem ich mir sage, es könnte dir vielleicht guttun. Es könnte dir etwas bedeuten. Es sieht nett aus. Es gefällt dir. Es paßt noch in dich rein. Es könnte sogar ... schmecken!«

Die junge Frau bemerkte, daß der Mann, als sein Blick über die leeren Schüsseln, Teller, Schalen und Tabletts schweifte, zusehends unruhig wurde und selbst sie nicht mit seinen kostprüfenden Blicken verschonte.

Da sprang sie vom Tisch auf, lief in die Küche und kramte alles Eßbare zusammen, was sich an Reserven finden ließ – in der Hoffnung, den Gast noch bis zum Morgengrauen damit hinhalten zu können.

Sie gehe aus keinem anderen Grund, als daß sie seine Gewohnheiten nicht mehr teilen wolle, sondern die Gewohnheiten eines anderen.

Die Gewohnheiten eines anderen kennenzulernen ist zuerst etwas Aufregendes. Man denkt immer, das ist ein ganz neuer Mensch und sein Wesen tritt hervor aus seinem Alltagswalten. Zuerst nämlich sind seine Gewohnheiten für die Neu-Ankommende das Ungewöhnlichste.

Nichts befremdet mehr als das besondere Übliche, das ein neuer Mann an sich hat. Natürlich bringt es das weitere Zusammenleben mit sich, daß das gegenseitig Befremdliche abnimmt, die Gewöhnung an die besonderen Gewohnheiten aber zu. Bis zu einem kritischen Punkt. An dem nämlich Gewohnheiten des einen in den Augen des anderen dessen Allergewöhnlichstes, dessen bare Gewöhnlichkeit auszudrücken scheinen. Dann läßt man's wieder und macht sich auf die Suche nach neuen, ganz ungewohnten Gewohnheiten.

Die Metaphern bewahren, was es als konkretes Handwerk nicht mehr gibt. Von der Arbeit des Hauers unter Tage bleibt nur das solide Symbol.

Andererseits ist Sprache das geeignete, das authentische Mittel, um den Gegenstand aufzulösen und ihn in die körperlose Zartheit von Beziehungen und Reflexen zu übertragen. Man kann in der Sprache Granit in Luft auflösen, aerifizieren, die Geliebte wie das tägliche Brot. Pneuma erschafft Pneumatisches.

Spiele der Nacht mit einer Aerifizierten, nur ein Luftwirbel von ihr, ein Anwehen so zart, daß man sie hätte inhalieren können ganz und gar. Sie kam mit Zöpfen und Schiebermütze, in sandfarbenem T-Shirt, schwand bald zu einem Anschein, zu einem Rest japanischen Lächelns, etwas zu höflich noch, um verfänglich zu sein. Und schließlich blieb nichts von ihr im Raum als dieses milde Zögern, als warte sie auf die entscheidende Gedankenübertragung.

Ihr Schatten – eine Dunkellohe hinter der Türfüllung aus fast undurchsichtigem geriffelten Glas. Und so sah auch die Eifersüchtige uns nur verzerrt, aber sah, daß wir aufeinander lagen mit geschlossenen Beinen wie Kinder, die sich lieben spielen. Abstand zwischen den Köpfen, um sich zu sehen. Gedämpfte Ausrufe der Freude, sich gefunden zu haben.

Ich sah unter mir das *Pistis*-Gesicht – das Gesicht der Frau W., und ich sprach auch die unter mir Liegende an mit Frau W. Obgleich ich mich wunderte, daß es nach bald vierzig Jahren so unverändert aussah. Die unter mir sagte, daß sie nicht das Gesicht der Frau W. habe und auch jetzt weine aus ihrem eigenen Gesicht.

Nun war sie aber eine etwas nestelnde, erklärsüchtige Frau und behauptete, ich sei vom Gesicht der Frau W. befallen und setze es wie in einer Collage auf jeden Frauen-Hals, kaum daß ich ihn einmal berührt habe. *Le col*, der Hals. Und *Pistis* heißt Treue, Vertrauen auf Anhieb und Glaube. Nur diesem Gesicht vertraust du, nur an dieses glaubst du, nur ihm bist du treu. Auch wenn es nun viele Jahre zurückliegt, daß du ihm nahe kamst. Zu nahe vielleicht.

Es waren zwei schmale, trockene Augen unter mir,

fast nur zwei dunkle Schlitze, die zusammengekniffen dennoch keine Träne herauspreßten. Es war ein blasses und trockenes Gesicht, das weinte.

Merkwürdig und nicht leicht zu erklären, weshalb sich Szenen aus dem Mythos des Hippolyt so häufig auf römischen Ehepaarsarkophagen des zweiten nachchristlichen Jahrhunderts finden. Weshalb ließ man sich unter dem Wahrzeichen dieser unglücklichen Geschichte zur letzten Ruhe betten? Hatte man sich des Mythos im Ganzen nicht mehr erinnert? Oder galt es, in Stein zu hauen das Andenken an die verfehlte Leidenschaft, Verirrung, Betrugsgeschichte und Verleumdung, die beinah jede Ehe kannte? Offensichtlich gab (und gibt) es keine legendäre Überhöhung des Ehepaars, durch die man sich repräsentiert sehen kann. Ausgenommen nur die beiden gastlichen Alten Philemon und Baucis. Sie sehen ihre Landschaft untergehen. Doch sie selbst werden in Eiche und Linde verwandelt.

Ich sah über der Schlucht ein wirbelndes Rad aus fünf Raben. Sie kreisten wie ein schwarzer Feuerring. Doch kaum daß sie dies unselige Gebilde erfüllten, stürzten sie in die Tiefe. Denn so zusammengeschlossen konnte keiner mehr fliegen.

Tief in der Nacht ein Anstoß gegen mein Haus – es klang dumpf, wie wenn der hohle Schiffsleib sacht an die Hafenmauer stößt. Gegen sieben Uhr am Morgen dann das harte amtsgewaltige Klopfen gegen die Haustür, das mich aus den letzten Schwaden meiner Träume verjagte. Wer stößt dumpf ans Haus, wer klopft so fordernd an? Wer ist da bereit, das Haus eines Verdächtigen zu stürmen? Es ist der Verstand, der die Träume haßt und die Schergen der Schlaflosigkeit schickt. *Insomnia* pocht an die Tür.

»Halt, halt, mein Herz!« – soll man denn sehen, wie ihm das wilde Herz aus dem Brustkorb springt und er es mit den Händen zurückhält und wieder in seinen Korb setzt?

Eine Zeit ist erst eine Zeit, wenn sie in einer anderen aufgeht.

Noch einmal das Abschlußfest ... als wir gegen den Morgen tanzten, fing alles an. Der Kaiserwalzer war der Kehraus, das Paar allein auf der weiten Diele, Schönbergs Adaption ... war das Ende. Ohne Publikum, ohne Orchester, nur der Scheinwerfer gegen das Morgengrauen und diese neuen Zwei, die immer langsamer in den Hintergrund tanzten. Im Kehraus der zarte Anfang, das liebste Beginnen.

Aber der Kehraus ist der letzte Schwof vom Fest, wenn die langen Röcke der Mädchen den Tanzboden fegen. Kehrt immer wieder, taucht ungerufen auf. Die große, rautenförmige Tanzfläche mit den grauen breiten Bohlen, auf denen am Abend barfuß getanzt werden soll. Und ich säubere, fege sie rein, tu's um so beflissener, als ich irgendwo in den Bohlenritzen zwei

Glassplitter aufblitzen sah in der Sonne. Doch ich fege und fege, die Sonne wandert, und ich kann die Splitter nicht wiederfinden. Darf ich den Tanzplatz freigeben?

»Die Leute haben Klaviere, aber sie pflegen sie nicht. Das ist ja mein ganzes Leid«, sagte der blinde Klavierstimmer. Sein Leid war also nicht die Blindheit. »Im Grunde habe ich nur Eintagsfliegen.«

Wie Sehende ihre Augen bewegen in neuer Umgebung, so knetete er die Hände, sein empfindlichstes Orientierungsinstrument. Wie seltsam! Die Nacht neben sich zu haben, und sie spricht wie jedermann.

Ich fühlte meine Stimme wie ausgezogen, nackt. Ich fühlte mich ganz entblößt gehört. Ohne daß ein Angeschautwerden von ihr ablenkte, sie unterordnete dem Auge. Ich fühlte mich aufgestöbert im Nest meines Geruchs, der gewöhnlich mir und anderen Sehenden verborgen bleibt. Und meine Stimme sagte ein Vielfaches von dem, was sie sonst einem Menschen mitteilt.

Das Phantom der Passage – sein Ausgangspunkt ist die Kreuzung einer unterirdischen Einkaufszone, wo eine als »Zofe« verkleidete Angestellte den Staubsauger auf dem Boden aus Granitimitat tranig hin und her schiebt, indem sie das Gerät nur zu Reklamezwecken vorführt. Vom Hin und Her des zum Schein säubernden Staubsaugers wird das Phantom geschaukelt, wird es langsam in Schwung versetzt. Dann geht es los, an hohen Glasfronten vorbei, Halogenlicht, Leuchtdioden, Infrarotlichtbar, an den Rücken von Barhocker-Menschen entlang, im Postamt, wieder im Rücken anstehender Menschen, einer ist immer dabei, der sich umdreht und dem Vorbeiwehenden kurz die Hand drückt oder ihm etwas nachruft, auch in der Abfertigungshalle des Flughafens, zwei, drei Wartende drehen sich um nach dem Ahasver der Passage, er strebt davon – ohne endgültiges Ziel, schnitt- und bruchlos gleitet er durch sich ausschließende Räume, und die Räume gleiten daraufhin ineinander, verbinden und verketten sich, ein Männerpissoir, ein Frisiersalon, alles wird zum Flur, der nicht enden kann, rechts und links gesäumt von Menschen, die lachen, warten, grüßen, wenn er vorbeizieht, und wieder ein langes Amt, eine Hotel-Lounge, eine Garderobe mit sich umkleidenden Models, und schließlich verwunschene Orte, die er durchquert, ein unterirdischer Garten von Alamut, duftende Rosenlaube, unter der alte Krieger schlummern, auch hier steht der ein oder andere auf und gibt dem Vorbeistrebenden schnell die Hand.

Doch gelangt seine Flucht nie ans Ende des Fluchtwegs, denn sie dehnt und streckt alle fülligen Räume zu einem einzigen schlanken Korridor. Und kennt keinen Aufenthalt. Ihn aber teilen jene anderen miteinander, an denen er vorbeistreift, ein Losgerissener des Aufenthalts. Für *sie*, denkt er, bin ich in jedem Augenblick schon vorbei – für mich sind sie außerhalb der starken Zeit.

Die ganze Stadt schien jetzt in eine vielverschachtelte und durchlässige, dunkle und grelle, unter- und oberirdische Passage verwandelt. Alle engen Wohnungen waren auseinandergegangen wie Kulissen bei einem Umbau, die Mietblöcke und Büros entkäfigt und entzerrt, geöffnet und gedehnt zu weiten Hallen und Vorhallen, alles rannte durcheinander, suchte nach Spuren seines Heims und befand sich doch längst überall und nirgends.

Du warst nur eine Episode in meinem Leben.

Wer war dann das Epos deines Lebens?

Du schweigst. Man muß sich einen Kubismus der Zeit vorstellen. Man hat sich noch nicht damit beschäftigt. Jeder kennt die kubistische Malerei. Das Porträt eines Menschen gibt das Zugleich seiner verschiedenen Ansichten wieder, und so ist vielleicht dein Leben am Ende nichts anderes als eine Montage von Kurzlebigkeiten?

Auch die Zeit, die du lange an der Seite eines Menschen verbrachtest, kannst du in der Erinnerung nur nach dem Muster sprunghafter Episoden lesen, die sich niemals zu einem Epos steigern. Wie sich für den Maler ein Gesicht in viele Aspekte aufteilt, so teilt sich auch deine Zeit in viele Fragmente ungleichen Zeitempfindens.

»Es ist seltsam, wie der Lauf der Zeit jedes Werk – und also jeden Menschen – in Fragmente verwandelt. Nichts Ganzes überlebt – genau wie in der Erinnerung, die immer nur aus Trümmern besteht und sich immer nur über Fälschungen präzisiert.«

Paul Valéry, Brief an Jeannie Valéry, Juli 1909

Jede Zeile, die wir lesen, trennt uns scharf von dem Genossen, der dieselbe liest.

Und doch bilden wir mit diesen Trennlinien die unzähligen Fächer einer einzigen gewaltigen Lese-Sammel-Wabe.

Die Mehrheit stimmt in vielem überein.
Die Wenigen stimmen nur in sehr wenigem überein.

Da besieht man sich einen Pilz und entdeckt, daß sein Schirm offensichtlich mit einer Regenhaut überzogen ist, Wasser perlt ab. Diese Haut besteht aus dem Eiweißstoff »Hydrophobin« (!). Also macht man sich daran, die Natur in biotechnischem Verfahren nachzuahmen und das Zeug in großen Mengen herzustellen. Die Natur, nachdem sie Umwelt wurde, gehört dem Findigen, er mustert sie nach ihrem verborgenen Know-how. Das zwecklose Betrachten ging verloren.

Solange die Bühne ein verwünschter Ort ist, muß man sich im heimlichen Gegenzauber üben. So zeig ich statt des verwahrlosten Personals, das sich kläffend an die Rampe drängt, ein gutes Dutzend schön durchleuchteter Paravents, hinter denen sich Männer und Frauen fortwährend umkleiden und sich mit Zurufen und Gesprächsfetzen auf einen Auftritt, eine Begegnung vorbereiten, die dann doch nicht erfolgen wird. Einfach weil sie sich jeweils noch nicht und eigentlich nie passend bekleidet finden, um aufzutreten, und daher immer ein neues Teil anprobieren müssen. So erhalt ich mir den Bühnenkasten, einerseits als Entlastungsbox fürs Schrift-Hirn, andererseits vor allem als Personen-

Labor und Werkstätte zum Nacharbeiten beschädigter Gestalten, wie sie mir die Straße zuträgt. Hier punzt man die feineren Verfänglichkeiten aus dem stumpfen Metall, läßt Menschen gehen, sich bewegen und befragen, wie's unter den umlaufenden Beschäftigten niemand kann und inzwischen auch niemand mehr zu sehen wünscht.

Ein Ort für den größeren Entwurf, für ein Bei-Spiel zur Zeit und ihren Wenden ist das öffentliche Theater längst nicht mehr, das gibt der von grober Albernheit heimgesuchte Kasten nicht mehr her. Die Schaubühne wird also – und das nicht nur von mir – in die Bühne der inneren Schau verkehrt, wird zu einem Kasten, dessen Sog nach innen zieht. Dabei fehlt leider das Unabdingbare, das Grundtremendum der Szene: eine streng nach außen gewendete Schauspielkunst.

Eine Kuppel voller Angesichte … Pantheon wird *Panprosopon!* Unzählige je mir erschienene Gesichter, Rundumkino der Antlitze, ohne Divinum kein Humanum, Partikelschleier aus alter Menschenmaterie, tanzender Staub von Mann und Frau und Mann und Maus, im Wendelwuchs aufsteigend, Glitzerstaub, Fusseln, abziehend aufwärts durchs Lichtloch.

Er sah ihr schönes Gesicht, die schmale Brille hob die Augen wie eine Maske hervor, er ging an ihr vorüber und kehrte nach wenigen Schritten um. Er stellte sich neben sie und konnte es nicht erwarten, daß sie ihre an drei andere Menschen gerichteten Worte beendete. Er sagte leise, fast unter sich blickend: Darf ich Sie kennenlernen?

Sie wandte sich kurz von den anderen ab und vertröstete ihn, ohne ihr Gespräch aufzugeben: Ja. Einen Augenblick bitte.

Die nachbarliche Angelegenheit, in die sie verwikkelt war, wurde nun aber so erschöpfend erörtert, daß es ihm bald zu lang wurde, betreten neben ihr zu stehen und auf das Kennenlernen zu warten. Ein wenig unwirsch wandte er sich ab und ging weiter, ohne daß sie davon Notiz nahm. Er hörte sie weiterhin heftig argumentieren. Es fiel ihr nicht ein, hinter ihm herzurufen und ihn zu bitten, sich noch einen Augenblick zu gedulden. Offensichtlich besaß sie nicht das geringste Gespür für die Folgen, die der Verzicht auf ein Kennenlernen für zwei Menschen haben kann.

Plötzlich ein Tag, durchsprengt von Zwischenfällen, die sich alle früher schon einmal ereignet hatten. Erst erscheinen sie nur ähnlich, dann fast gleich, schließlich sind es: dieselben!

Der Mann vom Gemeindedienst besucht seine Lieblingsverwahrloste, eine übergraduierte Zahntechnikerin. Am Boden sitzend, den Rücken in ihre Zimmerecke geschmiegt, unangezogen, umgeben von unzähligen kleinen Flaschen und bunten Hügeln von Pillen.

Sind Sie vielleicht zu schwach, um –

Ich? Schwach? Sehen Sie, ich zerquetsche einen Stein in meiner Faust wie Rübezahl.

Es war nicht Rübezahl, sondern das tapfere Schneiderlein.

Meinen Sie?

Ich bin nur der Mann vom GD. Klammern Sie sich nicht an mich.

Der Koloß liebt das Figürchen, solang es vorn auf seinen Knien tanzt. Stimmt's?

Erkennt er aber das Würmchen noch, das aus Adams Apfel kroch und sich nun ohne Gehäuse einsam auf dem Silbertablett ringelt? Nur mit einem Laken bedeckt, voller Unruhe sich windend, das bin ich! Der Hüne trägt das Obst zur alten Kommode und stellt es unter dem Spiegel ab. Der massige Mann dort oben, von mir aus gesehen, der sich im Spiegel vorbeugt, um die Ansicht seiner Vorderzähne zu prüfen, kann so, wie er ist, unmöglich der Gast meines Schößleins werden. Ein Koloß, der, ohne hinzusehen, jetzt die Fingerspitzen auf das Tablett stützt, während er sein Zahnfleisch studiert, Fingerspitzen, welche die winzige Frau unter dem Laken, ich, sofort wie einen Brückenpfosten umklammert, um den sie ihren kleinen unruhigen Körper schlingt. Er schüttelt sie ab, entsetzt, angewidert, wie einen Ohrenkneifer oder Tausendfüßler. Sie fällt zu Boden, er versucht sie zu zertreten, sie ringelt rasch davon, kriecht in eine Garderobenecke unter die langen Mäntel. Er holt eine Spraydose aus dem Schrank, jagt die halb Betäubte, die sich krümmt und streckt und die doch nur seine verkleinerte, klitzekleine Liebste ist, sprüht feige, in feigen Stößen zwischen die Mäntel. Die Elfe bricht zusammen, das Würmchen ist vernichtet.

Vorsicht, meine Liebe. Ich bin nur der GD-Mann. Ihre Phantasie war zwischen uns immer die Sollbruchstelle.

Ist es so?

Im Schadensfall – im Falle, daß Sie mir Geschichten erzählen, die ich falsch verstehe. Die ich unwillkürlich auf mich beziehe.

Das wäre ein Zeichen Ihrer Unreife.

Wissen Sie, diese oder jene Technik ist wohl ausgereift, der Mensch aber nie.

Da haben Sie recht. Ich glaube, reif, wirklich reif war ich nur ein einziges Mal. Reif, auf die Welt zu kommen. Leider.

Man muß einen überlebensgroßen Willen gegen den Wind besitzen. Denn der herrische Wind, das sind Abermillionen wütende Seelen, zusammengefaßt zu einem kolossalen Wüterich, der uns einsam Torkelnde züchtigt und manchmal zurückpeitscht ins Haus und schließlich das Dach abhebt, wenn wir ängstlich bei der Heizung sitzen, und uns die Balken vom Giebel reißt. Über Land hetzt er, greift und verwirft, was ihm nicht paßt. Denn eine so feste Brust gibt es nirgendwo, an der er zurückprallen würde und erläge.

Alles Wissen von der Welt, das beste wie das neueste, das tiefgründigste wie das unglücklichste, ist mir zugänglich, ohne daß ich mein Zimmer verlasse. Und ich selbst kann es, das Unglück der Welt, sogar noch von meinem Zimmer aus beliebig vermehren. Das konnte Pascal nicht ahnen.

Die Tage des Ansässigen sind unvergleichbar den Tagen des Fahrenden. Die Gedanken des Reklusen bleiben dem Gesellschaftsmenschen unzugänglich.

Wer die Welt bereist, kennt sie in den Augen dessen nicht, der ihr den Rücken kehrt.

Und dieser wiederum kennt sie nach Übereinkunft der meisten nicht, die sie unablässig im Blick haben oder fliegend überblicken. Gleichwohl kann nach wie vor, wer sein Zimmer nicht verläßt, von ihr stärker berührt werden als der, der viel reist. Wer sich nicht rührt, wird um so tiefer der Berührte sein.

Zur Vergangenheit von Willensdrang und Willensmacht gehört der Aufwiegler, der mit ausgebreiteten Armen *turba* in die Menge trägt. Turba ist ja die Menge selbst wie auch der Wirbel und die Unruhe, in die sie gerät.

Der Drangvolle steht einzeln gegen eine Welt der Verabredungen, des blitzschnellen Übereinkommens unter Millionen. Die ansprechbare Menge befindet sich in ebenso loser wie stabiler Dauerverbundenheit. Sie stimmt ab, läßt zu und schließt aus. Der Held dieser Millionenschar ist allein sie selbst. Wo fände der Aufwiegler noch turbafähiges Publikum? Natürlich wie jeder andere – partiell und vorübergehend – in lautloser Umgebung, im ausgesteuerten und schließlich ihn wieder aussteuernden Netz.

Im Durchschnitt hat heute jeder Heranwachsende 53 Freunde – virtuelle. Er kommt aus der Schule, geht ins Internet und lädt sie in sein Web-Haus ein. Wie steh ich heute da vor meinen 53 Freunden? Eifersucht unter ihnen gibt es nicht. Natürlich hat jeder einzelne (wo ist

er geblieben?) der 53 Freunde wiederum 53 Freunde –
eine Millionenschar ist so schnell verbrüdert. In Zukunft wird hoffentlich die Orthographie geschont, man
sitzt dann holographisch beieinander und läßt den
Buchstaben in Ruhe.

Der Mensch aus Fleisch und Blut wird demgegen-
über mehr und mehr zur ästhetisch-moralischen Zumutung. »Der andere«, diese leidenschaftliche Katego-
rie der Philosophen, verspielt sich. Die Frage: was geht's
mich an? beantwortet das universale, allesdurchdrin-
gende Phänomen: Alles geht mich an. Das ist die Zäh-
lung, mit der das alte Interesse die jungen »Innovationen« verarbeitet, sie geht blitzschnell nach 0 und 1,
binär. Übersetzt in Worte: Was geht's mich an? / Alles
geht mich an.

Es verbuttet das Kind, das Tier, der Greis und das Lie-
bespaar. Es verbutten die Onliner mit Übergewicht.
Noch mehr mehlige Gesichter und Mehlspeisgelichter,
flache Köpfe, Gründlinge kriechend. Mundspalt des
einen kneift Lippenrand des anderen, Verschmelzung
beginnt, Hartschale erweicht, sie durchdringen sich,
die Augenlachen fließen ineinander.

Die Macht – das ist die Macht des schlechten Ge-
schmacks. In vieler Hinsicht – der schlechten Kleidung,
der schlechten Nahrung, der schlechten Liebe. Deshalb
sucht, wer seine Freuden retten will, Abstand von der
Macht zu gewinnen. Nur wo Freiheit ist, ist auch Freiheit von ihr möglich.

Was tut ein geborener Gegenwartsmensch, wenn
sich ihm eines Tages die Gegenwart versagt?

Ein gütiges Schicksal hat ihn immerhin davor bewahrt, mit Millionen anderer in Freizeitkleidung und mit allem Zubehör der Freizeitindustrie sein Leben ausschließlich auf Freizeitziele auszurichten. Die Wacht über den Schatz (das gehortete Schöne) aber ist Existenz und keine Beschäftigung. Es bleiben Schätze verborgen – und es scheint, als lebe die Erde von ihnen.

Wer kennt die Gedichte von Luis Cernuda, Yves Bonnefoy, Lubicz-Milosz? Das sind keine Geister der zweiten Reihe, ganz im Gegenteil, es sind mächtige Solitäre, und sie werden für immer verborgen bleiben, weil Entdeckungsfahrten in der Literatur so gut wie eingestellt sind und das Publikum Pauschalreisen zu den immer gleichen bekannten Zielen vorzieht. Wahrscheinlich bedürfte es nichts weniger als einer *ästhetischen Zeitenwende*, um Rangfolgen neu zu bestimmen.

Der Aufenthalts-Raum versammelt Vielverschiedenes und bringt ein Sich-Angleichen von Vielverschiedenem hervor. Der Raum ist offen für eine Unzahl von Varietäten. Zugleich beschränkt er die Unterschiede infolge zunehmender Angleichung.

Es sieht aus wie zu Kleinstwohnungen gewandelte Abteile einer Damentoilette, wo sie hinter einer der verschlossenen Türen wartet, daß er kommt und daß er klopft. Die Tür ist keine Klotür, sondern eine Wohnungstür. Wohnen kann man dahinter nicht, nur Warten.

Er ist ein dicklicher kleiner Mann. Kommt, klopft

und fragt ihren Namen. Wie immer keine Antwort. Er wendet sich zum Gehen. Da auf einmal ihre Stimme: Deine zähen Schritte, deine zähe Stimme, deine zähen Hände, dein zähes Herz. Er hört das und hört es nicht. Nach tausendfach vergeblichem Klopfen und vergeblichem Namenruf erreicht ihn die Einmaligkeit ihrer Antwort nicht. Oder er faßt sie nicht. Die Gewohnheit, nicht gehört und nicht beantwortet zu sein, ist so stark, daß er ihre einmaligen Worte nicht hört oder glaubt, sie selbst ersonnen zu haben. Er geht die Treppe hinauf wie immer. Der Hauswart sagt: Gehen Sie nicht. Der kleine dickliche Mann bleibt stehen, lauscht, nichts wiederholt sich. Aber das »Gehen Sie nicht« des Hauswarts hat ihn erreicht! Er wird also nicht von innen beredet. Er steigt wieder hinab, klopft und fragt ihren Namen. Nichts. Kein Wort. Jetzt erst wird ihm gewiß, daß es tatsächlich eine Einmaligkeit gab und daß er sie vor lauter Gewohnheit überhörte.

Werden Sie wiederkommen? fragt der Wart.

Aber ja. Eines Tages werde ich nicht vergeblich geklopft haben. Und wenn mir eine Tote die Tür öffnet!

Wie soll das gehen?

Das Einmalige, mein Guter, steht über den Gesetzen der Wahrscheinlichkeit.

Die Auszeit, die sich jemand nimmt, anstatt sich freizunehmen, beruft, daß es bald *aus* sein wird mit seiner Zeit.

Um also »unzählige Erfahrungen ins Enge zu bringen« (Goethe) und so viele Jahre ins Enge weniger Sätze. Das Enge, das keine Phobie erregt, das nur Verdichtung ist und keine Einschließung. Wie auch das Gedicht beginnt und *wird* in der Sekunde, da Dichtungsjahrhunderte wie das Himmelszelt über es hereinbrechen, die Wetter alles Berufenen und Beschworenen es ersäufen wollen. Das Dichtungsgewitter.

Das eigentlich Komische wird man *in* den Menschen selbst nicht finden. Es wird ihnen immer von einem, der traurig auf sie hinblickt, angehängt oder eingegeben. Erst die Summe, die einer aus seinem ganz und gar unkomischen Verhalten zieht, kann ihn vor den eigenen Augen zu einer komischen Figur machen. Überhaupt: wenn man sich für die Summe interessiert, wenn man fragt, was ›unterm Strich‹ dabei herauskommt, dann mag es schnell komisch zugehen. Das normale Verhalten Schritt für Schritt ist in seiner Bedeutungslosigkeit eher etwas Trauriges. Es muß von einem anderen gesehen, es muß auf den Kern seiner Unbegreiflichkeit hin durchschaut werden. Dann erst wird das Lachen so tief wie der Seufzer sein.

Sie, die Herrin der Ehe, fordert von dem Mann, der sie liebt: »Übertriff dich oder verlasse mich.« Jouhandeaus Elise, Frau mit dem flammenden Wort – ihre fleischliche Habgier, ihre Fühllosigkeit, ihr Hochmut, ihre Halsstarrigkeit – aber das Sagen hat sie, das Sagen der Passion.

Vergehen. Kennt man ein Homonym, das einen größeren Widersinn in sich schlösse? Vergehen – als ein Akt, eine Untat. Und Vergehen – das, was niemals Vergangenheit wird, das unbegrenzte Zeitvergehen. Aber es gibt auch das Vergehen, welches die Zeit im Vergehen verübt. Wenn nämlich das harte, mörderische Nimmermehr uns Gewalt antut.

Sie trat vor die Glasflügeltür des Hotels, in dem sie mit ihm verabredet war.

Hinter der Tür lagen zwei krumme Arbeitshandschuhe, die ein Handwerker weggeworfen hatte. Die Tür war verschlossen, das Hotel nicht mehr in Betrieb oder es befand sich im Umbau.

Und doch! Die zerknüllten weggeworfenen Schutzhandschuhe, das war er! Leiblicher konnte er gar nicht anwesend sein. Sie sah nun ein, daß er sie nicht treffen wollte. Zwanzig Jahre nach der ersten Nacht in dieser Herberge. Ja, er hatte sie fehlgeleitet – in die Irre ihrer Vergangenheit geschickt.

Ein Bauleiter im kirschblütenweißen Monteuranzug, den man für einen der neueren Opernszene entsprungenen Don Giovanni hätte halten können, legte hinter der Rezeption den Plan für den Abriß jener nicht tragenden Wände aus, die auch das Zimmer 123 abtrennten, wo ihr Bett stand, die Kuhle der Freude. So vordem.

M., Freund und Nachbar, hat eine ehrenamtliche Tätigkeit bei der Unfall-Seelsorge übernommen. Er wurde zu einem Suizidfall nach Pasewalk gerufen. Ein Zweiundachtzigjähriger erschoß sich, weil ihm seine zwei-undsechzigjährige polnische Freundin nicht gefügig sein wollte. Bei der ersten Pistole klemmte das Magazin – eine früher fast sprichwörtliche Metapher für sexuelles Versagen, das heute, pharmakologisch abwendbar, das Bild von der Ladehemmung veraltet erscheinen läßt. Er lief auf den Hof und holte aus dem Transporter eine zweite Waffe. Setzte den Schuß an die Schläfe. Das Projektil blieb im Hirn stecken, aber er war hinüber.

Wenn wir uns an die Normalität von sexuellen Obsessionen im Greisenalter gewöhnen sollen, müssen wir zuvörderst sämtliche Schönheitsbegriffe, die aus Kunst, Literatur und Film in den vergangenen zweitausend Jahren auf uns kamen und die sich fast ausnahmslos mit Jugend verbanden, tilgen oder, schlimmer: relativieren. Am besten wäre es, ausgewählte Idole der erotischen Kultur nachträglich zu ver*agen*. Beim Film ließe sich mit Hilfe digitaler Überarbeitung jeder Jünglingsteint in eine Landschaft mit Falten und Schrunzeln verwandeln. Auch Romeo und Julia kann man mit Achtzigjährigen besetzen. Werther hingegen müßte etwas umgeschrieben werden.

Alte Männer müssen Kundschafter sein. Auf dem Gebiet der Wollust werden sie sich nicht sonderlich steigern können. Sexxx drückt unserem Zeitalter das Siegel der Lächerlichkeit auf. In männlicher Vorzeit stellte sich das Problem der versiegenden Manneskraft allein dem Stammesfürsten. Er verlor mit ihr sein Herrscheramt. Dem Alter sonst, solange es Ansehen besaß und nicht so unansehnlich war wie heute, durfte sie sich erschöpft haben, ohne daß damit der ganze Kerl verschwunden war.

Man weicht auch den Jahren nicht aus, indem man sich für den Anblick anderer jung erhält oder in Greisen-Kohorten auf dem Fahrrad tourt. Man erträgt sie am leichtesten, indem man von niemandem gesehen wird und selbst seinesgleichen nicht sieht. Denn zwischen blühenden Hecken und vollen Apfelbäumen fällt ein wenig nicht Wiederergrünendes weiter nicht auf. Und ab Herbst heißt es dann wieder: übereinstimmen ... caraque caro consenescit coniugi ... Liebste dem Liebsten, altern Vermählte. Oder wie soll ich's dir übersetzen, meine dunkelblütige Buche?

Die Greise, wo ihnen schon viel zu viel Freiheit gewährt wird, müssen einer Massenumerziehung zur Altersklugheit zugeführt werden. Prüflektüre Montaigne, Leopardi, Goethe. Platon, Schelling, Scheler. Sie sollen sich winden und krümmen. Streng verboten ist der Satz: das verstehe ich nicht. Keine Bildungsreisen, keine stopfende Medienkost, immer fleißig mit der Bleistiftspitze die Zeilen entlang.

Die große Philosophie des Abendlands kommt ohne die Erörterung einer sexuellen Schicksalsfrage aus. Kaum jedoch die große Literatur.

Die Sexualität hat die Perioden ihrer »Unterdrükkung« allerdings bravouröser gestaltet, auch künstlerisch gehaltvoller bestanden als die Epoche ihrer unheroischen Befreiung. Vor allem, wenn der Freiheit Zauber damit endet, daß die Haut zu Markte getragen wird und umgekehrt der Markt in die liebende Haut.

Sollte auf die große Schultüte mit sexuellem Naschwerk, Ära der libidinösen Unreife, nicht irgendwann der Status des Erwachsenen folgen, der die Synergien von Herz, Hirn und Geschlecht zu nutzen versteht? Vielleicht wird man eines Tages ein wenig verzeihlich zurückblicken auf das geschlechtliche Gedränge, auf Schub und Schubumkehr der Leidenschaft mit ihren vielen gestikulierenden Beteuerungen, Lügen und Wichtigtuereien.

Ja, man würde dann wohl darüber schmunzeln, den Kopf schütteln, wie man einst über die bürgerliche Prüderie den Kopf schüttelte.

Der Hohn auf die Fülle der Gegebenheiten spricht mit den Worten:

»Nur wenn, was ist, sich ändern läßt, ist das, was ist, nicht alles.« (Adorno)

Wie fragwürdig klingt heute dies unfromme Gebet vom *ändern!* Wie viele Veränderungen, die alle beklagen und niemand wollte, brachte so oft mit sich das Ändern!

Ebenso befinden wir uns weitab vom Hammer des Philosophen und jenseits des Zertrümmerns. Längst lesen, verstehen wir in restlichen Brocken. In Zerstreutem lesen wir, das auch ohne den Hammer, ohne den gewaltsamen Verkehrer zerstreut worden wäre von so langer Zeit. Sie wirft die Saat der Überbleibsel aus.

Wer möchte noch zerstören? Auf Hohles niederzugehen, damit macht sich der Hammer lächerlich.

Der Dramatiker epochaler Kampf gegen das Bürgertum, juste milieu, den »stinkenden Bürgerodem« (Sternheim), wie vorbei, wie umsonst! Nur auf den überständigen Gegenwartsbühnen wird er bis zur letzten Zuckung wiederholt und nochmals exerziert. Keinem künstlerischen Unternehmen gelingt es mehr, seine Rechtfertigung in der Verurteilung einer gesellschaftlichen Schicht zu finden. Die Motivation auch großer Literatur der Vergangenheit ging verloren. Die Front ist heute ersetzt durch zahllose Einzelfälle – wenn es unter dem Schauer der *verrückten Phänomene* zum Einschlag kommt und sich ein Kunstwerk bildet. Wir haben das Universelle und in ihm einbeschlossen das Versprengte. Dazwischen verläuft keine bestürmbare Grenzlinie.

Ein Dramatiker, anders als der Erzähler, Lyriker, Filmer, arbeitet zu allen Zeiten unter der Regentschaft desselben Sonnenkönigs, nämlich Shakespeares. Es gehört zu den wenigen sicheren Zukunftsvoraussagen, daß dessen Werk niemals überboten werden kann. So wird jeder dieses Fachs, mag er sich noch so original und jung gebärden, nicht anders können, als je nach Abstammungsrang seinen Platz in dieser zentralen Monarchie einzunehmen.

Die Straße hinauf, in der Kurve der Balkone, Plattenbauten aufwärts reihenweise, sein unbestimmter Aufenthalt im Nissan-Kombi, der am Straßenrand parkt. Immer noch den Kopf überm Steuer, um besser den

Balkon zu sehen, auf den hin und wieder seine Frau hinaustritt, um nach ihm zu sehen. Fest entschlossen, in seinem Gehäuse zu bleiben und auf Distanz. Hin und wieder wird ein Gang geschaltet ohne Fahrt oder das Gebläse angestellt. Dann wieder Joghurt löffeln, Kekse nagen, eine Plastiktüte voll Proviant. Die Frau tritt auf den Balkon und sieht, ob er immer noch im Auto sitzt. Der Mann sieht, ob sie immer noch einmal auf den Balkon tritt.

Es gab einen alten Freund, der stolz darauf war, endlich die Schwelle überschritten zu haben. Seine »Erfindung«, eine Therapie zum Vertreiben von *mouches volantes*, Augenfusseln, hatte er ins Netz gestellt, wo sie sofort den Schwatz beherrschte. Er mußte sich im Grunde nur um ständige Verbreitung und Verzweigung kümmern. Jeden Tag tut sich ein neuer Horizont auf! Das seine Lage.

Meine Zeit indessen wird immer die Zeit vor dem Netz bleiben. Ich bleibe netzunabhängig in meinen besten Regungen. Die virtuelle Welt, in der ich aufwuchs, bestand tatsächlich noch aus Möglichkeiten. Im wesentlichen ließe sie sich eine *symbolische* nennen. Alles drehte sich um das Immediate! Die Realpräsenz, den Leib der Sprache.

Mitunter liest man in einer Geschichte der technischen Erfindungen: Die Chinesen besaßen wohl die Mittel, ihre Entdeckung zur praktischen Anwendung zu bringen. Doch sie ließen die Sache auf sich beruhen. Welch ein unscheinbarer Satz, und welche Macht, Unheil abzuwenden, steckt in ihm! Der schiere Gegen-Satz zur furchtlosen Neugier der Neuzeit. Er deutet doch auf einen konzeptuellen Sicherheitsvorbehalt im menschlichen Wissensdrang, der nicht erst von der abendländischen Kirche in Erinnerung gerufen werden mußte.

Curiositas, die wissenschaftliche Neugierde, wurde von Augustin als Todsünde gebrandmarkt. Manchmal beginnt man zu begreifen, daß dies in hellster Vorsicht und zur Bewahrung des Lebens geschah. Niemand hatte bislang auf Erden eine größere Macht, dem Wissen Grenzen zu setzen, als der Glaube und seine Institutionen. Wir reiten seit langem nur auf der negativen Interpretation dieser Macht herum. Wenn man alle Organisationen, Regierungen, Räte und Kommissionen zusammennimmt, die heute Grenzen setzen wollen gegen die Zerstörung der Lebenswelt, so bilden sie ein macht- und hilfloses Institutionengewimmel verglichen mit der einfachen Weisung der Kirche: nicht weiter!

Si se non noverit – dem der sich nie kennenlernt, verheißt Teiresias bei Ovid ein langes Leben. Du wirst leben, solange du dich nicht selbst erforschst.

Von der Seele nichts Neues! In den Künsten der Gegenwart erfährt man von der Seele nur das Gehabte – Störungen, Verirrungen, Eitelkeiten. Wie auch das Handwerk floriert, die Romane erzählen aus dem Draußen. Man liest und spürt: Ghost town, menschenleere Innenwelt.

Das Kraftwerk Vergänglichkeit. Wie das Schweigen der unendlichen Räume den Menschen vereinzelt, verkleinert und erhebt – so erhebt und verkleinert ihn auch das Wissen vom Vergehen der großen Kulturen. Eigentlich weiß man's vor allem um des schönen Schauders und der Genugtuung willen.

Zuweilen empfindet man sich gut sortiert und in beschwingter Ordnung. Alles fachlich bestens unterteilt, leicht verfügbar, jede Sparte präzis von der anderen getrennt, dort steckt Vergil, hier die Nanotechnik. Und in diesem Wohlstand des Sortiertseins kippt plötzlich ein Wozu? uns um, und alle Fächer kippen mit uns um – die ganze schöne Wissensharmonie endet mit einem Schlag in verworrenem Schutt.

Das Netz trägt in sich das größte Durcheinander, in das die Welt versetzt werden könnte. Ein Durcheinander, in dem nichts mehr zu unterscheiden ist, weder wahr von falsch, noch Faktum von Fiktion, noch heute von gestern und morgen. Als wäre auf trivialste Weise das Werk von Borges ausgebeutet worden von Millionen Zernagern des Alphabets, die hier und da noch Twitter, Blogger etc. heißen. Immer ist es das Eine und Ganze, das falsche Alles, das in jeder Sekunde die Gefahr birgt, die Welt in heillose Verwirrung zu stürzen.

Gibt es nicht die feine und die grobe Zeit in ein und derselben Minute?

Nicht lassen sich beschreiben die Unlust, der Mißmut und der Überdruß.

Diese drei Stimmungen besitzen den einen Raffzahn der Graien, sie fressen alle Worte auf. Sie sind unter den Stimmungen die absoluten Verneiner. Dagegen ist die Langeweile ein Ereignispark. Jene aber sind das Nichts, das es gibt.

Es ist also unmöglich, sich das eigene Bewußtsein zu vergegenwärtigen. Oder wie der Philosoph es faßt: weil des Menschen Vernunft ein Faktum ist, kann sie nicht auch Anschauung ihrer selbst sein. Mit nochmals anderen Worten: Das Subjekt, wo es am reinsten Subjekt ist, bleibt sich völlig unzugänglich.

Der Roman des Lebens besteht aus tausend ungeschriebenen. Wie viele Leute melden sich zu Wort, die alle aus triftigen Gründen in Beruf, Verein oder Urlaub mit Entrüstung sagen: »Darüber könnte ich einen Roman schreiben.« Oder: »Das ist Stoff für einen dicken Roman, was ich hier täglich erlebe.«

Der Roman, der in Verkennung des Romans den nackten Lebensstoff verspricht, bleibt jedoch zumeist eine Floskel maulfauler Leute, die als mündliche Erzähler versagen.

Woher – so fragt sie sich – die Gleichzeitigkeit des anwesenden Geliebten und die Rührung durch seine aufbewahrten Geschenke, welche immer Reliquien, Zurückgelassenes, Zeichen seiner Abwesenheit, die immer Andenken sind? Ist es vielleicht, weil man seine Anwesenheit mit dem Gewürz seines Verlustes erhöht und kostbarer macht? Die Liebende verläßt ja das Gefühl für die Abwesenheit des Geliebten gerade dann nicht, wenn sie ihn umarmt.

Der Spruch ist nicht Literatur am Rande des Schweigens, wie man fälschlich gesagt hat. Der Verfasser versucht sich vielmehr als Dompteur eines vielfältigen und heimtückischen geselligen Geredes, dessen Widerhall seine Einsamkeit zerreißt und das er apodiktisch zum Verstummen bringen möchte. Der Spruch entsteht immer aus innerster Geselligkeit oder Gesellschaftlichkeit und wird für eine äußere (ideale, verständige) Gesellschaft abgerichtet und dressiert. Folglich wird er nur von wenigen Gleichgestimmten zur Kenntnis genommen, die, ebenfalls von innerer Geselligkeit bedrängt, in den ungeselligen Akt des Lesens flüchten.

Da wir nur Streu unter Verstreutem sind, gibt es in den Gedichten von Borges meist nur Aufzählung ohne Zahl, Ekphoriertes aus Mythen und Geschichte – ohne einen anderen Zusammenhalt als den einer Stimmung.

Diese Gedichte sind ein Schlummer, in dem das Welt-Gedächtnis gelöst über unsere Lider fließt und uns tröstet. Die Ruhe der Reihung, keine Hypotaxen, die Äoneninventur. Das Berufende solcher Verse: was man in sein hohles Haus, *casa hueca*, raumausstattend beruft.

Das meiste Geschriebene rechtfertigt die Verwendung von Sprache nicht. Sie dient nur als Vehikel und könnte ohne weiteres durch eine andere Chiffrierung ersetzt werden.

Duineser Elegien rechtfertigen die Sprache durch das Ungeheuerliche des Logos, des unabkömmlich im Anfang wiedererstehenden.

So wie der Gefangene, der Verschleppte, der sein Leben rechtlos, von allen vergessen in pakistanischen Gefängnissen zubrachte. Eingelocht, weil er als junger Mann bei einem geringen Vergehen festgenommen wurde und in Gewahrsam verbracht. Einmal hinter Gittern, wurde er von einem Gefängnis ins andere verschoben, bis sich schließlich seine Spuren in den endlosen Gefängnisfluren des verworrenen Landes verloren. Irgendwann verlor darüber auch er jeden Sinn für Recht und Rechtfertigung, jede Hoffnung auf Rehabilitation und schließlich jedes Interesse an seiner Lage. Er war nun eben ein Gefängnisinsasse, wie andere die Insassen ihrer Imbißhütte sind. Er wurde ernährt, wenn auch dürftig. Es ist, wie es ist. Ein Schulterzucken antwortete, wenn sich ihm manchmal eine lästige Frage stellte. Du hast nicht genügt, sagte er sich. Nicht einmal dein Vergehen hat genügt, um auf dich aufmerksam, dich kenntlich zu machen. Du wirst niemals entdeckt werden. Die schweren Fälle, die Interessanten, ja, die sind längst wieder draußen. Du aber bleibst verborgen, weil du nicht interessant genug bist.

Tatsächlich wurde niemand auf ihn aufmerksam, keine Menschenrechtsorganisation, keine Gefange-

nenbetreuung, kein Anwalt. Erst ein Zufall, ein büro-
kratisches Versehen im Grunde, führte dazu, daß es
ihn gab. Er wurde freigelassen nach vierzig Jahren vorübergehenden Gewahrsams. Was hieß nun aber frei?

Die Perspektive, in der ein unmenschliches Grauen
geschildert wird, ist nur dann furchteinflößend, wenn
sie wie bei Poe keusch ist, frei ist von Sexualisierung.
Das Unmenschliche ist keine Perversion des Allzu-
menschlichen.

Ich hielt es für geboten, meinem alternden Freund seine
junge Geliebte auszureden, da er selbst schwankte zwischen ihr und seiner lieben Frau, die furchtbar litt und
mit der er über zwanzig Jahre seines Lebens verbracht
hatte. Und so verliebt in die Neue war er nun auch wieder nicht! Doch kaum hatte er sich von ihr ein wenig
abgewandt, ging sie auf mich los, entdeckte den bösen
Einflüsterer. Ja, sie versuchte sich zu rächen, indem sie
eine Affäre mit mir vortäuschte, wovon ich nichts mit-
bekam, damit meinem Freund die Augen aufgingen
über die wahren Motive meiner Einreden. Ein Schritt –
und drei Paare entzweiten sich: die Freundschaft wurde
vom Argwohn zerfressen, die Liebschaft vom schlechten Gewissen, die Ehe vom Verzicht auf die Liebschaft.
So mag es zugehen, obwohl nicht unbedingt im Leben
als vielmehr in der Novelle. So mag es zugehen, wenn
man es einrichtet für einen pointierten kurzen Verlauf. Im Leben bleibt alles im Überhang, schwankt und
schwankt und hört nicht auf zu schwanken.

Nichts unter Menschen bewegt sich in Symmetrien, und doch fällt alles auseinander, irgendwann, aus Gründen des Kräfteverschleißes. Aber es gibt nie den ersten und einen Schritt, der Ursache aller folgenden wäre.

Ich ging mit dem Schritt einer angesehenen Persönlichkeit auf einer Geschäftsstraße und zeigte ein In-mir-Ruhen, das ich keineswegs besaß, sondern nur vorgab, um neugierige Blicke auf mich zu ziehen. Aber es traf mich kein einziger. Außerdem hielt ich vier hölzerne Kochlöffel in der Hand wie vier lange Lilien, so daß ich mich auf eine Weise für auffällig hielt, die mir selbst unangenehm war. Doch es traf mich kein einziger Blick. Ich setzte mich in ein Boulevardrestaurant und steckte die Kochlöffel in die Innentasche meines Mantels. Während ich die Speisekarte studierte, sah ich eine schwangere Frau, die einen Kasten Bier vor ihrem hochgewölbten Bauch schleppte. Sie ging vor den Tischen ein wenig auf und ab. Niemand rührte sich. Ich sprang auf, unwillkürlich, um ihr die Last abzunehmen. Sie zeigte ein dankbares, befreites Lächeln. Nun trug ich vor meinem Bauch den Kasten Bier. Ich trug ihn sehr lange und unter wachsender Anstrengung, denn die Schwangere wußte nicht mehr, wo sie ihr Auto geparkt hatte. Es kam mir verdächtig vor: Wie hätte sie je allein einen solchen Transport mit verlorenem Ziel bewältigen können? Ich schleppte und schleppte und sah, daß es kein Ende nehmen würde. Ich schleppte mich mit dem Bierkasten vorm Bauch in einen Zusammenbruch hinein. Immer wieder mußte ich absetzen und sah dem gespielten Anfall von Verzweiflung zu, den die Schwangere ohne Variation und Steigerung wiederholte, da ihr Auto nicht zu finden war. Oder, wie ich nun glauben mußte, da sie in Wahrheit in der absehbaren Nähe keines geparkt hatte.

Während ich meine Kräfte bis zur Erschöpfung verbrauchte, stellten sich mir immer dieselben Fragen: Weshalb hatte mich niemand angesehen, als ich mit vier Kochlöffeln so auffällig die Straße entlangging? Weshalb war niemand außer mir aufgesprungen, als eine hochschwangere Frau mit einem Kasten Bier am Bordstein auf und ab ging? Was wäre aus ihr und ihrer Last geworden, wenn ich nicht von der Lektüre der Speisekarte aufgesprungen und ihr zu Hilfe, zu einer endlosen Hilfe, wie sich herausstellte, geeilt wäre?

Dies also war mein erster Vorstoß in völlige Dunkelheit. Mein Schleppen war ein Tasten – in Blindheit und Finsternis. Doch niemand sonst hielt mich für blind oder in Finsternis gehüllt.

Wenn man sagt, der Weg ist das Ziel, dann erwidere ich, es gibt nur ein Ziel: keinen Weg.

Keinen Weg gehen zu müssen. Kein Weg führt zum Ziel. Wir selbst sind der Weg, wir sind durch und durch Weg und werden ohne Angang abrupt ins Ziel versetzt.

Solche Sätze stiegen auf, während ich selbst hinabsank auf der Suche nach dem verlorenen Koffer zur untersten Ebene des Terminals. Der tiefste Grund dieses neuen Flughafens sah aus wie eine unterirdische Startbahn. Unabsehbar lange und öde Betonpisten, Platz, nichts als kolossaler, Mensch und Raum verschlingender Platz. Niemand wollte sich dem aussetzen, auch nicht die scheckige Gruppe von Einweisern und Putzfrauen, sie hielten sich gleichsam fest am Türrahmen der Pförtnerloge, um nicht von der Leere des Raums weggeschnappt zu werden. Diese säumige Gruppe, Bedienstete verschiedener Hautfarbe, der Pakistani, der Vietnamese und die schwarze Mami. Hier sollte das Lost-Büro sein? Noch eine Mütze Arbeit, Leute, und dann ab nach Hause, immer an der grünen Grenzbeleuchtung entlang, auf flimmerndem Weg ... Das Ziel läßt jeden Weg vergessen. Im Ziel gibt es keinen und zum Ziel führt keiner. Kein Weg – das ist alles, was wir mit dem Wort Ziel verbinden.

Der Engel zeigte mir im Traum den Kondemnationsentwurf. Der Verdammte durfte eigenhändig noch die ein oder andere geringfügige Korrektur vornehmen. Ich sah mich dazu außerstande. Ich fragte indessen, wer sich unter den Verdammten befinde und was ihnen bevorstehe? Der Engel reagierte mit dem üblichen Zeichen des Schweigens und der Verschwiegenheit, indem er den ausgestreckten Zeigefinger an den seligen Bogen seiner Lippen legte. Daraufhin aber ließ er mich wissen, daß es noch vieler Träume, vieler verbesserter Entwürfe und schließlich noch der vielen Zufälle seines Erscheinens in meinen Träumen bedürfe, bevor ich darüber Auskunft erhielte.

Auf einer Stadiontribüne saß ich einbeschlossen in eine ruhige Menschenschar und war mit allen gut bekannt. Ausgerichtet auf ein leeres Spielfeld, saßen Spieler und Zuschauer derselben verschwundenen Partie gemeinsam auf der Tribüne. Diese oder jene Erinnerung wurde sich zugerufen, über die Köpfe der anderen hinweg. Man drehte sich auch zuweilen um, oder jemand, an den man sich nicht genau erinnerte, stand kurz auf und sagte: Ich war das!

Leider mußte ich zum Bahnhof, durfte meinen Zug nach Hause nicht versäumen. Doch man gab mir zu verstehen, ich sollte bleiben, denn alle Abfahrtszeiten seien in den »Großen Aufschub« geraten. In Wirklichkeit saßen wir wohl in unserer aller gemeinsamen Innenraum, nach außen abgeschlossen, fest verschanzt. Aber war er nicht früher der offenste aller nur denkbaren Räume? Eine Gefangenschaft in ihm kann es nicht geben. Drüben, von fern, glänzte und blendete die Skyline neuer Tempel, Heiligtümer des blitzgescheiten Lebens, herrliche Bauwerke, bestechende Maße und Proportionen. Wir aber waren allesamt gefühlig und dumm geworden, Kinder der Wehmut, geschützt vor den Gewittern der Gescheitheit. Linien sind immer durchkreuzbare Linien. In den Wirren des Aufschubs geht indessen der Strich durch die Rechnung in diese ein und fügt den vielen Queren nur eine weitere hinzu. Immer wieder tauchten zwischen uns Bruchstücke einer alle betreffenden Erzählung auf, um sich gleich wieder zu entziehen, weil es kein gemeinsames Gedächtnis gibt.

Der Aufschub, das Zögern, je länger sie währen, gehören den zarten Zwischentönen, dem zarten Durchschein der Dinge, dem wand- und türlosen Raum, den zarten Übergängen. Dem Dunst, dem Schimmer, den fragilen Konturen. So jedenfalls, wenn man es versteht, nach Art der klassischen Chinesen zu leben, der Dichter und Maler, die, ihrer politischen Ämter enthoben, allein in den Bergen hausten und ihre Liebe, ihr allerfeinstes Unterscheiden an die wechselnden Formen der Wolken vergaben.

Es waren vier Dominikaner-Mönche, die in der Wartehalle des Flughafens einen kleinen Teppich ausrollten, sich hinstreckten und sofort zu viert in den Tiefschlaf fielen. Niemand wäre auf die Idee gekommen, daß es sich hier um die stillste, verhohlenste Form einer Verhöhnung handelte, der Verhöhnung nämlich des muslimischen Gebetsteppichs. Nicht einmal die einfältigen Mönche selbst waren sich darüber im klaren, daß ihr Schlaf auf dem Teppich nicht so rund und unschuldig war, wie er aussah, sondern daß er eine Spitze ausrichtete gegen die islamische Welt. Es war den vieren nicht einmal merkwürdig, daß sie stets gemeinsam zur Gebetsstunde der Andersgläubigen der Schlaf anfiel. Wo immer sie sich gerade befanden, legten sie ihren Teppich aus, den sie unterwegs immer bei sich trugen. Ihre unbewußte Lästerung ging sogar so weit, daß sie im Schlaf ihre Füße allesamt nach Mekka ausstreckten. Doch das Bild und das Zeichen, das sie in tiefer Müdigkeit darboten, wurde von jedem gläubigen Mohammedaner – von denen sich nicht wenige in derselben Wartehalle aufhielten – sofort entschlüsselt, und der tiefe Schreck der Beleidigung fuhr ihnen in die Glieder.

Nach einem ersten entsetzten Blick verboten sie sich ein genaueres Hinsehen. Sie hätten sich gewiß anders verhalten, wenn die vier Mönche in ihrem seligen Schlummer nicht eine so große Unwissenheit ausgestrahlt hätten.

In Aachen weigert sich der muslimische Taxifahrer, Gäste mit einer Whiskyfahne zu transportieren. Und demnächst, sagt er, werden bei uns Lämpchen am Wagen eingeführt, die anzeigen, ob der Fahrer auch unverschleierte Frauen fährt. Im Grunde ist er ein gutgelaunter, behaglich runder Mann. An allem findet er was Gutes. Hitler? Ach ja. Die Kraft, die Kraft.

Die Juden? Ach ja. Die Feinheit, die Feinheit. Alles hat etwas. Und das kommt noch hinzu: Die durchschnittliche Lebenserwartung jedes Deutschen wächst täglich um fünf Stunden. Wußten Sie das? Und das erst: Die Schwarzarbeit in Deutschland entspricht dem Gegenwert der deutschen Automobilproduktion.

Früher erzählten einem Fremde Weisheiten und Sprüche aus ihrer Heimat. Dieser Marokkaner schwelgte in Statistiken. Wußten Sie das?

Der Aufenthalt, nichts als der Aufenthalt. Ein nächster Zug, der wegen »technischer Probleme« im Bahnhof stehenbleibt, verschiebt seine Weiterfahrt auf unbestimmte Zeit. Die Menschen gehen in die staubige, kalte Bahnhofshalle und warten ab. Die Menschen – welche? Ich weiß es nicht. Ich sehe sie durch die Augen eines Mannes in geduldigen Jahren, der auf einer unbequemen Bank die Bewegung, die allmählich verlöschende Ungeduld der anderen beobachtet, während er in einer Zeitschrift blättert, ohne zu lesen. Freiheit und Unfreiheit des Aufenthalts. Die Zwangsgemeinschaft der Aufgehaltenen, eine unruhige Versammlung, die früher seine ganze Aufmerksamkeit erregt hätte, die er in zahllosen Einzelheiten *zugleich* erlebt hätte, bleibt ihm heute ein undifferenzierter, monochromer Wisch. Er kennt diese Leute nicht oder: was er von ihnen weiß, sieht er durch ihre Erscheinung, ihr Benehmen, ihr Betreiben ohne Rätsel wiedergegeben. Er kann daran nichts Sonderbares finden. Was sie bewegt, geht ihn offenbar nichts an. Ihre Eigentümlichkeiten sind ihm nicht eigentümlich genug. Er erfährt die ganz normale Gleichgültigkeit. Sie rücken von ihm ab und verschließen sich in einer Atmosphäre nüchterner, gedankenloser Interessen und Mitteilungen, die ihn vollkommen kaltläßt. Schon ist Gemeinschaft gestiftet, und schnell gerät sie in falsche Heiterkeit, mit der man die Belastung, die ein unbestimmter Aufenthalt mit sich bringt, zu überspielen sucht. Dieser Kordon des Scherzens riegelte sie gegen die Zumutungen eines ernsten und sehr befremdlichen Verweilens ab.

Sie überanstrengten die gute Laune, als stünden sie alle in der Not, möglichst geistreich, möglichst aufgeräumt zu sein, damit ihnen der Abend, die Nacht und die bedrückende Aussicht auf einen nächsten Wartetag gar nicht erst zu Bewußtsein kämen. In dieser Gesellschaft, das fiel auf, fehlten die früher üblichen Ausrutscher, Unebenheiten, Betulichkeiten, Befindlichkeiten. Hier überließ man sich dem unentwegten Tausenderlei, das einen gewöhnlich streift, wenn man sich im

Netz bewegt. Und diese geschlossene Atmosphäre läßt ihn, den altgedienten Verweiler, schärfer denn je empfinden, daß er, wo immer er sitzt und in Zukunft noch sitzen wird, stets übrigblieb aus anderen Tagen.

Er ging nun friedlich und stumpf unter den Leuten umher. Für sie war er keine Gestalt, keine Erscheinung, das spürte er wohl, diese Person, die sich nicht einfügte, war ihnen vollkommen belanglos.

Sie sind alle in Betrieb, halten Hof, knüpfen und pflegen Verbindungen, genießen gegenseitig ihr Ansehen – da ist niemand, dem er nicht ungelegen käme. Solche Leute müssen jemanden, der bar jedes Ansehens sich einschleicht, für einen Gesichtsdieb halten.

»Ich komme nicht mehr zur Besinnung!« rufen sie ihm zu.

»Und ich finde aus meiner Besinnung nicht mehr heraus«, murmelt er ein wenig sarkastisch.

T'ang Yins (oder Chou Ch'ens?) Tusch-Bild »Traum von der Unsterblichkeit in einer Strohhütte«, erste Hälfte des 16. Jahrhunderts, nachgeträumt. Steilküste mit kleiner Hütte, die schroffe Felswand nur wenige Schritte entfernt, wenn er aus seinem Verschlag trat. Die Kutte zerschlissen, der Bart welk und fransig. Ich habe kein anderes Gefühl, dachte er, als daß Gott mir den Sprung von der Klippe ans Herz legt. Ich bin wohl einer von denen, die er auserwählt und geprüft hat und die versagten. So erging es dem König Saul, den er verwarf, die düstere Seele. Saul, ha! Gottes falsche Wahl!

Aber es wird keinen Sprung in die Tiefe geben. Der

Abgrund, die Brandung grollt Tag und Nacht. Das ist ER. Ich soll dorthin. Ich bleibe, ich klammere mich an die Pfosten meiner Hütte. Ich fresse Würmer und Vogeldreck. Aber meine Demut genügt nicht. Ich bin reif fürs Ende. Ich werde es aber anders anstellen, als mein Überblicker es von mir erwartet.

So kehrte der Eremit eines Morgens dem Abgrund den Rücken und kletterte mit dem Gesicht zum Fels von Vorsprung zu Vorsprung abwärts. Er wußte, daß ihn irgendwann die Kräfte verlassen würden, daß er irgendwann abrutschen und doch stürzen würde. Aber es würde kein willentlicher Sprung in die Tiefe sein. Ich werde es nicht gewollt haben, dachte er und wiederholte den Gedanken immerzu, während er sich an den Fels klammerte und mit dem Fuß nach einem Halt tastete. Schließlich würde er straucheln, keinerlei Halt mehr finden und sich im letzten Moment von der Klippe abstoßen, um nicht zerschürft zu werden im Fall.

Aber ich werde nicht den ganzen Weg gestürzt sein! Und statt unten aufzuschlagen, werde ich wieder steigen. Ich werde erhoben und sehe noch drei große X, die Zeichen meiner Ausstreichung, auf dem Segeltuchdach meiner Hütte, weshalb, weshalb? Ich erhebe mich über meine Klause, ich stürze gen Himmel.

»... umsonst! denn selbst aus der Quelle der Freuden / Steigt dir ein Bitteres auf, das unter den Blumen dich ängstigt.« Lukrez, De rerum natura IV, 1126.

Arzt, Mann, Vater – alle drei außer Dienst. Er hat sich eingemietet in einem Hotel am Bodensee, zwei Zimmer mit Blick, ohne Bücher, ohne persönliches Inventar. Bilder von Frau und Sohn auf dem Schreibtisch. Sie waren flüchtig. Er hatte die Ehe überlebt. Sich selbst auch. Morgens wird ihm das Frühstück aufs Zimmer gebracht. Zu abend ißt er im Speisesaal. Worte werden nur mit dem Personal gewechselt. Er bemüht sich, niemanden mit seinem Redebedürfnis zu belästigen, das ihn manchmal befällt wie früher die Liebesgier. Immerhin gibt es den Laptop. Um sich neue Stützstrümpfe zu bestellen, Unterwäsche, eine Konzertkarte für München samt Bahnticket. Laptop und Drucker. Aber die Träume – daß Gott ihn über den Klippenrand drängt! Die vollkommene Tilgung seines Namens. Um gänzlich und für immer vergessen zu werden. Als er noch mit Frau und Sohn war, besaß er seinen Namen noch.

Eines Tages, wenn der virtuelle Spuk wieder von der Erde gewichen ist, wird es einen Heißhunger nach anfaßbaren Menschen geben, einen unbezähmbaren Anfaßdrang.

Rien n'aura eu lieu, hatte jemand in sein Online-Poesiealbum geschrieben. Es soll ein berühmter Ausspruch des Dichters Mallarmé sein. Nichts wird stattgefunden haben.

Aber wer war es, der sagte: Eines kann auch der Allmächtige nicht: etwas Geschehenes ungeschehen machen?

Wenn ich sterbe, stirbt mir alles. Doch kann es auch geschehen, daß mir alles stirbt, solange ich noch lebe. Das Befremden, das große Verwundern – Du mit deinen abnehmenden Gesäßballen, stell bloß das Wünschen ein! Pflege dich, halte dich gerade und bleibe ungeliebt! Da ist übrigens noch dein Kopf, vergiß das nicht, auch wenn du von ihm oft nur die Haare spürst, die sich vor barem Entsetzen sträuben. Mach ihn zu deinem einzigen, äußersten Laster! Und ab und an ein Blick auf deine einst recht liebevollen Hände. Weiß mit braunen Flecken wie ihr Sommerkleid.

Aber niemand zum Anfassen da! Seine Frau nicht, sein Sohn nicht. Obwohl er einige Reste von ihnen aus dem Netz, den Speichern, den Redeecken kramte. Aber er zog sie nicht wirklich herbei, erwischte sie nie in dieser weltweiten Unterwelt, um sie heraufzuziehen, obwohl er unentwegt voll Ansprache zu ihnen war. Nein, sie wollten ihn nicht hören, sie waren seiner überdrüssig. Dabei hätte er so viel Besseres zu sagen gewußt als in den früheren Jahren. Jetzt erst hätte er etwas zu sagen gehabt, jetzt hätte sich eine Unterhaltung mit ihm wirklich gelohnt.

Oh! Nichts als es nicht fassen können! – Frühsommermorgen und der Jubel der Stille. Die Einfahrt zum Haus, Ahornallee mit ineinandergreifenden Kronen, ein Schattentunnel, der Gang zum Briefkasten. Verstoßen in die Pracht ... Nichts wird stattgefunden haben. Das läßt sich auch übersetzen mit: Es war, wie es immer war. Nichts kam hinzu. Du bist in einem die Hummel und die Lavendelblüte, der Gastfreie und der ihn abstaubende Gast. Das Allzugleich entfaltete sich. Nichts fand statt, alles stand und wiegte sich in seiner Gegebenheit. So auch meine Immediatbücher, in denen nichts verlief von Anfang bis Ende, sondern sich ordnete in der Totale des einmaligen Würfelwurfs. Der unablösbaren Eröffnung eines Spiels, bei dem ich als Spieler ausschied, keine zweite Chance hatte.

Mag auch niemand Gestalt erkennen in meiner Zerstreuung. Geschroten und gemahlen, bleibt nur ein vager Umriß in Körnern, das Ende von Max und Moritz.

Die Natur würfelt nicht, hieß das defensive Diktum der klassischen Physik. Das Gedächtnis jedenfalls tut es in einem fort. Gezähmte Erinnerung ist keine. Sie ist bereits Roman: *über Fälschungen präzisiert.*

Beim Frisör hob das bedienende Mädchen hinter mir ihr Kleinkind in die Höhe, damit es sich im Spiegel erkenne, in meinem Spiegel, und das Kleinkind trommelte mit den Beinchen auf meinen Kopf, als es sich erkannte. Sie hielt es aber in die Höhe wie eine feilgebotene Ware; wie etwas, das ich erwerben konnte, denn sie blickte mich an im Spiegel und schüttelte den Kopf ein wenig fragend, wie es zu den Worten gehört: Nein? Gefällt nicht? Aber ja!

Als ich fertig war, führte mich die Besitzerin des Salons zur Kasse und entschuldigte sich für die Freiheiten, die sich das bedienende Mädchen herausgenommen hatte. Nach zwei Gläsern Pfirsichlikör werde sie schnell etwas nuttig. Sie selbst, Madame, blond, ein Birnengesicht, breiter Stirnschädel, der sich zum Kinn drastisch verjüngte, ein häßliches munchhaftes Oval mit dicken Augen, sie selber hole sich auch mal einen über Nacht, aber davon erzählt man doch nicht! Beim Kassieren sprach sie beiseite und entließ einen Schwall von schlüpfrigen Extravaganzen.

Der Trieb, zur Seite zu sprechen, ohne den Ehrgeiz, offen und klar gehört zu werden, hat sicher einen besonderen Grund. Oft geschieht es, daß jemand das Wichtigste nebenbei sagt, ja er pflegt dies Nebenbei womöglich nur deshalb zu wählen, weil er eine erhöhte Aufmerksamkeit erheischt. Weil er sich nach jemandem sehnt, den seine genuschelten Worte aufhorchen lassen und nachfragen. Und der ihn dann, den Undeutlichen, nach und nach zu entdecken wünscht. Zweifellos wird er irgendwann einsehen, daß ihm das Nuscheln nichts nützte und er hoffnungslos unentdeckt wieder vom Erdboden verschwinden wird.

Ein Mann hatte sich in eine Welt ohne Fotos zurückgezogen. Er wurde, wie andere an einer Lichtphobie leiden, von einer Abscheu gegenüber allem Lichtgeschriebenen, aller Photo-Graphie beherrscht. Auch war er von der fixen Idee besessen, daß alle Fotos »ihr Etwas« im *falschen Augenblick* festgehalten hatten. Es gab aber einen richtigen seiner Überzeugung nach. Doch kein abbildender Apparat konnte ihn überhaupt je erwischen. Eine Zeitlang hatte er sich bemüht, alles Lichtgeschriebene sofort zu zerreißen, wo immer es ihm in die Hände fiel. Aber da das Zerreißen von Fotos eine magische Bedeutung besaß, die ihn zusätzlich belastete und in große Unruhe versetzte, gab er diese Anstrengung bald wieder auf. Außerdem war sie nicht geeignet, um gegen die Falschheit des Augenblicks vorzugehen, sie ließ sich so nicht wieder aus der Welt schaffen.

Eines Tages rief er einige Fotografen zu sich und bat

sie, es doch einmal drauf ankommen zu lassen, ihn abzu...*lichten*. Schließlich sei auch er nun ein berühmter Mann, der erste Mensch weltweit mit einer ausgeprägten Fotophobie. Er lehnte an einer alten Mülltonne aus Gußeisen im Innenhof einer ausgeräumten Fabrik. Der Schwarm der Fotografen, kaum daß sie die Kamera vor das Auge drückten, bewegte sich auf einmal merkwürdig träge von einer Seite zur anderen, um die richtige Ansicht des Mannes mit dem schwarzen gewellten Haar zu finden. Keinerlei Hast oder Schnellschußgier beherrschte sie. Wie aber ihr Modell so stillstand und in ihre Objektive starrte, wurden die Fotografen davon in eine bleierne Langsamkeit versetzt. Einer nach dem anderen ließ die erhobene Kamera sinken, schob den Halteriemen über den Kopf und legte in tiefer Benommenheit sein Gerät dem abwegigen Menschen vor die Füße – wie einem opferneidischen Götzen.

Der bittere Ernst, die klösterliche Strenge des Lesens, die ausgesuchte Seriosität dieses über ein Buch gebeugten Kopfs – und der frivole Leichtsinn, die billige Durchtriebenheit so vieler Bücher.

Altmans »Last Radio Show« zeigt, daß das Kulturelle und die Kunst sehr wohl noch und am wenigsten vertuscht nationale Unterschiede kennt. Charme, Geist, Witz – alles besser als die sogenannte »Mentalität« – lassen sich nicht so schnell globalisieren. Kein Deutscher besäße die Fähigkeit, das Populäre, das Geschäft des Entertainers mit so feinen menschlichen Anwandlungen zu bereichern. Das Populäre erleidet hierzulande oft das schreckliche Schicksal, von Intellektuellen gehütet und befingert zu werden. Auf diesem Weg kann es niemals zu Herzen gehen. Während dort, in Altmans Show, noch der blödeste Witz einen ganzen Kerl mit Leib und Seele vorstellt und nie ausstellt. Charme und das groß endende Durcheinander. Das Durcheinander, die einzige Sphäre, in der man nicht voneinander läßt. Man braucht überhaupt keine Geschichte, nur dies zärtliche Durcheinander, das stärker ist als die Individuen; die Alten scheiden aus, die Jungen rücken sehnsüchtig nach, die Show bleibt dieselbe. Der alte Entertainer vergißt denselben Song, den das junge Mädchen gerade erlernt.

In seinen späten Jahren plagte ihn Ernüchterung.

Ein Mann, der nicht etwa Löcher in die Luft, sondern Abgründe in die lieblichste Erde starrte.

Unbesonnen – was ist das wirklich? Auf Schritt und Tritt zu fürchten, gerade etwas Unüberlegtes zu tun oder schon getan zu haben. Ich ging zu den Elendsten, um es herauszufinden, den ganz und gar Aussichtslosen. Da saß eine korpulente, mittelalte Frau, von hinten gesehen ein Weibstrumm, auf dem Bordstein. Ein breites Männerjackett hing über den Schultern, die urinblonden Haare waren in spitzen Röschen in die Höhe spaliert. Vorne das teigige Gesicht, hinter getönter Brille die vertrunkenen Augen. Sie hatte die Ellbogen auf die gespreizten Knie gestützt und rieb sich fortwährend die Hände. Die durchsichtigen Strümpfe hingen abgerollt an der Wade, ein Monument der Zerstörung. Kein Mann, doch eine Tochter, die sich nicht mehr um sie kümmerte. Wasser in den Beinen, krank, einsam, völlig mittellos, mit einem schreckhaften Lächeln, das über ihr Gesicht zuckte, als träfe der Blitz der Bitternis nur jede zweite Sekunde ihr Hirn. Ja, und sie sagte, daß sie vor vielen Jahren einmal fünf Richtige im Lotto hatte, aber vergessen, den Schein abzugeben.

Ich sah von nahem ihr Gesicht mit den »fliegenden Gesichtern«. Es war der rasch wechselnde *Aspekt*, unter dem sie im Leben angesehen worden war. Es huschten die Gesichtszüge derer, die sie angeblickt hatten, über ihr Antlitz. Ein einziges faziales Wetterleuchten, lautlos und unberechenbar.

Ich kam in einer rauchverhangenen Kneipe an den Tisch mit Kartenspielern zu sitzen.

Die Schenkin forderte mich mit dem Kinn auf, meinen Getränkewunsch zu nennen. Das aufruckende Kinn, das Du-da! wirkte so herabsetzend auf mich, daß ich mich augenblicklich als ein Herabgesetzter benahm und ein Paar Pantoffeln, die sie über den Boden in Richtung der Kartenspieler schubste, die aber auf halber Strecke stehenblieben, zu meiner Angelegenheit machte. Ich stand auf und war gerade dabei, sie aufzuheben und zu ihrem Adressaten zu tragen, als mir meine Beflissenheit peinlich erschien.

Ich blickte aufwärts zum Schanktisch wie ein zur Unterwürfigkeit Verdammter, der nur einen halbherzigen Versuch unternimmt, gegen sein Los zu rebellieren. Ein Mann, von Erinnerungen nicht wirklich überwältigt. Buchhalterisch abrechnend mit Einbußen und Mängeln. Am grünen Alter keinen Geschmack findend, so wenig wie an den Früchten des Markts, die jede Verbindung zu den Jahreszeiten verloren. Nestelnd an den Letzten Dingen wie ein Hypochonder an seinen eingebildeten Wehwehchen, nur noch Befingern in den Fingern, kein Umarmen in den Armen, das eigene Nachlassen zum Epochenbegriff erhebend, als Außenseiter an der Außenseite jeder ernsthaften Frage abgleitend, Alter-steilzeit lesend, wo Alters-teilzeit geschrieben steht. Schutz suchend vor dem Steinregen eines gesprengten Romans, der hier auf geräumigen Seiten niederprasselt – ein Mann in solcher Lage möchte nur noch unter die Leut, zwischen ihnen zergehen, sich auflösen in ihnen, und wenn es auch Kartenspieler sind, die ihn nicht mitspielen lassen. Der Tag *fading out*, geht also zur Neige, doch hier geht es erst richtig los. Hier haben sie, wogend, ihre leichten Aussprachen, ihre glitzernden Flüche, ihre schäumenden Urteile.

Das menschliche Gedränge … vor einer Sportarena, vor der Gangway, im Aufzug … auf engstem Raum die große Schar, Männer Frauen Kinder und dann, als würden lautlos zwei Stahlplatten sie langsam zusammenschieben, Zunahme des Gedränges in Festtagslaune, bis es enger nicht mehr geht.

Die Schenkin erzählte von ihrem Kumpan, der an sich verzweifelte und sich seiner ruinösen Trunksucht wegen umbringen wollte. Er griff zu einer Schreckschußpistole, setzte sie an die Schläfe und drückte ab. Eine Platzwunde, aus der viel Blut strömte, versetzte ihn in die Gewißheit, daß es vorüber sei. Er war einfach zu besoffen, um zu bemerken, daß er nicht tot war.

Als er endlich ausgezogen war, fand sie in seinem Zimmer Ballen von Schmutzwäsche, die er überall versteckt hatte. Eine Schreibtischschublade voll mit alten Socken. Hinter den Heizungsrippen klamme Pullover, da nicht mehr geheizt wurde. In der Küche der Nudeltopf gestopft mit einem Knäuel aus Hemd, Slip und Pyjama.

Es ist für den Haushalt des Gemüts von Nutzen, Diskriminierungsaffekte zuzulassen und zu beherrschen. Davon rein zu sein ist ebenso gefährlich wie jeder andere Purismus. Man weiß nicht, wozu der Ultra der Toleranz schließlich fähig ist.

Wenn ich die treffliche Formulierung, die ich soeben im Radio hörte, ernst nehme – »dies ist ein erster Baustein zum Abbau rassistischer Vorurteile« –, dann sind wir gehalten, den Abbaustein zu erfinden. Mit ihm mag dann die Architektur des Verschwindens beginnen.

Im Vorzimmer, bevor wir, einander Unbekannte, versammelt zur Prüfung, ins Zimmer gebeten wurden, sah sie mich flüchtig an. Im Zimmer, wo wir angesichts eines Experimentalfilms auf unsere zwischengeschlechtlichen (»eingefleischten«) Vorurteile getestet werden sollten, kippte sie sich auf ihrem Stuhl rückwärts gegen die Wand, und ich lehnte an derselben Wand. Doch ein blöder Schrank, Inbegriff aller Gedankenlosigkeit, stand zwischen uns. Ich fragte mich, ob Angucken zwischen den Geschlechtern nicht beinah schon ausgestorben sei. Verschlossene junge Männer und Frauen, die sich nicht ansehen, die vielmehr mit Fühlern, mit taktilen und chemotaktischen Mitteln sich finden und folgen. In dunkler Unaufmerksamkeit sich irgendwie erwischen und aneinander hängenbleiben für einige Zeit. Nach dem Motto: Mit wem ich schlafen will, den finde ich im Schlaf. Das wäre die rein sinnliche Konsequenz der Floskel: ohne Ansehen der Person. Wie vor Gericht so in der Liebe.

Die Verschlossenheit zieht an. Der Magnet braucht keine Augen. Erst der sich aussprechende Mensch muß außer Worten noch eine Menge feinerer Substanzen absondern, die im glücklichsten Fall mit denen eines anderen Sich-Aussprechenden eine Verbindung eingehen.

»Nicht an seiner Sprache erkennen die Frauen den unwiderstehlichen Spaßmacher, sondern an seinem Zeugungsfluidum. Unsere Scherze hören sie nicht, sie wittern sie.« (Robert Poulet, Wider die Liebe)

Die Masken und Matrizen – das Vorgeprägte findet sich bereits im winzig Kleinen. In der Rohmasse schon die Streuung der Formen. Muster und Metren im frühkindlichen Lallen.

Wo etwas noch festsitzt, sind die Lockerungen ein Erzählabenteuer. Das gilt für die Periode der Ibsen, Fontane, Keyserling. Im Falle aufgelöster Formen sind umgekehrt neue Festsetzungen kein Gegenstand der Erzählung, sondern Phantasmen der Ideologie.

Statt dessen sind dann Mikroformen mitsamt der »Baupläne«, die sie enthalten, eine Entdeckung wert.

In der Abendsonne das alte Entzücken angesichts der Flugschau der Schwalben. Kehren, Volten, Schlingen, Jagden und der Sturz in die Landung auf dem Hofplatz oder auf dem zerbröckelnden Betongrund, wo sie winzige Insekten von den Moosen pflücken. Und die Eleganz gipfelt im glänzenden Flügelkleid, im nächtlich-festlichen Schimmer zwischen Schwarz und Finsterblau, die Rauchschwalben eher im blauschwarzen Frack mit spitzen Schößen. Vier steigen da auf und überflügeln sich, und ich sehe ihre Bahnen wie unter verzögerter fotografischer Belichtung als dunkle Bänder sich verwirren.

Nie im Schwarm gewesen, nie im Geschwader einer. Was für einer aber der auf seinem täglichen Gang in die Senke, als ginge er jedesmal tiefer hinab und tauchte tiefer in die Mulde der Felder und der Weg führte länger und sanfter nach unten? Das ist auch ein Gehen, dem die Urteile schwinden und die großen Erörterungen nur mehr ein fernes literarisches Rumoren sind. »Stechlin«! ... Gar nicht so weit von hier. Längst hat der dunkle See auch den Flirt zwischen den Epochen, hat alles Bereden zu sich genommen und in Stillschweigen gelöst.

Der weltläufige Kulturphilosoph aber sagt: Demokratie und Alleinsein sind Feinde.

Wenn es so ist, na dann.

Ich dachte daran, wie sie ankam mit ihren allzu bestimmten, stenografischen Schritten, das kurze Tacktacktack in der Flughafenhalle, so stolz der Schritt und so unverwirrbar ihr Geradeaus. Doch beim ersten Wort, das jemand an sie richtet, erweicht der kielscharfe Gang, das strenge Gesicht löst sich in warme Freundlichkeit, ja konturlos wird es vor Kontaktfreude. Wozu dann dieser Anschein von erhabener Verschlossenheit, wenn dahinter ein überschwengliches Anhaften an jeden sich verbirgt, der im Gespräch nur einmal nebenher die Hand auf ihren Unterarm legt?

Als ich nach den Plagen der Nacht in den Sonnenschein hinaustrat, um durch die Rosen zur Außendusche zu gehen, betört von der Lichtung meines Orts, dankbar für die Gnade, hier zu sein und von solchen Morgenstunden empfangen zu werden, da bildete sich die seltsam tröstliche Einsicht: Wohin du auch blickst, hast du den Garten und das weite Land. Nirgends ist es der Ehrgeiz, der diese Schönheit und Freiheit hervorbringt. Sieh dies als Lohn für deine Arbeit, als wäre sie hierin abgeschlossen. Jedenfalls diesen Lohn vergrößerst du mit keinem weiteren Wort. Du-da-draußen hast etwas, das nur aus Säumen besteht und keinen eigenen Namen besitzt. Denn an die Stelle der Sehnsucht ist nun das unermüdliche Staunen über das Dargebotene getreten.

Unter dem Summahorn am Mittag. Unter der Haube von Hummeln und wilden Bienen, die einträchtig tanzen zwischen den Fruchtständen, den Blütentrauben des jungen Baums. Hier saß die Mutter oft und blickte vollkommen ins Leere. Halb daß es ihr so gefiel, halb daß sie es, wie alles übrige, als Pflicht genoß: Ich bin draußen gewesen, ich habe meinen kleinen Gang gemacht. Wie es sich gehört. Manchmal nahm sie ein Schaumstoffkissen mit, weil für ihren knochigen Steiß die Eichenplanke der Bank zu hart war.

Ich sah den sichernden Aufblick der Schwerhörigen. Ich hörte ihr Jungmädchenlachen, ein geniertes, gekichertes, Ellipse eines Lachens, das ihr aus der Kehle – aus diesem tiefen Brunnen stieg, der alten Kehle.

Denken, Fühlen, Reden waren längst in gefällige Schutz-Floskeln zerfallen, bevor auch nur ein einziger Gedanke an den Tod zu ihr dringen konnte. Die unbeugsame Geherin im Kreis.

Doch der Bienen sanftes Gesumm beredete sie behutsam zum Tod.

Wer achtet aber darauf, was die Figur sagt, die jemand abgab, die Figur, die sein Leben fest umrissen in den grenzenlosen Sand möglichen Lebens zeichnete? So viel mehr sagt die Figur, als der zugehörige Geist es äußern könnte. Ja, er selbst ist in der Figur nach außen getreten und äußert sich nicht.

Mittsommer! Tag mit dem breiten Rücken. Erst kurz vor Mitternacht wird das Becken der Nacht breiter sein als die gedehnten Arme des Mittags. Noch später dann, wenn der letzte Dämmer, der auf niemanden mehr trifft, vereinsamt, leise mit der zahm gewordenen Finsternis zu reden beginnt: Was du hast, ist bei weitem mehr als das, was du nicht hast. Was du entbehren mußt. Aus allem, was da so war, ergibt sich für dich eine letzte Chance, intim zu werden mit einem schwachen Licht.

Du kehrst immer zum Großen Aufenthalt zurück. Für ihn gibt es freilich kein Zimmer und keinen Wartesaal. Es geht auch gar nicht ums Warten, im Aufenthalt geht es um das Versammeltsein. Wir stehen herum und gehen durcheinander, die meisten sind beschäftigt. Viele Leute auf beschränktem Platz verhindern, daß alle sich in die eine Richtung bewegen. Sie gehen beständig durcheinander, und nicht einmal der einzelne hält seine Richtung bei.

Es ist vielleicht nur die Dehnung einer reichen Stunde. Irgendwann erscheint ein kleiner Bote, und wieder wird einer von uns diskret beiseite genommen und abgeholt. Und dann war's, im nachhinein, nur die Streckung jener ersten Sekunde, in der wir die Augen öffneten.

Doch sagt man auch: du hältst mich auf. Es drängt

mich, davonzugehen. Wie man es dreht und wendet, wie man auch fragt und blickt, man hört nie auf, einen Fluch zu studieren.

Ein Mann lehnt über dem Geländer einer Galerie in der oberen Etage. Unten im Vestibül, zu ebener Erde bewegt sich eine Frau, die zu ihm über eine Höhe von einigen Metern hinaufspricht. Sie geht auf kurzer Strecke hin und her, um immer neue Worte zu finden. Sobald sie hinaufspricht, steht sie still. Der Mann erwidert nicht. Er hört nur zu. Vielleicht hat er sie zu Anfang aufgefordert: Sage alles! Nun bemüht sie sich, nichts auszulassen. Geht ihre vorgegangene Strecke, spurt wie das Wild immer denselben Wechsel, als ob nur unter gleichen Schritten ihr *noch etwas anderes!* einfiele.

Wir führten unsere Gespräche auf Dächern, solange das Hochwasser unsere Wohnungen überschwemmte. Wir saßen auf engobierten Ziegeln, wir mußten schwindelfrei sein, um uns mit der gewohnten Heftigkeit auseinanderzusetzen. Der Freund war darin besser als ich. Er wagte in heikler Höhe ebenso aufrüttelnd zu sprechen, zu proklamieren, wie er es sonst zu ebener Erde tat:

Zerstören sagt sie – ein Theaterstück von Marguerite Duras. Welch ein guter Titel!

Und wie wegweisend gerade jetzt! Tod den Bewahrern! Den träumerischen Einbehaltern von Vergangenheit! Weckt den Marinetti in euch! Auslöschen, vergessen, vernichten! lautet jetzt die Parole, seid wieder, seid neue Futuristen! Sagt euch los, zerreißt alle Fasern, in denen Vergangenheit in euch anwuchs. Welch ein Zeugnis der Schwäche: eure Fortschreibungen und Anknüpfungen, Übernahmen, Anspielungen und Anleihen – was für byzantinische Gewundenheiten! Folgt dem Strom des Millionenheers von Ungeformten und Vergeßlichen. Vergeßt mit allen alles. Und was ihr nicht vergessen könnt, das zerstört. Nur so werdet ihr euch befreien, erneuern, reinigen, erheben! Und dabei gebt ihr dem Gewesenen, das ihr nicht mehr befingert, sondern zerschlagt, die Chance, eines Tages mit ungeahnter Macht zurückzukommen, über euch zu kommen, das Vergessene steht auf, und Erinnerungen, ein Sternenzelt von Erinnerungen zieht über euch hinweg.

Wegen des unsicheren Halts auf dem Dach gelang mir kein aufrüttelndes Widersprechen. Ich sagte, vom Abrutschen bedroht: Gern träumt und so ähnlich auch der Abwegige vom Schicksal eines gemeinschaftlichen Gespürs, einer alle ergreifenden Aufwallung.

Ach, der Abwegige – rief der Proklamateur –, er soll seine Kieselsteine sammeln und welke Blüten aus den Rosen pflücken. Der Abwegige – fügte er leiser hinzu und bohrte, vor Nachdruck fast abgleitend, den Zeigefinger in meinen Oberarm – sollte nicht zu allen sprechen, sondern so unzugänglich bleiben, wie sein Hausen und seine Wege es sind. Denn er besitzt weder Thema noch Wille noch Auftrag. Laut lebe nur der Revolutionär! Was zu seiner Zeit Mauern durchbrach, durchbricht auch später die Mauer der Zeit.

Und ich erwiderte: Aber dort, wo das Revolutionäre bloß noch eine späte Nachahmung ist, sich lüstern spreizt, dort wendet sich selbst der umsturzsuchende Phantast von ihm ab. Da aber für eine neue Gemeinschaft nichts spricht, bleibt uns nur der Zufall der guten Rede.

Meine Worte reizten ihn nicht, und er antwortete nachlässig: Was weißt du. Vielleicht kommt alles ganz anders. Mit voller Wucht.

Sein unerwartet schnell versiegter Eifer ließ umgekehrt nun in mir ein festeres Meinen zu. Ich sagte: Anything goes – daneben. Wir debattieren hoch auf dem Dach und sehen das Wasser steigen. Der Pessimismus der letzten Instanz, der das Menschengeschlecht seiner unvermeidlichen Selbstzerstörung geweiht sieht, kann ja die höhere Farce des Danebengehens nicht selber schreiben. Dazu braucht er den Dichter, dem aber die borstigen Ein- und Aussichten jede Schaffensfreude verderben. Es kann nicht sein Ehrgeiz sein, der unerschrockene Rhapsode der steigenden Sintflut zu werden. Er ist ausschließlich für den Bau der Arche zuständig. Und eventuell bei der Auswahl jener Kreatur behilflich, die noch vermehrungsfähig und vermehrungswürdig ist. Er, der die Lage besser als jeder andere kennt, wird sich nicht von der Rhetorik des Untergangs noch von den abscheulichen Tatsachen selbst beirren lassen. Vielleicht wird er am Ende nicht einmal mit in die Barke steigen, eher läßt ihn das Entsetzen versteinern und er wird zu einem Stein, der niemals ertrinkt und auch bei Sintflut noch irgendwo in der Brandung rollt.

Wen berührt schon die *Idee* des Untergangs – ohne persönliche Zugehörigkeit, ohne geschichtliche Stimmung? Es droht ja kein erlebter Bezirk zu verderben, sondern etwas so Heimatloses wie der *Globus*, den niemand lieben kann. Endzeit für Gefühlsarme, des Schauderns Entwöhnte. Das, woran dein Herz hing, was dich erzog und prägte – und das tatsächlich unterzugehen droht, das rückt also in eine Reihe mit dem Großen und Ganzen, das dich nichts angeht.

Gedanken darüber, was kommen wird, entbehren der Anmut und Vernunft, denn sie sind ungriechisch.

Was uns bleibt, ist das Verlorene. Deshalb gibt es kein Wort, das deutscher wäre als *Sehnsucht*.

In seiner Apperzeption (um Doderers Lieblingswort zu verwenden) beruhte alles auf festen, unumstößlichen Verabredungen, wenngleich er von ihnen nur die verwirrendsten, verschlossensten Zeichen empfing. Seine gesamte Umgebung schien nach einer verbindlichen, jedoch unerklärlichen Ordnung geregelt. Als wären über Nacht alle Verkehrsschilder auf den Straßen ins Unlesbare mutiert, obgleich sie nach wie vor unbedingte Anweisungen enthielten, die freilich kein irdischer Fahrzeughalter mehr verstand.

»Wozu? Warum? Was geht eigentlich vor auf der Welt?« fragt er sich jedesmal – genau wie der wunderliche Pierre in Tolstois »Krieg und Frieden«. Genauso ratlos und wie vor den Kopf gestoßen. Nur fragt er sich das bei weit geringeren Anlässen als seinerzeit der Kammerherr. Nämlich dann, wenn ihm ein Polizist einen Verweis gibt. Wenn vor ihm beim Bäcker das letzte Baguette verkauft wird. Wenn sein Abteilungsleiter ihm einen Urlaubstag streicht. Wieso? Warum? Was geht eigentlich vor auf der Welt? Und es klang jedesmal so, als wären diese Welt und er zwei unverständige Geschäftspartner, die partout nicht handelseinig werden konnten.

Es ist daher kein Wunder, daß ihm bei Gelegenheit die folgende Geschichte passiert. Als sich ihm eine jüngere Frau aus der weiteren Verwandtschaft zuwendet, erklärt sie diese Zuwendung für absolut, er aber hält sie auf Anhieb für relativ. Er sieht sie und weiß: Eine Schönheit wie diese läßt sich nur mit einem Mann wie mir ein, um einen anderen, ihren einzig Geliebten, zu provozieren. Diesen kennt er zwar nicht und hat ihn außer in ihren dunklen Augen nie erblickt, aber es besteht kein Zweifel: Billige Eifersucht soll ihn bewegen, sie zurückzuerobern. Ich bin ihr letztes Mittel, sagt sich der gutmütige Verwandte. Wie sollte es anders sein? Diese einem anderen hörige Frau glaubt endlich ihr argloses Opfer gefunden zu haben im weitläufigen Familienkreis. Diese Operation »Zweckmann«, für den sie ihn geeignet fand, durchschaut er einwandfrei bis in den letzten Winkelzug. Aber ein Opfer ist er trotzdem, denn bei aller Berücksichtigung des Relativen hat er sich über beide Ohren in sie verliebt und ist sich dabei seiner fatalen Gemütslage »bewußt und nur allzu bewußt«. Das macht ihn unfähig, eine einzige Bewegung in dieser Liebe auszuführen, ohne daß ihm die komplette Liebes*geschichte* in den Kopf schießt. Und diese ist und bleibt die Geschichte einer erbarmungslosen Hinterlist. Selbst wenn alles nur in seiner Einbildung existierte und sie ihn wider allen Augenschein am Ende doch wirklich liebt, um seiner willen, absolut also, hätte eine solch große, schöne Tatsache bei einem Menschen, der sich einmal als Zweckmann empfinden mußte, nicht die geringste Chance, für wahr genommen zu werden.

Was hätte man einzuwenden, wenn einer erklärte, deutsches Biedermeier und Woodstock-Generation sind einander nähergerückt? Das Unterschiedlichste braucht nur einen bestimmten Abstand der Betrachtung, um sich anzugleichen und unter demselben Mehltau der Vergangenheit zu verschwinden.

Von heute aus: Was sind Individuen? Was ist aus dem Kontrast zwischen Herz und Hirn geworden? Das Herz, selbst das aufständischste, gehört ebenfalls zum Hirn und ist eine Partition dieses Totalprozessors. Und was ist aus Kunst versus Natur geworden? Die Metamorphose der Gegensätze stockt – sie konvergieren in einem Dritten. Natur gibt es nur noch in der technisch-moralischen Verstandeswelt der Ökologie. Andererseits rettet Kunst wie eh und je das Individuelle. Selten gab es eine Periode von solch produktiver Unreguliertheit – nicht zuletzt, indem sie sich durch keinen Perioden-Begriff regulieren läßt, vielmehr in nervösem Wechsel einen Dach-Begriff nach dem anderen lanciert und wieder verwirft, anscheinend also unter fliegenden Dächern am ehesten bei sich und zuhaus ist.

Sondiert und gerastert nach ihren überraschenden Gesten, nach Eigentümlichkeiten, Wechselwirkungen und Oberflächen, die tief blicken lassen, sind die Heutigen gewiß viel interessanter als frühere, zeremoniell gebundene Menschen. Den Heutigen unterläuft ihr Bestes, bei jenen gehörte es zum Habitus.

Sie steht in seinem Rücken, schmiegt den Kopf zwischen seine Schulterblätter, umarmt von hinten seinen Brustkorb, erst mit gefalteten Händen, dann gehen sie auf und die linke dreht den Ehering an der rechten Hand. Dreht und dreht, wie man es eigentlich nur tut, wenn man in Gedanken ist oder sich in Verlegenheit gegenübersteht.

Schließlich löst sie die Arme, die beiden wenden sich zueinander, etwas Zugehörigkeit geht im Anblick verloren, und sie nehmen auch gleich ihre verschiedenen Beschäftigungen wieder auf. Ja, man will existieren, das ist vielleicht der tiefere Trieb, und die Liebe lediglich dahin der Königsweg. Man will existieren, aber man subexistiert immerzu.

Der Kopf würdigt den feinsten Unterschied, während das Geschlecht verallgemeinert und totalisiert. Es schließt von einem Leib auf alle. Es besteht ja nur aus Herrscherdrang und Großmannssucht.

Der Sockendozent nahm seinen Präsentierstock und zeigte auf die Socken an der Leine. Kleine Kammer, gelangweilte Zuhörer. Er sagte: »Es genügt nicht, der Unmenge an Bizarrerien einige weitere hinzuzufügen. Es kommt vielmehr darauf an, die Bizarrerie – oder das, was wir ernsthaft dafür halten müssen – von Grund auf zu erneuern. Denn jede Gegenwelt muß immer komplett neu erschaffen werden. Sie geht nicht aus Ergänzungen und Varianten der schon bekannten hervor. Beginnen wir also.

Dies ist ein Paar, so sagt man. Dies ein einzelner Socken. Kein Vereinzelter. Es gibt hingegen vereinzelte Socken. Man kann auch von vereinzelten Sockenpaaren sprechen, etwa solchen, die im Bund keinen Gummizug haben. Vereinzelt dann im Sinne von mehrere oder einige. Der einzelne Socken kann auch einer oder jeder von zweien aus einem sogenannten Paar sein. Dieser einzelne Socken trägt einen Firmenstempel. Es handelt sich um einen einzelnen fabrikneuen Socken. Doch es ließe sich schlecht sagen, dies ist ein Socken, dem der andere fehlt. Denn was bedeutet der andere? Der Socken, der fehlt und mit diesem hier, dem allein hängenden, möglicherweise etwas Gemeinsames bildet, ist ja nicht *anders* als dieser hier. Er ist im Gegenteil vollkommen identisch mit ihm. Was wir aber in der Natur oder Gesellschaft als ein Paar bezeichnen, besteht nur in den allerseltensten Fällen aus zwei identischen oder nahezu identischen Geschöpfen, etwa im Falle eineiiger Zwillinge. Im allgemeinen gilt in der Natur genau das Gegenteil: was sich paart, schließt Identität aus. Diese beiden Socken hingegen, was niemand bestreiten wird, sind als identische zusammengehörig, und doch zögern wir nun, sie ein Paar zu nennen. Sagen wir also vorläufig, es sind *die* Socken im Gegensatz zu diesem hier, der ohne jede Zugehörigkeit allein an der Leine hängt und den wir deshalb *den* Socken nennen. Wäre es ein besonderer Socken, etwa ein Ringelsocken, so könnte ihn ein Clown auch solo tragen. Es ist aber ein Normsocken, der am Fuße eines normalen Menschen, der am anderen Fuß nicht einen identischen trägt, sich bizarrer ausnähme als ein Ringelsocken am Fuß des Clowns. Bizarrer als ein unzugehöriger Normsocken, der als solcher in den Handel gerät, nie also einen Partner besaß, nie ein Doppel, ist so schnell nichts auf der Welt. Aber was für Wörter haben wir da eben benutzt, um den zweiten, an den bei der Produktion des einen offenbar gar nicht gedacht war, treffend zu bezeichnen – mit lauter unzutreffenden Bezeichnungen? Er ist kein Partner und kein Doppel. Nicht einmal ein zweiter ist er! Denn einen ersten, und jetzt kommt's: einen ersten gibt es gar nicht, einen zweiten ebensowenig, wenn wir von der Abfolge beim Anziehen von Socken einmal absehen. So wie sie da hängen, gibt es keinen ersten und keinen zweiten Socken. Es gibt hier nur eine ursprüngliche Zweiheit, die näher beschrieben werden müßte. Jenseits dieser vorläufigen Definition ist uns nichts Sockengemäßes bekannt. Es sei denn, wir suchten Zuflucht bei Worten, die eine ebenso unnütze Ausschußware darstellen wie dieser zweitlose, unzugehörige Socken hier, der bei genauerem Hinsehen auch nicht einfach nur hängt, sondern als ein Gehenkter an der Leine baumelt, ein Opfer des Scharfrichters in uns allen, des menschlichen Verstands.«

Die Wundertüte begründet dem Kind das Prinzip der überspielten Enttäuschung. Die einzelnen Bestandteile waren oft nur Schund, aber das Allerlei stand über jedem einzelnen Ding, und so blieb mir das Allerlei die kindlichste und hartnäckigste Leidenschaft.

Man erinnere sich an die Erzählungen von James Salter, in einem uramerikanischen 20. Jahrhundert-Stil geschrieben, den man gewöhnlich einen lakonischen nennt, einen Stil der präzis und hintergründig inszenierten Schmucklosigkeit, so daß man ihn auch einen vollkommen digressionsfreien Stil nennen möchte, der für jeden unerreichbar ist, der in einer Sprache schreibt, in der auch Jean Paul geschrieben hat.

Bei den Amerikanern wird zuviel nur um des Könnens willen geschrieben. Aber bei Salter ist es ein Können mit Menschen, schmalen genauen Profilen, und die Menschen stecken in ihrem Lebenskasten, in dem stets etwas Bedeutsames, Wertvolles, Ursächliches versteckt ist, meist eine Perle Sex aus früheren Tagen, die ihren Lüster verlor.

Bei uns in Europa, wo es leitende Beispiele eines Erzählens gibt, das in Abschweifungen und Ornamenten, in Verfransungen mit Ideen und Idealen beinahe untergeht, oder wo zuweilen Handlung und handelnde Personen bis zur Unkenntlichkeit von schmückendem Beiwerk überwuchert werden, bei uns ist die glatte Geschichte einfach nur glatt. Sie kappt zu viele Verbindungen, von denen unsere literarische Sprache lebt.

Nach so vielen Jahren der Entbehrung – sowohl der betörenden Frau wie der betörenden Frage – erscheint dem Unbefragten seine Meisterin.

Du hast dich niemals befragen lassen?

Die Frage ist eine magische Nötigung. Ich fürchte sie und ich ersehne sie. Wie aber könnte ich mich von jemandem befragen lassen, der mir fremd ist und gleichgültig? Wie könnte ich mich einem bloß vorübergehenden Menschen eröffnen in all meiner Verwirrung?

Du lebst sehr abgekapselt. Ich will nur die Kapsel sprengen.

Meine Kapsel ist ein iteratives Teil der ganzen Welt. Oder zumindest des großen Ganzen.

(Und so immer weiter. Das Ende wird sein der Beginn einer umstürzenden Unterredung. Auf einmal wird alles Interview.)

Die Sprache erzieht den Sprachhörigen zur größten Vorsicht, sich in ihr nicht wie »in seinem Element« zu fühlen.

Jedes Traditionsgeheische ist unlauter. Tradition ist Zufall, *impact*, Erleuchtung, Treffer. Man kann nichts fortschreiben. Ich habe mich geirrt. Man ist nicht angebunden, man wird unversehens von Vergangenem erschüttert mitten auf dem freien Feld genauso wie im Taxi zum Flughafen.

Es schwebt zuviel Gutes im Orbit, und es kann einen täglich aus jeder Richtung treffen. Dennoch gibt es Zweifelsfälle zwischen der Treue zum Zimmer und dem jähen Türaufstoßen, zwischen Reminiszenz und Fortsprung. Und dann auch die tausend kleinen Fassungslosigkeiten.

Der ganze Mensch ist eine Pusteblume, die der geringste Windstoß kahlt. Es ist der Mann restlos verstummt um das eine Wort herum, das er leise sagt und abermals sagt ... *ich bitte um Hilfe*. I want protection.

»Sehende reisen gern mit mir. Sie sehen ja nichts. Erst meine Fragen lassen sie sehen.« So eine Blinde.

Sie im Zimmer des Ungeliebten lesend. Der Mann in seiner Liebeshaut ungeliebt sieht immerzu die wieder Fremde, die ihre wieder fremden Hände in das aufgeklappte Buch legt, erkennt die Hände, die über den Bund streichen, das Buch breiten, die Seite heben, und fühlt seine Liebeshaut mit ihren Händen gelesen.

Die Schrift als solche ist immer ohne Zweifel. Sie ist ein einziges herrisches Feststellungswerk. Alles will sich mir einschreiben. Mich aus meiner Sprachungewißheit, Sprachscheu, ja Sprachverlassenheit, einem tiefen Gottesverhältnis, vertreiben. Die Lebenskraft, die ich dem Ungenauen, dem Ungefähren, dem Rauch, der alle Dinge umkränzt, verdanke, will sie, die Feststellungskeilschrift, mir rauben.

Der Rest ist Disziplin. Das Nacht für Nacht präzisere Ermessen einer Verlassenheit.

Noch vom Bett fühlt er sich verlassen im Bett.

Die größte Verlassenheit entsteigt allerdings jenem Aschenhäufchen, in dem er tagtäglich stochert, um ein letztes Glosen zu schüren: Bücher, die der Undank, das Ungedenken verbrannte. »Diese wohin, an wen, verschwendeten Dichter –« (Rilke)

Wir sind um der fast unmerklichen Variante willen da. Die geringe Abweichung ist unsere ganze Freiheit.

Rilkes Animismus ist ein Aufbegehren gegen die Einsamkeit des menschlichen Bewußtseins, vor der ihm schaudert wie jedem anderen Modernen. Die Seelen-Mission in das Unbelebte geschieht wider besseres Wissen. Wie aber *innerhalb* besseren Wissens der Seele sich ausbreitende Spuren entdecken?

Was weiß die Wolke von der Ewigkeit der Räume, und wenn sie noch so schöngelappt und schöngewölbt das Ebenbild eines Menschenhirns zeigt?

Der Wind jagt die Frau, die er nicht umarmen kann. Unumarmbar wird sie dann wie der Wind.

Nur jemandes unmögliches Verlangen formt aus ihr die schöne Unerlangbare. Sie wird es nicht durch sich selbst.

Es gibt die Sprache der Sprachlichen und das Verschallte am Mund der Sprachfernen. Dazwischen der laue Strom der Absprachen, worin man sich sorglos tummelt, Verständigungen und Mitteilungen. Das Sprachliche – einst wohnten darin auch der Bauer, der Pfarrer, der Offizier – gehört heute einer isolierten Minderheit, einem Bergstamm in den Anden vergleichbar, von dessen Kultur nichts mehr nach außen dringt oder auf die eigenen Nachkommen wirkt.

Warum ist das so? Weil nichts von einer kleinen Menge in die größere diffundiert. Weil wir nichts durch Mauern reichen können, und weil die Mauern näher und näher rücken und weil wir sie – der letzte unserer magischen Versuche, sie davon abzuhalten, uns zu erdrücken – mit Schrift und Zeichnung bekritzeln, mit Szenen und Sprüchen, Witzen und Gebeten oder was sonst noch einst in den weit herumgereichten Büchern stand.

Von den Tönen und Wendungen des alltäglichen Sprechens wird der heutige Dichter viel stärker beeinflußt, wenn nicht gar beherrscht, als daß er sie etwa bewußt und souverän verwendete. Eigentlich wäre seine natürliche Umwelt die der Dichter aller Zeiten, eine Versammlung von überlebensfähigen Geistern, die er doch besser hören und tiefer beherzigen sollte als die Töne seiner Zeit. Aber der Dichter, obwohl in der Summe stehend, d. h. sich der Sammlung, Archive und Geschichte stärker bewußt als je ein Vorgänger, bleibt fixiert auf das Leitbild der Originalität – und leistet sie nicht. Er verlegt seine sprachliche Kompetenz auf das Synchronisieren und besucht das diachrone Milieu nur in »Anspielungen«. In Sorge um die »eigene Sprache«, und dies nicht ohne Grund. Denn beim Eintauchen in die Menge der Wunderbaren entsteht leicht ein Reden mit fremden Zungen, das nicht mehr beherrschbar ist.

Man konnte keinem seiner Töne trauen. Selbst wenn er tief bewegt in Klage sprach, be*tonte* er, daß er nicht tief genug in Klage sprach. So kam es, daß er sich gleichzeitig in einer traurigen Stimmung befand und seine Stimme gegen sie erhob. Die eingeblendete Reflexion des Ungenügens an der eigenen Verlautbarung verdarb ihm jeden einzelnen Laut.

Wie die Störche so schön landen in Bögen und Runden, den Paragleitern ein Ebenbild, niedergehen auf dem frisch geschnittenen Acker, nachdem sie über viele Kilometer hörten, daß der Mähdrescher seit dem Mittag mit kornfressender Walze den Boden bearbeitet. Keine Furcht vor diesen Ungetümen haben sie und weichen erst in letzter Minute aus. Es ist unmöglich, ein Tier tiergemäß zu verstehen, man muß es in eine Fabel versetzen. Die Tiere geben uns eben immer zuviel zu verstehen, immer etwas mehr zu wissen, als es um sie, wenn man genau sein wollte, zu wissen gibt.

Auflösen, auflösen! Das Geronnene im Urteil, das Gerinnsel im Begriff auflösen, verfestigte Auffassungen in ungeordnete Bestandteile zerlegen, ihre innerste Instabilität entdecken, die Makros aller Art zersetzen, trennen, isolieren. Nicht solve et coagula, sondern nunmehr: löse all das Koagulierte! (Um den Spruch der Alchemisten wiederum zu variieren.) Löse alles Gerinnsel in deinen Gedanken. Schemata, Dispositive, Pattern, Topoi. Typen, Grundfiguren, Verfestigtes, Belag auf den Wellen der Anschauung – wer ihn beseitigt, wird wieder fündig. *Alte Männer* etc.

Nichts fortzeugender als das Fruchtlose. Kein Ton, der aufhorchen ließe in unzähligen Kommentaren, Schulen, Diskursen, Turns. Theoriengackern, kaum ein Wohllaut, man weiß Bescheid, ist unter sich. Klingt alles wie das Flügelrauschen von Batteriehennen.

Es genügt ein Funke von außen, und das Mehl des inzüchtigen Denkens verpufft in einer einzigen gewaltigen Staubexplosion.

Die Felswand der Finsternis dicht. Selbst mit dem Hypnoskop kaum hellere Flecken auf den Schroffen zu erkennen. Nur ab und an zwei Lichtfusseln, zwei Gehende unter dem Felssturz, Vater und Sohn, aufleuchtend wie zwei winzige Blitze in der rollenden Dunkelheit. Gesichte auf der narbigen Sehhaut eines Blinden. Ihre Wanderung im Gewölb eines erloschenen Auges. Während der eine den Rosenkranz seiner fünfundvierzig Gedanken herunterbetet, versucht der Sohnrufer

ihrer beider Schritte so zu lenken, daß sich ihre Wanderung endlich zum ewigen Kreis verschließt. Wir sind
Senti/Mentale. Herz überschwemmt Hirn. Schwam-
mige Auflösung. Logoklonie Liebe-be-be-be.

»Stimmt das?« Mit dieser Frage, leise, unsicher, ver-
dachtschöpfend, machte er sich überall unbeliebt. An
jedes auffällige Diktum, das jemand herrisch und kühn
von sich gab, an jede allzu starke Feststellung heftete er
den sachten Einwurf: Stimmt das?

Hat Kierkegaard wirklich alles weitere von Hegel
übernommen, nachdem er den Existentialismus entdeckt hatte? Wieviel Apodiktisches wird in die Welt
gesetzt, das keiner näheren Nachprüfung standhält!
Ja, das sich sogar gegen jede Nachprüfung durch den
Schneid seiner Setzung, durch den Elan seiner Plausi-
bilität und Formulierung sicher abschirmt.

»Wie Sie sprechen, erinnert an eine militärische
Befestigung. Ich vermisse die Offenheit und Verletz-
lichkeit eines neugeborenen Gedankens ... Ich bin
vielleicht zu dumm oder nicht schnell genug oder
einfach nicht genügend gewappnet, aber ich frage:
Stimmt das?«

Das tönende Kleid, wie ein Wehen von Klängen der
Glasharmonika, ihre schnellen Schritte, und sieben-
unddreißig Jahre alt ... Hier und heute was Neues!

Da sie mir schön angezogen erscheint und ich sehe,
wieviel Sorgfalt sie darauf verwendet, sich zu gefallen
und schön angezogen zu erscheinen, erschrecken mich

jene Gäste auf dem Fest, die hinter ihrem Rücken flüstern, wie billig doch die Klamotten seien, die sie trägt, und sie rührt mich wie das Aschenputtel, ich empfinde Mitleid mit der Stolzen, die nicht leidet, weil sie nicht weiß, wie man das Billige an ihr erkennt und abschätzt.

Der Diener gestattet sich saloppe Scherze mit seinem Herrn und merkt nicht, wie sich sein Dienen zum Andienen verwindet.

Der Untergebene läßt keine Gelegenheit aus, den Vorgesetzten auf die Schippe zu nehmen, nur um sich vorzumachen, der Unterschied zwischen ihnen wiege nicht viel.

Frotzeleien als ein Mittel der aufgeklärten Untertänigkeit. Um sich mit einer dominanten Person auf gleiche Ebene zu versetzen. Man versucht den Herrn ein wenig zu persiflieren, sucht etwas in ihm hervorzupfeifen, das Erleichterung bringt, den Druck wegnimmt, wenn es nämlich gelingt, ihn für kurz zum Lachen zu reizen. Und wie er dem Reiz erliegt, verliert er an Überlegenheit. Nun ja, so war es einmal. Auch ein Sinkgut der sozialen Verhältnisse, daß man gehalten war, mit Witz seine Untergebenheit zu überspielen. Inzwischen von den Schichten des Schweigens, des Nickens und der Botmäßigkeit überlagert.

»Nein, ich kann es doch nicht richtig erzählen!« So unterbricht sich Natascha in »Krieg und Frieden«, als sie dem Fürsten Andrej von ihrer Begegnung mit dem alten Imker erzählt und immer wieder zweifelt, es richtig zu erzählen. Es wird aber nie richtig erzählt von einer schönen Frau. Der epische Skrupel erst versetzt uns ganz in ihre Gegenwart. Das Scheitern des Erzählens macht sie anmutiger denn je.

Was ist in diesem Buch gewesen? Ich habe nichts behalten von dem, was ich schrieb. Ein mikrobenhaftes Vielerlei hat mein Gedächtnis für diese Seiten zersetzt.

Spaziergänge, Halluzinationen, Einfälle, Abschnitte und Zufluchten eines Mannes, der nicht an Jahren alt ist (heuzutage!), aber an Gefühl. Während draußen die Zeit sich vor Zukunft nicht zu fassen weiß, argwöhnt man drinnen doch, daß sie nach wie vor in alten Tagen zählt. Draußen, drinnen – was? Prasselnder Regen, wenn man es geräuschlich nimmt.

Ich grüßte ein wenig, sie glich der Schulkameradin, die mich einst Morgen für Morgen, jahrelang, auf dem Schulweg begleitet hatte, schöne Lippen, etwas zu lange Nagezähne, leicht angewachsene Lider in den Augenwinkeln. Sie sagte: Renata, rief mir ihren Namen in Erinnerung, weil sie mir ansah, daß ich mich nicht genau entsann.

So schlüpften nun etliche aus den Löchern der Vergangenheit, gesellten sich zu mir, riefen sich mit ihrem Namen in Erinnerung, aber viele blieben mir dennoch unerinnerlich.

Jedenfalls gingen sie ein Stück des Wegs mit mir, und ich erzählte meistens aus Verlegenheit von Manfred, weil ich einen gemeinsamen Bekannten brauchte, um von mir und Fragen nach meinem Werdegang abzulenken. Dabei geriet ich jedesmal an eine Stelle, an der ich Manfred in wörtlicher Rede hätte wiedergeben müssen, und bekam eine kleine erzählerische Verhaltung. Wer auch immer mich gerade begleitete, jeder hielt es für eine Kunstpause, um die Geschichte etwas zuzuspitzen. Obwohl doch so unterschiedliche Menschen, fragten sie alle im gleichen Tonfall: »Und was sagt er dann?« So sehr hatten sie sich schon mit Manfred befreundet oder stand er ihnen vor Augen, wenngleich sich niemand genau an ihn erinnern konnte. Doch sie hörten ihn bereits im hellichten Präsens sprechen. Ja, es lagen ihnen seine Worte beinahe schon auf der Zunge, denn sie wußten ja inzwischen genau, was »typisch Manfred!« war, oder meinten, es *wieder* zu wissen. Ich durfte mir einiges auf meine gedächtnistreibende Erzählung zugute halten. Doch erst wenn ich diesen so vertrauten Tonfall hörte: »Und was sagt er dann?«, überwand ich die Hemmung gegenüber Manfred, den ich, obgleich es ihn nie gab, bei verschiedenen Menschen in eine vage Erinnerung gerufen hatte, und ich konnte ihn ungezwungen in wörtlicher Rede wiedergeben.

Die Tochter des Bahnwärters schwang in einer Stehschaukel, die an einem Hochseil hing, etliche Meter über dem Boden. Die Schaukel rutschte mit jedem Schwung voran, und sie zog über eine lange Allee dahin. Auch das sperrige Geäst der Winterbäume hinderte ihr Gleiten nicht, und sie blieb nirgendwo hängen.

Ich aber hockte beim ausgedienten Bahnwärter und seinem kleinen Sohn. Das Kind ließ gerade von Hand eine rote Schranke herunter. Wir befanden uns in einer Modellandschaft, wenn sie auch nicht so klein war wie die Umgebung einer Spielzeugeisenbahn.

Der Bahnwärter ohne Amt sagte: Wir werden mitten in diesem Land ein Modelldeutschland aufbauen, wie es war mit seinen freien Illusionen, in denen man durch die Lüfte schwang. Es ist vielleicht das Land der Ungläubigen, aber bevor man sie so nannte. Vor der Invasion jener Gläubigen, die es in Bedrängnis brachten. Und ohne all die Unarten und Verwirrungen, die mit der Feigheit der Toleranz verbunden sind. Man ruft ja beständig zum Dialog, beschwört seine das Unheil abwendende Kraft, und veranstaltet doch jedesmal das wortgleiche Podiumsgespräch zwischen den gleichermaßen Verderbten. Immer dieselbe Genderoptimierte, die neben derselben aufgeklärten Muslimin die Rolle der Frau im Islam nicht anders sieht als bei ihrer letzten Begegnung. Die Gesprächigen sind ja zum Gespräch gar nicht fähig, wie es schon Heidegger auffiel.

Unser Modell gilt keiner künftigen Einrichtung in der betriebsamen Welt. Dieses Modell bleibt eine Welt für sich, die in gewisser Weise eine Wiederherstellung zum Besseren hin vorführt. Hier steht die Frau nicht am Herd, dort sitzt ja bereits Heraklit. Sie ist vielmehr die rechtmäßige Ökologin, sie führt das Haus. Ihre Macht ist nicht der Beruf, sondern ihr Geist. Sowohl ihr sozialer wie auch ihr sinnlicher und ästhetischer Geist. Man bebaut ja jetzt nebeneinander viele kleine virtuelle Gebiete. Wir hingegen suchen die terra abscondita, das unter dem Gebauten noch Baubare, unter dem Gegründeten Gründbare, die Schönheit in der Verborgenheit.

Hier in einem der entlegensten Winkel Vorpommerns wird nach dem Zusammenbruch der Demokratie ein kleines Modell-Völkchen von »Ungläubigen«, also Freiheitlich-Liberalen, im Verborgenen überleben. Und im Verborgenen seines Alltagslebens wird sich einiges vom Stil und den Sitten der westlichen Demokratie erhalten. Eines Tages wird dann ein Ausflügler wie Sie aus der Zentralstadt sich in unsere wüste Region verirren. Und zufällig wird er auf dies verschollene Völkchen stoßen und entdecken, wie viel Interessantes aus der fernen Vergangenheit es hier zu studieren gibt. Zurück in der Stadt, berichtet er dann von seiner Entdekkung. Zahllose Experten machen sich gleich auf den Weg in die menschenleere Wildnis und suchen nach den Abgeschiedenen, jedoch vergeblich. Sie werden nie wieder gefunden.

Das Volk war einmal ein Märchen. Tief verwurzelt in diesem wiederum die Dichter.

Später war das Volk nichts als eine Satire aus dem Geiste der Bevölkerung.

Das Kindliche der Welt erhält sich am reinsten im Geld. Herrschten tatsächlich Vernunft und Vorsicht an Stelle der Gier, dann flösse das Geld überhaupt nicht mehr.

Das Mandala des Finanzmarkts: Kreisbild mit hokkendem defäzierenden Kind.

Erwachsen hingegen, *vor seiner Hütte ruhig im Schatten sitzt / der Pflüger, dem Genügsamen raucht sein Herd.*

Genügen? Genügen ist ökonomisch ein Ding der Unmöglichkeit. Genügen? Es wäre etwa so artfremd, wie wenn die Logik höherer Algebra in einem bunten Blumenstrauß mündete.

Wo Genügen nicht das Ziel ist, wird es eines Tages wohl der Untergang sein.

Das Volk ist volkswirtschaftlich unaufgeklärt, wie nur Fromme des Wohlstands es sein können. Die Regierenden kennen den Wandel auch nicht viel besser, müssen aber das Regieren zeigen und die angeratenen oder die nächstliegenden Verfügungen treffen. Das Volk hängt noch lange, nachdem er Geschichte ist, am günstigen Tag. Dies wird für Regierende gefährlich, und so versuchen sie alles, den günstigen Tag künstlich zu verlängern oder wiederzubeleben.

Die Wucherungen des Wuchers, *usura* ohne Grenzen. Aber wie kann ein Mensch Vorsicht bewahren, der auf dem Weg zum Abgrund Tag für Tag erfolgreicher und reicher wird?

In jedermanns psychologischem Haushalt findet Vergleichbares statt. Man ist kein Konfuzius. Hohes Risiko ist nur eine Frage der sportlichen Einstellung, und Sport hält diese Gesellschaft im Kernlosen zusammen. Wer hohes Risiko eingeht, erliegt einer Versuchung, wird versucht vom bösen Zusammenbruch; doch süße Wonne isoliert ihn von der Skepsis, die sich gleichzeitig regt und zuweilen sein Handeln wie ein unterdrücktes Kichern, als plumpe Ironie begleitet, *wird schon schiefgehen.*

Ein Ökonom, der sich mit der Schulter seitwärts auf die Erde warf, sich selber umkippte, rief aus: »Wenn der Himmel runterfällt, sind alle Spatzen tot.«

Wie sollte aber je der Himmel die Vögel erschlagen? Sie werden in letzter Sekunde aufstieben und erkunden, was hinter dem gestürzten Himmel sich auftut. Wie genau verläuft ein Desaster, wenn es erst einmal seinen Lauf genommen hat? Eine Flut von schlimmen Nachrichten überschwemmt und verdirbt den Gleichmut des einzelnen, bevor nur ein Tropfen des Unheils ihn selber trifft. Er glaubt also, daß das Desaster im Grunde nur aus Nachrichten besteht, und will nichts mehr davon hören. Doch im selben Moment, da er an das Desaster nicht mehr glauben kann, ist es endlich bei ihm angekommen.

Es tut ihm nur gut: Geld wird verschüttet in nutzlosen Hilfen, in den Maelströmen der Korruption verschwindet es, in tausend Fässern ohne Boden, hochmütig genannt »die neuen Länder«, fließt Geld ab, gottlob, mehr als eine Billion Euro. Soeben noch war man Zeuge, wie eine ebenso fürchterliche Summe gehortet und gestaut, zurückgehalten, in den Kapitalmarkt eingelegt, der Verschwendung entzogen wurde. Die Institute erstickten an Geld. Man bohrte deshalb überall Löcher in den seriösen Handel für diese Unmengen, bevor sie sich stauen und aufblähen mußten zur End-Null. Geld muß nicht arbeiten, es muß vielmehr in breiten Strömen abfließen, verschwinden.

Die Politik ist ein Auge, das nicht zwinkern kann. Das Clin d'œil der »vernünftigen Lösung« steckt in dieser selbst. Nur der Unpolitische bemerkt es.

Zurückgezogenheit und Asketismus, Ideale der altchinesischen Maler-Dichter. Viele Beamten der Ming-Dynastie zogen sich nach deren Zusammenbruch aus dem Staatsdienst zurück, weil sie nicht unter den Mandschu dienen wollten. Sie führten lieber ein ärmliches Leben, versprengte Schar von Intellektuellen, Einsiedler in den Bergen.

Mehr Zukunft hat doch keine Vision!

Dies schreiben und Sartre kennen? Die großen Entwürfe im 20. Jahrhundert, allesamt wie nie gewesen? Ach, die großen Entwürfe stehen ja gegen das Überleben im Winkel.

Vielleicht nennt man eines Tages den Schriftsteller beim Namen und sagt von ihm: er machte den ein oder anderen Menschen fit für den Winkel.

Utopie im Wortsinn ist auch eine Überall-Welt, die sich nicht mehr topisieren läßt. *Utopistis* nennt sich dann eine krankhafte Störung, wenn jemand den Ort, an dem er sich befindet, nicht mehr als Ort erkennen kann. Man hat nach Dienstschluß zuviel Zeit für die Welt. Zentrum des Lebens bleibt zugleich das Heim. Weltweit gilt für gut, was das Heimgefühl nicht verletzt. Das Heim bedarf keiner Ideologie, es genügt ihm eine einzige Negation: es muß seine Grenzen haben.

Wu Wei, Dichter-Maler der Ming-Epoche, ewig betrunken, man warf ihm vor, er verspritze seine Tusche gleich der Streu der Wolken am Abendhimmel. Und doch:

Ein Vorbild. Für viele.

Kurz vor seinem Ende besucht ihn der alte Freund, der wiederkehrt nach vielen Jahren, sich niedersetzt zu etwas Gespräch und Rezitation, dabei einen Pflaumenblütenzweig zwischen zwei Fingern dreht, einen kleinen engelweißen Schellenbaum, dessen Klingeln sich zu stillen Blüten verklärten.

Der Freund sagt: Wozu waren wir jung? Wären wir so alt geblieben, wie wir es zu unserer Geburt waren, dann hätten wir jetzt nicht dies beißende Nachsehen.

Und der Trunkene sagt: Niemals spür ich, wie die Jahre vergehen. Spüre nur, wie die Schale des Vermissens sich füllt. Wenn ich überhaupt bin, dann bin ich gewesen. Vermissen ist die Ära meines Lebens, nämlich die Luft, die Atemhülle. Vermissen kennt keine zeitlichen Wege und Strecken, ist immer Präsens.

Dies waren meine Variationen über *Alte Männer müssen Kundschafter sein.*

Wenn wir von Aufenthalt sprechen, haben wir schon mit dem Gang hinunter begonnen.

Und wenn es nicht Hinunterstieg war, Hand in Hand mit dir, dann ist es gar nichts gewesen.

Die Kugel rauscht – der Schwarm der Stare in der Robinie, die irgendwann ohne äußeren Reiz im Flattergewitter und geschoßartig aus dem Baum stieben. Im

Verborgenen des runden Blätterschopfs schwatzen sie frei und idiotisch durcheinander – das ist der sichere Klang-Teppich ihrer kollektiven Fühlung und ihr Schwarm-Gelenk. Es bedarf keines vorgegebenen Zeichens, damit sie alle auf einen Schlag plötzlich verstummen.

Haltbare Bilder entstehen erst beim Eintauchen chiffrierter Materie in die »Wasser« der Übereinkünfte. Die Übereinkünfte schweigen über sich selbst. Sie sind vielleicht das Verschwiegenste auf der Welt. Jede Erforschung, jede Nachkonstruktion dieser geheimen, verschlossenen Entwicklungsbäder führt zu unbefriedigenden Ergebnissen.

Vielleicht wäre es reizvoll, wenn nicht gar von Nutzen, einige neuere Mystifikationen des Wissens zu ersinnen, da sich andere Formen einer Kritik nicht finden. Auch ein komplexes Wissen bedarf eines Wissens über sich selbst auf einer anderen Stufe als der der Komplexität. Ist es eine höhere, ist es eine niedrigere: die der Metapher, der Imagination? *Xiphos, die Insel der?* ...

Die zarte Frau in Florenz. Alleinreisende Anfang Vierzig, fast eine späte, verirrte Keyserling-Gestalt. Die nur ausgewählt hört und sieht. Nie ist es laut um sie, nichts läuft, nichts schallt durcheinander. Sie entnimmt der Außenwelt nur geordnete Abläufe und stabile Beziehungen. Als stünde sie unter einer inneren Beherrschung, die alles Andringende nach Gefallen filtert oder dämpft. Mitten im Verkehr umgibt sie eine Stille, aus der sie plötzlich eine Schelle von Kinderstimmen reißt. Es mag auch sein, daß es die weite Leere der Erinnerung ist, die bei ihr an die Stelle der akuten Wahrnehmung getreten ist, diese verdrängt oder zuweilen gänzlich ersetzt. Die weite Leere der Erinnerung, die nur hin und wieder, in langen Intervallen ein Zeichen ausgibt, einen Brocken *Damals* in die Sinne sendet, vereinzelt eine Stimme, einen Ruf, ein Liebeswort, etwas stockend Erzähltes, das gleich wieder in Stille sinkt.

Die Unlust eines siebzehnjährigen Mädchens, das mit ihren Eltern die Sommerferien verbringen muß auf Usedom. Der Sommer einer solchen kleinen Familie 1908 und 2008, hundert Jahre Unlust. Damals sind die Sehnsüchte des Mädchens wacher und brennender gewesen, heute ist sie die meiste Zeit in ihrer Langeweile mit Simsen beschäftigt. Heute hat sie einen festen Freund und nimmt die Pille. 1908 hatte sie noch einige Spannungen zwischen Sitte und Sinnlichkeit auszuhalten und die meiste Zeit ihrer Langeweile mit Blickewerfen zugebracht. Die Unlust, ihre Eltern zu begleiten, sowie die Mäkeleien ihrer Eltern an dieser Unlust unterscheiden sich heute von damals nicht. Auch sind beide Male die Eltern nicht besonders streng oder fordern dankbare Zuwendung vom Kind. Sie haben sich nur darauf gefreut, mit ihrem Kind, das sie in der Heranwachsenden immer noch hüten, ein paar schöne Sommertage zu verleben. Es wird das letzte Mal sein, sagt traurig der Vater, und die Mutter versucht am

Strand leise Bemerkungen über badende Männer, um ihre Tochter ein wenig von Frau zu Frau zu beschäftigen und ihren Blick vom Handy abzulenken.

Da ich noch einmal begann, eine erste Erzählung zu schreiben, linkisch wie immer, wenn ich wieder *das erste Mal* erreichte, »Gogol friert« sollte sie heißen, da sackte plötzlich meine Geschichte in die Gletscherspalte eines Satzes und verschwand darin spurlos. *Der Abend, an dem er einschlief, gehörte einer anderen Epoche als der Morgen, an dem er erwachte.* Mit diesem Satz sollte ein jäher Zusammenbruch der »Werte« umschrieben sein, wie man das später – im nachhinein! – so häufig und fälschlich formuliert findet. Dieser Satz war mit einer dünnen, trügerischen Schneedecke glatt überzogen, und darunter klaffte der Abgrund. Lautlos brach die Erzählung ein. Ich war dem *benefit of hindsight* erlegen: Im nachhinein ist man immer schlauer. Das mag für jedermann gelten, nur nicht für den Erzähler. Er muß, wenn er eine Person im vollen Lauf erwischen will, deren Ende aus dem Bewußtsein verlieren. Im übrigen ist der Autor nicht so viel Autor, daß er nach Abschluß seines Romans schlauer wäre als inmitten seines Verlaufs. Im Gegenteil, wenn es wirklich ein Werk geworden ist, so wird es ihm mindestens jene Portion Schlauheit, die er für seine Vorbereitung brauchte, geraubt haben. Alles Fertige macht dumm.

Das Ausglühen ... jenseits von Untergang und Wiederholung ... wenn das Gegebene nur noch seine Verlängerungen zieht, wenn die Neuerungen kraftlos und immer wie erwartet auftreten, wenn die Ent-Eschatologisierung der Zeit das Denken streckt und wenn dies Denken selbst nur mehr seine Verlängerungen zieht und allmählich ... bis irgendwann ... senza finale ... beginnt ... dies Ausglühen.

Ausuferndes Aus.

Langsam verdunkelt unsere Rede wie ein Zimmer nach Sonnenuntergang. Ein unruhiger Hund verläßt seinen Korb, stößt die Tür auf und rennt einen ausweglosen Korridor entlang.

Die Kühe keuchen, das Gras wird alt und ihre Rippen dürr. Die ersten Fliegen quetschen sich durch die Fensterritzen ins wärmere Zimmer. Der junge Gingkobaum ließ in einer Nacht alle seine gelben Blätter fallen wie eine Ungenierte ihren Rock. Das Land liegt wieder klar und nördlich rein, ausgefegt bis auf den letzten Sommerstaub. Man wird bald wieder die langen Winterwege auf den Weiden gehen.

Wilhelm Genazino im dtv

»So entschlossen unentschlossen, so gezielt absichtslos,
so dauerhaft dem Provisorischen zugeneigt, so hartnäckig dem
Beiläufigen verbunden wie Wilhelm Genazino ist
kein anderer deutscher Autor.«
Hubert Spiegel in der ›Frankfurter Allgemeinen Zeitung‹

Abschaffel
Roman-Trilogie
ISBN 978-3-423-**13028**-8

Abschaffel, Flaneur und
»Workaholic des Nichtstuns«,
streift durch eine Metropole der
verwalteten Welt und kompen-
siert mit innerer Fantasietätig-
keit die äußere Ereignisöde seines Angestelltendaseins.

Ein Regenschirm für diesen Tag
Roman
ISBN 978-3-423-**13072**-1

Geld verdienen kann man mit
den unterschiedlichsten Tätig-
keiten. Zum Beispiel, indem
einer seinem Bedürfnis nach
distanzierter Betrachtung der
Welt folgt, als Probeläufer für
Luxushalbschuhe …

Eine Frau, eine Wohnung, ein Roman
Roman
ISBN 978-3-423-**13311**-1

Weigand will endlich erwachsen
werden und die drei Dinge
haben, die es dazu braucht: eine
Frau, eine Wohnung und einen
selbst geschriebenen Roman.

Fremde Kämpfe
Roman
ISBN 978-3-423-**13314**-2

Da die Aufträge ausbleiben,
versucht sich der Werbegrafi-
ker Peschek auf fremdem
Terrain: Er lässt sich auf kri-
minelle Geschäfte ein …

Die Ausschweifung
Roman
ISBN 978-3-423-**13313**-5

›Szenen einer Ehe‹ vom minu-
tiösesten Beobachter deutscher Alltagswirklichkeit.

Die Obdachlosigkeit der Fische
ISBN 978-3-423-**13315**-9

»Auf der Berliner Straße
kommt mir der einzige Mann
entgegen, der mich je auf
Händen getragen hat. Es war
vor zwanzig oder einund-
zwanzig Jahren, und der
Mann heißt entweder Arnulf,
Arnold oder Albrecht.«
Eine Lehrerin an der Schwelle
des Alterns vergewissert sich
einer fatal gescheiterten
Jugendliebe inmitten einer
brisanten Phase ihres Lebens.

Bitte besuchen Sie uns im Internet: www.dtv.de

Wilhelm Genazino im dtv

»Wilhelm Genazino beschreibt die deutsche
Wirklichkeit zum Fürchten gut.«
Iris Radisch in ›Die Zeit‹

Achtung Baustelle
ISBN 978-3-423-**13408**-8
Kluge, ironisch-hintersinnige
Gedanken über Lesefrüchte
aller Art.

Die Liebesblödigkeit
Roman
ISBN 978-3-423-**13540**-5
und dtv großdruck
ISBN 978-3-423-**25284**-3
Ein äußerst heiterer und tief-
sinniger Roman über das
Altern und den Versuch, die
Liebe zu verstehen.

Der gedehnte Blick
ISBN 978-3-423-**13608**-2
Ein Buch über das Beobachten
und Lesen, über Schreibaben-
teuer und Lebensgeschichten,
über Fotografen und über das
Lachen.

Mittelmäßiges Heimweh
Roman
ISBN 978-3-423-**13724**-9
Schwebend leichter Roman
über einen unscheinbaren An-
gestellten, der erst ein Ohr und
dann noch viel mehr verliert.

**Das Glück in glücksfernen
Zeiten**
Roman
ISBN 978-3-423-**13950**-2
Die ironische und brillante
Analyse eines Menschen, der
am alltäglichen Dasein ver-
zweifelt. »Das Beste, was
Genazino bisher geschrieben
hat.« (Martin Lüdke in der
›Frankfurter Rundschau‹)

Die Liebe zur Einfalt
Roman
ISBN 978-3-423-**14076**-8
Deutschland in den Wirtschafts-
wunderjahren. Eine vielverspre-
chende Erfindung des Vaters
bleibt in den Kinderschuhen
stecken, die Mutter versinkt in
tiefer Depression. Warum, fragt
sich der heranwachsende
Erzähler, nehmen seine Eltern
nicht am Aufschwung teil?
Nach und nach gelangt er zu
der Erkenntnis, dass auch der
einst so geschmähten Einfalt
Achtung gebührt.

Bitte besuchen Sie uns im Internet: www.dtv.de

Ingo Schulze im dtv

»Das ist nicht Wende-, das ist Weltliteratur.«
Elmar Krekeler in der ›Welt‹

Eine Nacht bei Boris
ISBN 978-3-423-08222-8

»Alles kannst du neu haben, nur keinen alten Freund«, sagte Boris oft. Und Susanne sagte: »Besser keinen als so einen.« In seiner typisch unprätentiösen Art erzählt Ingo Schulze über die Ereignisse einer Nacht, an deren Ende ungeahnte Enthüllungen stehen …

33 Augenblicke des Glücks
Aus den abenteuerlichen Aufzeichnungen der Deutschen in Piter
Erzählungen
ISBN 978-3-42 3-12354-9
und dtv AutorenBibliothek
ISBN 978-3-423-19129-6

Traumhaft schöne Geschichten aus einer Stadt, die schon Generationen von Schriftstellern, Künstlern, Musikern – und Lesern fasziniert hat: Petersburg. Ingo Schulzes hochgelobtes Prosadebüt.

Simple Storys
Ein Roman aus der ostdeutschen Provinz
ISBN 978-3-423-12702-8

Das ostthüringische Altenburg, einst kaiserliche Pfalz, umgeben von Chemie-Industrie, von Braunkohle- und Uranabbau, gesäumt von lieblicher Burgenlandschaft: In 29 scheinbar »einfachen Geschichten« offenbart sich hier jener dramatische Bruch, der sich nach 1989 durch so viele ostdeutsche Biographien zieht.

Neue Leben
Roman
ISBN 978-3-423-13578-8

Ostdeutsche Provinz, Januar 1990. Türmer, Theatermann und heimlicher Schriftsteller, kehrt der Kunst den Rücken und heuert bei einer Zeitung an. Unter der Leitung seines Mephisto, des allgegenwärtigen Clemens von Barrista, entwickelt der Schöngeist einen ungeahnten Aufstiegswillen.

Bitte besuchen Sie uns im Internet: www.dtv.de

Ilija Trojanow im dtv

»Trojanow überrascht, wo er nur kann.«
Der Spiegel

Der Weltensammler
Roman
ISBN 978-3-423-13581-8

Als Kundschafter der englischen Krone soll Burton in Britisch-Indien dienen – eine verlockende Aufgabe, die bald zur Obsession wird ...

Nomade auf vier Kontinenten
Auf den Spuren von Sir Richard Francis Burton
ISBN 978-3-423-13715-7

Unterwegs auf den Spuren des sagenumwobenen Burton in Indien, Mekka, Sansibar und bei den Mormonen in Utah.

Die Welt ist groß und Rettung lauert überall
Roman
ISBN 978-3-423-13871-0

Alex' Eltern ertragen den Alltag unter der Diktatur in ihrem Heimatland nicht länger, und hinter dem Horizont lockt das gelobte Land ...

Der entfesselte Globus
Reportagen
ISBN 978-3-423-13930-4

Faszinierende Berichte aus Afrika, Indien, Asien und Bulgarien.

Autopol
in Zusammenarbeit mit Rudolf Spindler
dtv premium
ISBN 978-3-423-24114-4

Bei der jüngsten Aktion seiner Widerstandsgruppe wird Sten geschnappt. Einmal zu oft. Er wird »ausgeschafft«, dorthin, von wo es kein Zurück gibt – nach Autopol.

Die fingierte Revolution
Bulgarien, eine exemplarische Geschichte
ISBN 978-3-423-34373-2

Seit dem Fall des Eisernen Vorhangs hat Trojanow Bulgarien regelmäßig besucht. Das Resümee: Die alte Nomenklatura wurde nie abgelöst, die Vergangenheit ist nicht bewältigt.

Ilija Trojanow und Juli Zeh
Angriff auf die Freiheit
Sicherheitswahn, Überwachungsstaat und der Abbau bürgerlicher Rechte
ISBN 978-3-423-34602-3

»In ihrer provokanten Streitschrift rufen Juli Zeh und Ilija Trojanow dazu auf, dem Ausverkauf der Privatsphäre den Kampf anzusagen.« (taz)

Bitte besuchen Sie uns im Internet: www.dtv.de

Uwe Timm im dtv

*»Als Stilist und Erzähler sucht Uwe Timm
in Deutschland seinesgleichen.«*
Christian Kracht in ›Tempo‹

Heißer Sommer
Roman
ISBN 978-3-423-**12547**-5

Johannisnacht
Roman
ISBN 978-3-423-**12592**-5

Der Schlangenbaum
Roman
ISBN 978-3-423-**12643**-4

Morenga
Roman
ISBN 978-3-423-**12725**-7

Kerbels Flucht
Roman
ISBN 978-3-423-**12765**-3

Römische Aufzeichnungen
ISBN 978-3-423-**12766**-0

**Die Entdeckung der
Currywurst**
Novelle
ISBN 978-3-423-**12839**-1
und dtv AutorenBibliothek
ISBN 978-3-423-**19127**-2

Nicht morgen, nicht gestern
Erzählungen
ISBN 978-3-423-**12891**-9

Kopfjäger
Roman
ISBN 978-3-423-**12937**-4

**Der Mann auf dem
Hochrad**
Roman
ISBN 978-3-423-**12965**-7

Rot
Roman
ISBN 978-3-423-**13125**-4

Am Beispiel meines Bruders
ISBN 978-3-423-**13316**-6

Uwe Timm Lesebuch
Die Stimme beim Schreiben
Hg. v. Martin Hielscher
ISBN 978-3-423-**13317**-3

Der Freund und der Fremde
ISBN 978-3-423-**13557**-3

Halbschatten
Roman
ISBN 978-3-423-**13848**-2

Von Anfang und Ende
Über die Lesbarkeit der Welt
ISBN 978-3-423-**14036**-2

Freitisch
Novelle
ISBN 978-3-423-**14152**-9

Martin Hielscher
Uwe Timm
dtv portrait
ISBN 978-3-423-**31081**-9

Bitte besuchen Sie uns im Internet: www.dtv.de